24 - Un fósil? . Buena idea.

30 - Venta en libros.

33 - Solución / Problema x

57 ¿ Policía y Fin del Mundo?

164 Ben -

165 - libros.

173 - Política y trabajo social.

Jugada de presión

182 - Descripción de personas.

Paul Benjamin
(Paul Auster)

Jugada de presión

Traducción de Benito Gómez Ibáñez

EDITORIAL ANAGRAMA

BARCELONA

Título de la edición original:
Squeezy Play
Avon
Nueva York, 1984

Diseño de la colección:
Julio Vivas
Ilustración: foto © Andersonn / BANDX / COVER

Primera edición en «Panorama de narrativas»: marzo 1998
Primera edición en «Compactos»: marzo 2006
Segunda edición en «Compactos»: abril 2006

© EDITORIAL ANAGRAMA, S. A., 2006
Pedró de la Creu, 58
08034 Barcelona

ISBN: 84-339-7246-4
Depósito Legal: B. 21067-2006

Printed in Spain

Liberdúplex, S. L. U., ctra. BV 2249, km 7,4 - Polígono Torrentfondo
08791 Sant Llorenç d'Hortons

1

Fue el segundo martes de mayo cuando George Chapman me llamó. Le había dado mi nombre su abogado, Brian Contini, y quería saber si estaba libre para ocuparme de un caso. A otro cualquiera, probablemente le habría dicho que no. Acababa de pasar tres aburridas semanas buscando a una chica de diecisiete años, hija de una acomodada familia de las afueras, y en aquel momento lo último que deseaba era otro cliente. Tras seguir una docena de pistas falsas, acabé encontrando a la chica en Boston, donde hacía la calle en la Combat Zone. Lo único que me dijo fue: «Vete a la mierda, madero. Yo no tengo ni mamá ni papá, ¿te enteras? Nací la semana pasada, cuando diste por culo a un perro.»

Estaba cansado y necesitaba unas vacaciones. Los padres me habían dado una gratificación cuando se enteraron de que su hija seguía con vida, y pensaba fundirme el dinero en un viaje a París. Pero cuando llamó Chapman, decidí esperar. Tuve la sensación de que el asunto del que quería hablarme era más importante que mirar cuadros en el Louvre. Había algo desesperado en su voz, y su reticencia a darme explicaciones por teléfono despertó mi curiosidad. Chapman estaba en un lío y yo quería saber de qué se trataba. Le dije que viniera a verme a mi despacho al día siguiente a las nueve de la mañana.

Cinco años antes, George Chapman había hecho todo lo que un jugador de béisbol puede lograr en una temporada. Bateó un promedio de trescientos cuarenta y ocho, consiguió cuarenta y cuatro *home runs*, marcó ciento treinta y siete puntos y recibió el Guante de Oro al mejor jugador de tercera base. Los New York Americans lo ganaron todo aquel año. El primer puesto de la división, el campeonato nacional y la copa del mundo. Y al final, Chapman fue nombrado mejor jugador de la liga.

Era casi irreal. Al abrir el periódico, se tenía la impresión de que Chapman siempre salía en los titulares por un *home run* en la novena entrada o por alguna jugada espectacular en el campo. En aquel año de huelgas de basureros, escándalos políticos y tiempo asqueroso, Chapman estaba de permanente actualidad. Se publicaba su fotografía con tanta frecuencia que hasta en sueños se veía su cara. Incluso los yonquis del Lower East Side sabían quién era, y una radio local reveló en una encuesta que era más conocido que el ministro de Asuntos Exteriores.

Chapman era un ídolo casi demasiado perfecto. Alto y bien parecido, siempre hablaba abiertamente con la prensa, nunca negaba autógrafos a los niños. Además, había estudiado historia en Dartmouth, tenía una mujer bella y refinada y hacía otras cosas aparte de jugar al béisbol. No era el tipo que se espera ver en un anuncio de desodorante. Cuando Chapman aparecía en televisión, era para promocionar el Metropolitan Museum o solicitar donaciones para niños refugiados. El invierno siguiente a su gran temporada, el matrimonio Chapman salió en la portada de todas las revistas, y el pueblo americano se enteró de los libros que leían y las óperas a las que asistían, la forma en que la señora Chapman preparaba el *poulet chasseur* y cuándo pensaban tener niños. Por entonces él tenía veintiocho años y ella veinticinco. Eran la pareja de moda.

Yo recordaba perfectamente la temporada de Chapman. Había sido un mal año para mí. Mi matrimonio se hacía pedazos, el trabajo en la oficina del fiscal del distrito era una completa decepción y estaba endeudado hasta las cejas. Cada vez que volvía la cabeza, me encontraba con un toro negro dispuesto a embestirme. Al llegar la primavera, vi que me estaba refugiando en la infancia, que trataba de poner un poco de orden en mi mundo sumergiéndome en una época en que la vida aún parecía llena de esperanzas. Una de las cosas que empezaron a interesarme de nuevo fue el béisbol. Su propia irrealidad era tranquilizadora. Me servía para no enfrentarme a la confusión en la que me debatía. Estaba harto de perseguir adolescentes negros por robos de poca monta, de andar por los juzgados con polis gordos y sudorosos, de ocuparme de delitos en los que todo el mundo era una víctima. Y estaba harto de pelearme con mi mujer, de pretender que las cosas aún podían marchar bien entre nosotros. Estaba esperando la ocasión, preparándome para abandonar el barco.

A medida que transcurría la temporada, me enganchaba cada vez más a los Americans, analizando los resultados cada mañana y siguiendo los partidos por radio o televisión siempre que podía. Chapman me interesaba más que ningún otro jugador porque en la universidad habíamos jugado en equipos rivales. En la época en que él destacaba en tercera base en Dartmouth, yo iba a remolque en la misma posición en Columbia. Nunca fui una promesa. Debí de batear unos doscientos cuarenta y cinco en toda mi carrera universitaria y durante tres años seguidos conseguí para mi equipo el mayor número de errores de la liga. Mientras Chapman destruía los parámetros del lanzamiento universitario y se disponía a firmar un contrato con una de las ligas profesionales, yo andaba simplemente por allí, jugando por el placer de jugar y preparándome vagamente para licenciarme en Derecho. Siguiendo a Chapman en su gran temporada, llegué a pensar en él como en un álter ego, una parte imaginaria de mí mismo que había sido inoculada contra el fracaso. Teníamos la misma edad, la misma talla y habíamos ido a dos de las universidades más prestigiosas del país. La única diferencia era anatómica: él tenía el mundo a sus pies, y el mundo me tenía a mí por los cojones. Cuando salía al estadio y se dirigía al plato, a veces me ponía a aplaudirle tanto que me daba vergüenza. Era como si su éxito pudiera salvarme, y la idea de transferir tantas esperanzas íntimas a otra persona me asustaba. Claro que había perdido un poco la chaveta, aquel año. Pero el hecho de que Chapman lo hiciera tan bien, día tras día, en cierto sentido evitó que me fuese completamente a pique. Aunque probablemente también le odiaba a muerte.

Resultó que aquélla fue la última temporada de Chapman en las ligas profesionales. Toda la secreta envidia que sentía hacia él se esfumó una noche de febrero justo antes de que empezaran los entrenamientos de primavera. Al volver a la ciudad en su Porsche después de un banquete con gente del béisbol al norte del estado, Chapman se estrelló frontalmente contra un camión. Al principio pensaron que no saldría de aquélla. Luego sobrevivió, pero salió sin la pierna izquierda.

Durante unos años apenas se oyó hablar de George Chapman. Un pequeño artículo de vez en cuando –«Chapman, con una pierna artificial», o «Chapman visita a los minusválidos»–, y nada más. Pero entonces, justo cuando parecía que iba a desaparecer para siempre, publicó un libro sobre sus experiencias, *Caminando solo*, que tuvo un gran éxito y volvió a ponerlo en el candelero. Si en Estados Unidos hay algo que se venere más que una celebridad, es un famoso que hace su reaparición. El talento y la belleza siempre son objeto de admiración, pero sus poseedores están un poco lejos de nosotros, existen en una esfera aislada del mundo real. La tragedia humaniza al famoso, demuestra que es un ser tan vulnerable como nosotros, y cuando es capaz de levantarse y volver a escena, le dedicamos un lugar especial en nuestros corazones. Chapman tenía ese don, desde luego, no se le podía negar. No había mucha gente capaz de rehacer su carrera con una pierna amputada. Pero desde el momento de su reaparición, no dejó de estar en el primer plano de la actualidad. Se convirtió en uno de los más señalados defensores de los derechos de los minusválidos, patrocinando los Juegos Paralímpicos, interviniendo en sesiones del Congreso y apareciendo en programas especiales de televisión. Ahora que había un escaño vacante de senador por el estado de Nueva York, algunos demócratas influyentes animaban a Chapman a que se presentara candidato. Corría el rumor de que anunciaría su decisión antes de finales de mes.

Llegó con unos minutos de adelanto, paso rígido y apoyado en su bastón de puño de plata, y me estrechó la mano con el ceremonial de un diplomático. Le indiqué una silla y se sentó sin sonreír, muy erguido, el bastón entre las piernas. Chapman tenía un rostro ancho y musculoso, de ojos sesgados como un apache, y la pulcritud de sus cabellos castaño claro indicaba la importancia que atribuía a su aspecto. Daba la impresión de que seguía en excelente forma. Salvo por un toque gris en las sienes, no había perdido nada de su juventud, ni de esa autoridad física que emana de los atletas. Y sin embargo, detrás de todo eso, había en sus rasgos algo que me puso en guardia. Los ojos castaños no parecían estar a tono. Los notaba demasiado decididos, demasiado fijos, como si en cierto modo los obligara a no mostrar la menor espontaneidad. Daba la impresión de ser un hombre resuelto a no transigir en nada: quien se negase a aceptar sus reglas, quedaría fuera de juego. No era la actitud que se esperaba de un aspirante a político. Más que a otra cosa, me recordaba a un soldadito de plomo.

11

Dejó claro que no le agradaba mucho el hecho de encontrarse en mi oficina y, al sentarse y echar una mirada a la habitación, adoptó el aire de quien se halla de pronto solo en un barrio de mala fama. Me negué a molestarme por eso. La mayoría de la gente que entra en mi despacho se siente bastante a disgusto, y Chapman probablemente tenía más motivos que los demás. No perdió tiempo en decirme a qué había venido. Al parecer, alguien pretendía asesinarlo.

—Brian Contini me dijo que era usted inteligente y que trabajaba deprisa —declaró.

—Chip Contini siempre ha tenido una idea exagerada de mis capacidades —contesté—. Es porque siempre sacábamos las mismas notas en la Facultad de Derecho y yo estudiaba la mitad que él.

Chapman no estaba de humor para recuerdos festivos. Me miró con impaciencia, manipulando nerviosamente el mango del bastón.

—Me halaga que me haya llamado —proseguí—, pero ¿por qué no lo ha denunciado a la policía? Cuentan con mejores medios que yo para estas cosas, y se emplearían a fondo. Es usted un hombre influyente, señor Chapman, y estoy seguro de que le darían un trato especial.

—No quiero que esto salga a la luz. Supondría un montón de estúpida publicidad y distraería la atención de asuntos más importantes.

—Se trata de su vida —le recordé—. No hay nada más importante que eso.

—Hay dos maneras de ocuparse de este asunto, señor Klein, una mala y otra buena. Yo quiero la buena. Sé lo que hago.

Me recosté en el respaldo de la silla y guardé silencio para que la atmósfera se hiciese ligeramente desagradable. La actitud de Chapman me estaba poniendo de mal humor, y quería que supiese exactamente dónde se estaba metiendo.

—Cuando dice que alguien intenta asesinarlo, ¿se refiere a que han tratado de tirarlo por la ventana? ¿Que le han disparado? ¿Que ha visto que le ponían arsénico en el martini?

—Me refiero a esta carta —replicó tranquilamente Chapman—. La recibí el lunes, anteayer.

Metió la mano en el bolsillo interior de su chaqueta de cachemir de color castaño claro. Chapman llevaba ropa desenfadada y elegante, como sólo puede llevarla la gente con mucha pasta. La mayoría de los jugadores de béisbol se visten como si acabaran de salir de un bar hawaiano para solteros, pero Chapman era pura Madison Avenue, desde los pantalones gris oscuro a los zapatos de cien dólares. Me figuré que al año gastaba más en calzoncillos y calcetines que yo en todo mi guardarropa.

Sacó un sobre blanco de tamaño normal y me lo tendió a través del escritorio. Llevaba la dirección de su piso del East Side y el sello de la administración central de correos. Estaba mecanografiada en una máquina eléctrica, posiblemente una IBM Selectric. Abrí el sobre y leí la carta, que constaba de una página escrita con la misma máquina.

Querido George:

¿Te acuerdas del 22 de febrero de hace cinco años?

Por la forma como te comportas últimamente, parece que no. Tuviste suerte de salir con vida aquella noche cuando te sacaron de los restos del coche. A lo mejor la próxima vez no tienes tanta.

Eres un chico listo, George, así que ahorrémonos los detalles. Teníamos un trato y tú debías respetarlo. Y allá tú, si no.

Dicen que vas a presentarte candidato. Según están las cosas, sólo eres candidato a quedarte tieso.

Un amigo.

Miré a Chapman, que me había estado observando fijamente mientras leía la carta.

—No hace falta ser un genio para decir que esto huele a chantaje —declaré—. ¿Qué me dice, Chapman? ¿Alguien trata de sacarle dinero?

—Ésa es la cuestión —repuso—. No sé de qué habla esa carta. Insinúa que no he cumplido una especie de acuerdo. Y para empezar, nunca he hecho tratos con nadie.

—También da a entender que, en el fondo, el accidente no fue tal.

Chapman sacudió la cabeza, como tratando de aclararse la mente y enviar a las sombras el recuerdo de aquella noche. Por un breve instante pareció envejecido, casi agotado. Recordar el pasado le costaba un esfuerzo penoso, y por primera vez vi en su rostro el sufrimiento que hasta entonces había logrado ocultar.

—Créame —dijo despacio—, fue un accidente. Patiné en una placa de hielo por evitar una rama caída y me estrellé contra un camión que venía por el carril contrario. Es muy improbable que lo hubieran planeado. Y aunque así fuese, ¿por qué se habrían tomado tanto trabajo?

—¿Qué me dice del conductor del camión? —le pregunté, siguiendo una idea—. ¿Recuerda cómo se llamaba?

—Papano... Prozello... —Hizo una pausa—. No me acuerdo bien. Un nombre italiano que empieza con P. Aunque la idea de que haya algo por ese lado me parece demasiado traída por los pelos. El hombre lo sintió de verdad cuando se enteró de que yo era el del coche. Vino a verme al hospital y me rogó que le perdonara, aunque no había sido culpa suya.

—¿Dónde ocurrió el accidente?

—En el condado de Dutchess, en la carretera 44, cerca de Millbrook.

—Pero la cena fue en Albany, ¿no? ¿Por qué no fue por la autopista, o al menos por la carretera de Taconic?

De pronto, Chapman pareció desconcertado.

–¿Por qué me pregunta eso?

–De Albany a Nueva York hay un largo trayecto. Tengo curiosidad por saber qué hacía en una pequeña carretera comarcal.

–Pues –contestó, recobrándose torpemente– es que en realidad estaba bastante cansado, y pensé que si no iba por la autopista el viaje me resultaría más cómodo. –Hizo una pausa melodramática y concluyó–: Evidentemente, me equivoqué.

A aquellas alturas de la conversación, no tenía intención de apartarme tan pronto del tema, así que archivé mentalmente ese pequeño detalle para estudiarlo más adelante.

–Hay algo que suena a falso en esa carta –le dije–. Parece muy amenazadora, pero en el fondo da cierta impresión de vaguedad. Si, como afirma usted, no sabe nada del trato a que hace alusión, la carta no tiene mucho sentido. Me pregunto si ha considerado la posibilidad de que sea un camelo, obra de un perturbado o incluso una broma de mal gusto de algún amigo suyo.

–Si pensara que se trata de un camelo –repuso Chapman–, no le habría llamado ayer, y desde luego no habría venido a verlo a su oficina a las nueve de la mañana. Naturalmente, he considerado todas esas posibilidades. Pero en realidad da lo mismo. La carta es un hecho, y la única manera de ocuparse del asunto es considerarla como una amenaza verdadera. No quiero andar por ahí pensando que se trata de un perturbado y acabar asesinado en algún callejón sólo porque me he equivocado.

–Planteémoslo de otro modo. Por lo que yo sé, usted siempre ha sido un hombre con mucho éxito y muy apreciado. ¿Hay alguien que le odie, que le odie tanto como para pensar que el mundo estaría mucho mejor sin usted?

–Me he pasado los dos últimos días intentando contestar a esa pregunta. Pero francamente no se me ocurre nadie.

–Miremos por otro lado, entonces. ¿Qué tal va su matrimonio? ¿Cómo va su vida sexual? ¿Cómo va su situación económica? ¿Cómo va el trabajo que hace ahora?

–No sea sarcástico –me cortó Chapman–. No estoy aquí para contarle la historia de mi vida. He venido a contratarle para que encuentre a la persona que quiere matarme.

–Oiga, Chapman –le repliqué–, ni siquiera he decidido aún si voy a trabajar para usted. Pero si es así, necesitaré su plena cooperación en todo momento. La gente no lanza amenazas de muerte por puro capricho, sabe usted. Suele tener motivos, fríos, duros, generalmente relacionados con el sexo, el dinero o cualquiera de las demás cosas de las que a nadie le gusta hablar. Si quiere que encuentre a quien ha escrito esa carta, habrá de consentir que conozca su vida al derecho y al revés, porque es más que probable que ahí esté la respuesta. Quizá no le resulte muy agradable, pero le servirá para salvar la vida. Y supongo que eso es lo que se pretende.

Normalmente, no me gusta hablar así a mis clientes. Pero a veces es necesario, sobre todo cuando las cosas no empiezan bien. Una investigación siempre es un asunto sucio, pero también lo es el delito, y es mejor que la gente sepa que aunque se le preste ayuda, también saldrá un tanto malparada. Es un juego en el que nadie gana y todos pierden. La única diferencia es que unos pierden menos que otros.

Chapman se mostró contrito y se disculpó con toda gentileza, tal como yo esperaba. Estaba menos seguro de sí mismo de lo que pretendía –cosa que le situaba siempre a la defensiva–, pero me resultaba imposible tenerle aversión. Era una curiosa mezcla de agudeza y estupidez, una persona con innumerables puntos flacos pero capaz de ver las cosas con sorprendente claridad, y las contradicciones de su carácter despertaban mi interés. Tras su actitud de seguridad había algo patético, como si aún no se hubiera aceptado plenamente a sí mismo. Yo no deseaba ser su amigo, pero me sentía inclinado a ayudarlo. Comprendí que quería ocuparme del caso.

—Lo siento —dijo—. Tiene usted toda la razón. Estos dos últimos días han sido de mucha tensión, y estoy un poco fuera de mí. Normalmente, suelo estar de buen humor. Sé que resulta difícil de creer, pero en muchos aspectos el perder la pierna ha sido algo positivo, y creo que me ha hecho mejor persona. Ahora tengo un verdadero objetivo en la vida, y trabajo por cosas que son importantes para mí. Mi esposa es una mujer maravillosa, que me ayudó a pasar los momentos difíciles después del accidente, y la quiero profundamente. No ando perdiendo el tiempo con ninguna otra, mi situación económica es buena y estoy contento con el trabajo que hago. Esto responde a sus preguntas. Lo único que quiero saber es por qué demonios querrían matarme.

Me miró con aire perdido, el rostro lleno de sinceridad y desconcierto. O era un espléndido actor, o realmente llevaba una vida del todo intachable. No supe qué pensar. Parecía demasiado sincero, demasiado impaciente por convencerme con sus emotivas palabras. Quería creerle, pero algo se resistía en mi interior. Si aceptaba la versión que daba de su vida, no tenía elementos para empezar el caso. Y, sin embargo, alguien pretendía matarlo.

—¿Y desde el punto de vista político? —sugerí—. Puede que a algunos no les guste la idea de que se convierta en senador.

—Pero si todavía no lo he anunciado. ¿Cómo puedo ser una amenaza para alguien si ni siquiera soy candidato?

—¿Piensa presentarse?

—Pensaba tomar la decisión definitiva a finales de la semana que viene. Pero ahora que ha surgido esto, todo vuelve a estar en el aire. No sé lo que voy a hacer.

—Y luego está su carrera deportiva —dije, apuntando otra posibilidad—. Los jugadores de béisbol tratan con montones de personajes dudosos: apostadores, estafadores, lo que se de-

nomina elementos indeseables. Quizá se haya visto relacionado con algo o con alguien sin darse cuenta.

–Eso fue hace mucho tiempo. La gente ya casi no me recuerda como jugador de béisbol.

–Se sorprendería usted. A un tío que maneja el bate como
usted no se le olvida tan fácilmente.

Chapman sonrió por primera vez desde que entró en el
despacho.

–Gracias por el cumplido, pero otra vez le digo que por
ahí no hay nada, por el lado del béisbol no hay nada. Nunca
he conocido a ninguno de esos elementos.

Así siguieron las cosas durante un rato. Yo le hacía una
pregunta y me contestaba que no había nada por ese lado,
que no tenía relación alguna con la carta. Desde mi exhibición de mal humor, se había vuelto más cortés y agradable,
pero sospeché que se trataba simplemente de un cambio de
táctica. El resultado era el mismo, es decir, nulo. No comprendía a qué jugaba conmigo. Estaba sinceramente preocupado por la carta, pero se comportaba como si su único propósito fuese impedir que hiciese algo. Me ofrecía el caso, pero
al mismo tiempo me lo quitaba de las manos. Me sentía
como a quien le regalan un reloj muy caro y luego descubre
que no tiene manecillas.

La entrevista tocó a su fin y logré que me diese una lista
de nombres, direcciones y números de teléfono, que anoté en
mi cuaderno de notas. Desconfiaba de la utilidad que pudieran tener aquellos nombres, pero no quería dejar nada sin
comprobar. Tal como se presentaban las cosas, tendría que
dar muchas vueltas antes de encontrar algo.

–Cobro ciento cincuenta dólares diarios más gastos –le
anuncié–. Tres días por adelantado. Cuando concluya el trabajo, le presentaré una lista detallada de gastos.

Chapman sacó el talonario, lo puso sobre el escritorio y
empezó a escribir con una estilográfica Mont Blanc.

–Pagadero a Max Klein –dijo–. ¿Pongo alguna inicial como segundo nombre?

–Sólo Max Klein.

–Lo extiendo por mil quinientos dólares, lo que cubrirá los diez primeros días. Espero andar por este mundo al menos hasta entonces. –Me dirigió una sonrisa por encima del escritorio–. Si por casualidad resuelve antes el asunto, puede quedarse con la diferencia.

Como mucha gente a la hora de gastar dinero, Chapman se mostraba extrañamente jovial. Al darme un adelanto tan elevado, probablemente creía actuar de forma constructiva, como si suscribiese una póliza de seguros que protegería su vida. Como suele decirse, el dinero manda. Pero yo no había visto todavía que un billete detuviese una bala.

–Tengo algunas ideas –le comuniqué–. Le llamaré mañana por la mañana, cuando vea cómo van las cosas. Entonces quizá necesite hablar otra vez con usted.

Arrancó el cheque del talonario y me lo tendió. Entonces se puso en pie, equilibrando hábilmente su peso para apoyarse en el bastón. Supuse que ya era un gesto automático. Lo acompañé a la puerta, nos estrechamos la mano y vi cómo se alejaba por el pasillo, cojeando hacia el ascensor. Nuestra conversación había durado menos de cuarenta y cinco minutos.

No me había molestado en mencionarle que en la universidad habíamos jugado en equipos rivales. A aquellas alturas, no parecía importar mucho. Tampoco me había molestado en mencionar que el padre de su abogado, Victor Contini, era uno de los jefes del hampa de la Costa Este. Ni que Chip Contini se había criado en la ciudad de Millbrook, en el condado de Dutchess. Como decía la carta, George era un chico listo. Probablemente ya sabía todo eso.

2

Mi despacho se encontraba en el tercer piso de un antiguo edificio de West Broadway, a dos manzanas al sur de la estación de metro de Chambers Street. Consistía en una habitación de aproximadamente cuatro metros y medio por seis: demasiado pequeña para alquilarla como escuela de danza, pero suficiente para que respirase cómodamente si no fumaba un cigarrillo detrás de otro. El techo era alto, decorado con rectángulos en cuyo interior había volutas en relieve, y en algunos sitios la escayola se había hinchado bajo las fatigadas tuberías, dejando unas manchas blancas que, al mirarlas, me recordaban posos de Alka-Seltzer.

El sol no entraba a raudales por las dos ventanas cubiertas con tela metálica de la pared este; no se les había pasado el trapo desde que Don Limpio se quedó calvo, y tenía encendida la luz del techo a todas horas. En cuanto a muebles, tenía un escritorio de roble lleno de marcas y tan sólido como una piedra de Stonehenge, unas sillas, un sofá negro de imitación cuero que dejaba escapar por las costuras su amarillento relleno, dos archivadores, una nevera vieja y un hornillo eléctrico de un fuego, completamente nuevo, para hacer café.

Mi vecino del piso de arriba era un pintor llamado Dennis Redman. Unos años antes me había regalado tres de sus cuadros de juventud para que los colgara en la pared, y durante unos seis meses el aspecto del despacho mejoró visiblemente. Pero un día apareció una mujer celosa que hizo cuatro agujeros de bala en una de las telas, y al día siguiente se presentó su marido y desgarró otro cuadro con un cuchillo de monte. Parece que la gente encuentra en el arte moderno un satisfactorio desahogo para sus frustraciones. Devolví los cuadros a Dennis y coloqué con chinchetas una gran reproducción en color de *La torre de Babel* de Brueghel, regalo de la librería de

20

mi barrio por cada compra de dos libros. Al cabo de un par de meses había conseguido nueve grabados, que acabaron adornando mis paredes. Me pareció una magnífica respuesta a mis problemas de decoración. Descubrí en aquella obra una inagotable fuente de placer, y ahora podía contemplarla desde cualquier ángulo del despacho: sentado, de pie o tumbado en el sofá. En días de poca actividad, me pasaba mucho tiempo estudiándola. La pintura muestra la torre inacabada que se eleva hacia el cielo y una multitud de diminutos obreros y animales, afanados en la construcción del monumento más colosal que jamás se erigiese a la presunción humana. Nunca dejaba de recordarme Nueva York, y me ayudaba a tener presente que el sudor y el esfuerzo siempre acababan en nada. Era mi forma de mirar las cosas con cierta perspectiva.

Deposité el cheque de Chapman y la carta en la caja fuerte empotrada en la pared detrás del escritorio y luego me senté para llamar al departamento de sociología de la Universidad de Columbia. Pregunté por William Briles.

—Lo siento —dijo la voz de mujer al otro lado de la línea—. El profesor Briles no ha llegado todavía. ¿Quiere dejar algún recado? Puedo decirle que le llame. Estará en su despacho entre las once y las doce.

—Me llamo Max Klein —le anuncié—. El profesor no me conoce, pero es muy importante que hable hoy con él. ¿Podría darme una cita sobre las once treinta?

—Lo siento —dijo la voz. Al parecer, no conocía otra forma de empezar una frase—. No doy citas para ver al profesorado. Estamos acabando el semestre y el profesor Briles seguramente tendrá previstas varias entrevistas con sus estudiantes.

—Yo también lo siento —repuse—. Sobre todo porque usted lo siente. Pero le agradecería que dijese al profesor Briles que pasaré a verle a las once treinta para un asunto de vida o muerte y que si no piensa recibirme será mejor que instale unos cuantos cerrojos más en su puerta antes de que yo llegue.

21

La voz permaneció silenciosa durante unos momentos. Cuando volvió a hablar, se había convertido en un lamento.

–Será mejor que cambie de tono, señor mío. Esto es una universidad, sabe usted, no un billar.

–Limítese a darle el recado y no se preocupe por eso, preciosa.

–Puede estar seguro de que le daré el recado. Y no me llame preciosa. Nadie le ha dado permiso para llamarme preciosa.

–Mil perdones –repuse–. Nunca volveré a llamárselo.

Colgó bruscamente, poniendo fin a nuestra charla. Me sentía retozón, con muchas ganas de entrar en materia. William Briles era un amigo de Chapman que había colaborado con él en un libro, *Deportes y sociedad,* y pensé que podría contarme algo interesante sobre mi cliente. Tenía intención de ir a Columbia de todos modos, a consultar las microfichas de la biblioteca, y no quería perder el tiempo haciendo otro viaje.

Había dos maneras de subir y bajar por mi edificio. Se podía coger el ascensor, una máquina decrépita con un movimiento tan rápido como una ópera de Wagner, o ir por las escaleras, verdadera experiencia de espeleología urbana. Yo solía utilizar el ascensor para subir y las escaleras para bajar. En el segundo piso había un estudio de yoga dirigido por una ex *beatnik* cuarentona llamada Sylvia Coffin, y al pasar por el rellano oí la lección que Sylvia daba a sus alumnos de las nueve de la mañana, recordándoles que vivían en el planeta Tierra, que se olvidaran de sus mezquinas preocupaciones y se fundieran con el universo. Todo se reducía a respirar correctamente. Me dije que debía tenerlo presente.

Cuando llegué a la planta baja, me quedé un momento en el portal, entornando los ojos para habituarme a la luz del sol. Era una espléndida mañana de mayo. Luminosidad deslumbrante, un toque de frescor en la cara y por todas partes esas bruscas ráfagas de viento que levantan papeles del suelo, llevándoselos de una forma que parece dar al mundo cierta finalidad.

Recorrí a pie las dos manzanas hasta la estación de metro, compré el *Times* en la esquina y volví a sumirme en la oscuridad. El taquillero, un negro de aire malhumorado, estaba encorvado sobre los resultados de las carreras. Por la expresión de su rostro, parecía que no había ganado una apuesta en seis o siete años. Cuando llegó el metro, me senté en un rincón y, sin mucho entusiasmo, intenté leer el periódico. Lo único que me interesaba eran noticias de Chapman. Hasta que concluyese aquel asunto, me iba a resultar difícil pensar en otra cosa.

Me bajé en la calle Ciento dieciséis, en la estación de Columbia-Barnard. Nunca me gustaba mucho volver a Morningside Heights. Había pasado allí siete años de mi vida, y al cabo de ese tiempo hasta la más dulce de las relaciones puede agriarse. Las universidades son, en el mejor de los casos, sitios deprimentes, y Columbia no era una excepción. La imponente arquitectura pseudoclásica que agobiaba el pequeño campus hacía pensar en un rebaño de elefantes que celebrara una fiesta en una pista de tenis, y los nuevos edificios construidos en los últimos quince o veinte años no presentaban mejor aspecto. La Facultad de Derecho, por ejemplo, parecía un tostador. Los estudiantes entraban como frescas rebanadas de pan y tres años después salían hechos migas.

Los archivos del *New York Times* se conservaban en la Biblioteca Barnard. Enseñé mi carné de antiguo alumno al guarda uniformado que dormitaba sobre un arrugado ejemplar del *News* y me dirigí a la sala principal del segundo piso. Había algunas estudiantes inclinadas sobre sus libros, sentadas en largas mesas en medio de la sala, pero a aquella hora la biblioteca estaba prácticamente desierta. Saqué el cajón que contenía los periódicos de febrero de cinco años atrás, me senté frente a una pantalla y enganché la película en la bobina. Giré rápidamente la manivela, viendo desfilar ante mis ojos los sucesos de tres semanas, sin leerlos, y luego me detuve en la fecha del 22. El accidente de Chapman venía en la parte inferior de la primera página, un pequeño suelto que habían logrado insertar en la última edición.

Mirar microfichas produce una sensación extraña. Todo está al revés. En vez de negras sobre fondo blanco, las palabras son blancas sobre fondo negro, y hace pensar en los rayos X, como si se atisbase en las entrañas del tiempo, como si en cierto modo el pasado fuese una secreta dimensión del mundo que no pudiera recobrarse a menos que se le hiciera surgir mediante trucos y espejos. Algo así como descubrir un fósil. La hoja del helecho se ha desintegrado hace millones de años, pero uno tiene su imagen en la mano. Es algo que está ahí pero que al mismo tiempo no está, perdido para siempre y sin embargo encontrado.

CAMPEÓN DE BÉISBOL HERIDO EN ACCIDENTE DE TRÁFICO
De nuestro enviado especial

George Chapman, el as del béisbol que jugaba de tercera base en los New York Americans, resultó herido esta madrugada cuando su coche chocó contra un camión en la carretera 44 en Millbrook, Nueva York. Las autoridades no han revelado el alcance de sus heridas, pero se cree que son graves.

Chapman había asistido a un banquete dado en su honor por la YMCA de Albany. Fue trasladado en ambulancia al Sharon Hospital de Sharon, en Connecticut.

El conductor del camión, Bruno Pignato, de Irvingville, en Nueva Jersey, resultó con heridas leves.

Eso era lo que había ido a buscar, pero seguí haciendo girar el botón de la manivela para ver cómo se había desarrollado la noticia hasta fin de mes. En cuanto se confirmó que Chapman no volvería a jugar al béisbol, casi todos los periodistas deportivos escribieron artículos a lo largo de varios días. Mencionaban los grandes momentos de su breve carrera, hablaban de su personalidad y elogiaban la gracia y el particular estilo que desplegaba en el campo. Daban la impresión de sentirse estafados porque ya no podrían verle jugar de nuevo. Lo que más me interesó fueron las cifras. En sus cinco temporadas, Chapman había realizado un promedio de 312, logrando 157 *home runs* y marcando 536 puntos, y cada temporada había sido mejor que la anterior. Si hubiese jugado seis u ocho años más, el resultado habría sido pasmoso.

Volví a poner la película en su sitio y bajé a llamar a Dave McBell a la cabina del vestíbulo. McBell y yo empezamos a trabajar al mismo tiempo en la oficina del fiscal del distrito, y de cuando en cuando me hacía un favor si no era excesivo. De todos los que trabajaban con el fiscal, era el único que me seguía considerando un ser humano.

—¿Dave? Max Klein.

—El mismísimo Max Klein —dijo en tono burlón, imitando a W. C. Fields.

—Necesito una pequeña información. No será muy difícil de conseguir.

—Derecho al grano, como siempre —repuso con su voz normal—. Podrías preguntar cómo me va.

—Bueno, ¿cómo te va?

—Uf —contestó, haciendo una pausa para causar efecto—. No me lo preguntes. —Soltó una ronca carcajada ante su propio chiste.

—No está mal. Trataré de acordarme para contarlo en la próxima reunión del Kiwanis Club en Jamaica.

—¿En qué puedo servirte, Max?

—¿Recuerdas aquel accidente de hace cinco años, cuando George Chapman perdió la pierna?

—Nunca se me olvida una desgracia. Ese tío hacía lo que quería en tercera base.

—Me interesa saber algo del conductor del camión contra el que se estrelló. Se llama Bruno Pignato, y hace cinco años vivía en Irvingville, en Nueva Jersey.

—¿Qué quieres saber?

—Sobre todo si tiene antecedentes. Y también si hay algo que le relacione con Victor Contini.

—Creo que puedo enterarme. Llámame dentro de un par de horas.

—Muchas gracias, Dave.

—De nada, de nada. Ya sé que algún día harás lo mismo por mí. —Hizo una breve pausa—. ¿Estás detrás de algo gordo?

—Todavía no lo sé. De momento sólo estoy hurgando a ver qué encuentro.

—Bueno, si descubres un filón, no te olvides de McBell.

—No te preocupes. No me lo permitirías.

—Oye, Max.

—¿Qué?

—¿Te sabes el del poli castrado?

—Me lo contaste hace unos meses.

—Joder.

Colgamos.

3

Era una de las tías más delgaduchas que había visto en la vida. Sentada frente a su escritorio, leía un ejemplar de la revista *Prevention* con aire satisfecho mientras cogía un trozo de zanahoria de un montón que tenía sobre el cartapacio. Le calculé unos veinticinco años. A juzgar por su aspecto, acabaría haciendo el papel de esqueleto en algún armario. Era todo huesos y ángulos agudos, y el rústico vestido azul y rojo le colgaba como una sábana en un perchero abandonado. En la portada de la revista, uno de los titulares decía: «Los fumadores son delincuentes.» Saqué mi paquete de Gauloises y encendí el quinto cigarrillo del día.

–Hola –le dije–. Soy Max Klein. He venido a ver al profesor Briles.

Alzó la vista, molesta de que la distrajesen de la lectura, y me miró con indiferencia.

–El tipo duro –comentó, como para sus adentros–. Tendrá que esperar un momento. Voy a ver si está libre.

Su escritorio se encontraba en una salita de recepción al fondo de la cual, distribuidos a lo largo de tres paredes, estaban los despachos de los profesores. Entre las puertas cerradas había archivadores y tablones de anuncios con comunicaciones académicas. Se levantó despacio, los labios apretados, resentida por tener que hacer aquel esfuerzo, como si acabara de pedirle que se comiera una tarta de chocolate. Pese a los hombros caídos, medía casi uno ochenta, con lo que su mirada estaba a la altura de la mía. Se dirigió a una de las puertas, llamó con un toque seco y asomó la cabeza por el umbral. Hubo un breve intercambio de palabras, y luego volvió a su escritorio con aire cansino y se sentó. En vez de decirme algo, cogió la revista y reanudó la lectura.

–¿Y bien? –pregunté al cabo.

–¿Y bien qué? –replicó, sin levantar la vista de la página.

–¿Puedo pasar a verlo?

–Todavía no. Está con un estudiante. Tardará unos minutos.

–Gracias por avisarme. Podría haber irrumpido en su despacho creyendo que estaba solo.

Dejó la revista con fingido cansancio y emitió un hondo suspiro. Sus tristes ojos castaños me dedicaron otra de sus frías miradas.

–Lo que pasa con ustedes, los tipos duros –observó–, es que no tienen paciencia. ¿Y sabe por qué? Falta de vitamina B. Si comiera más cereales integrales, se sentiría mucho más tranquilo. No sería tan avasallador. Dejaría que las cosas siguieran su curso, se dejaría llevar por la corriente.

–¿La corriente?

–La corriente de la naturaleza.

–¿Eso es como fundirse con el universo?

–No exactamente –explicó, poniéndose muy seria de pronto–. No es tan cósmico. Se trata más bien de estar en contacto con el propio cuerpo, con el funcionamiento del organismo.

–Yo prefiero estar en contacto con el cuerpo de los demás.

Volvió a mirarme con detenimiento y sacudió la cabeza, exasperada.

–Ya lo ve –observó–. Se empieza a hablar de algo importante y entonces se siente incómodo y lo único que se le ocurre es hacer chistes. –Volvió a sacudir la cabeza–. Morboso. Muy morboso.

Ya no era un posible converso, y por tanto había perdido interés para ella. Se puso a leer de nuevo, cogió a tientas una zanahoria con la mano derecha y se la metió en la boca. La habitación se llenó con los crujidos de su masticación.

Se abrió la puerta del despacho de Briles y salió un muchacho con vaqueros y camisa a cuadros. Bajo el brazo llevaba un montón de libros y cuadernos y parecía que acababan de anunciarle que sólo le quedaban seis meses de vida.

–No te apures –le animé cuando pasó frente a mí–, no es más que una asignatura.

Alzó la cabeza, sorprendido de verme allí parado, e intentó sonreír.

–Dígale eso al profesor Briles –respondió.

Se alejó con la cabeza gacha, figurándose las vacaciones que pasaría en un curso de verano.

Briles apareció en la puerta de su despacho. Andaba por los cuarenta, algo más de un metro ochenta, y llevaba esas gafas de fina montura de carey que acababan de ponerse de moda otra vez. Tenía renombre de escritor refinado y prolífico, y había adquirido fama con una serie de libros sobre personajes marginales de la sociedad: prostitutas, ladrones, homosexuales, jugadores, etcétera. Un Mayhew de los tiempos modernos. Yo había leído algunos, y me habían producido una impresión medianamente buena. Lo veía como uno de esos afectados catedráticos que declaman ante clases atestadas de alumnos llenos de admiración y risitas tontas, un hombre que se escuchaba hablar, lo que, a juzgar por el chico que acababa de salir, también podía suponer que era una especie de tirano. Una superestrella universitaria. Siempre hay unos cuantos así en cada facultad.

–¿Señor Klein?

Me indicó que entrara, cerró la puerta una vez que ambos estuvimos dentro y me señaló una sólida silla de madera con respaldo de rejilla. El despacho estaba atestado con montones de libros y papeles, y las estanterías ocupaban hasta el último centímetro de las paredes. El sol entraba a raudales por las ventanas y se reflejaba en las gafas de Briles, por lo que no podía distinguirle los ojos tras los cristales. Eso rebajaba ligeramente su apariencia humana, como si fuese una criatura nacida sin el sentido de la vista. Cinco pisos más abajo, los estudiantes empezaban a congregarse en el campus para almorzar y, por las ventanas entreabiertas, se oía débilmente los gritos de un jugador de *frisbee*, el ladrido de un perro, el zumbido del cálido día.

–No sé quién es usted –empezó pomposamente, sentándose tras su escritorio–, y en realidad me importa poco. Pero me gustaría que me diese una explicación por la forma con que ha hablado a miss Gross esta mañana por teléfono. Aquí estamos acostumbrados a tratar con gente civilizada y, francamente, me inclino a considerar su presencia como una intromisión de lo más desagradable.

–La explicación es muy sencilla –le contesté–. Se negaba a darme una respuesta clara, así que la reprendí. Estoy seguro de que usted habría hecho lo mismo en mi lugar.

Briles me miró como si fuese un curioso espécimen sociológico.

–¿Qué es lo que quiere exactamente? –me preguntó con desagrado.

–Que me hable de George Chapman –le anuncié. Saqué mi licencia de investigador y se la mostré–. Tengo motivos para creer que corre cierto peligro.

–¿George Chapman? –Le había pillado completamente por sorpresa–. ¿Y qué podría decirle yo de George Chapman?

–Bueno, escribió un libro con él hace seis o siete años, y supongo que podría comentarme sus impresiones.

–En primer lugar, señor Klein, en los últimos doce años he publicado unos once libros, y *Deportes y sociedad* es el menos importante. No es un gran libro. Ni siquiera es interesante. Cuando daba clases en Dartmouth, George Chapman fue alumno mío. Al término de su primer año en las ligas profesionales, se puso en contacto conmigo para proponerme que hiciéramos juntos un libro sobre el deporte profesional y su influencia en los jugadores. Por sus relaciones, George podía acercarse a ellos y concertar entrevistas. Yo escribí los comentarios y las interpretaciones. Él planteó concienzudamente una serie de preguntas y yo hice lo que pude para organizarlo todo. Pero el libro se hizo con precipitación. El editor quería publicarlo la temporada siguiente, para aprovechar la fama de George. Terminó vendiéndose muy bien, pero no por eso deja de ser un mal libro. Desde aquella época no he mantenido una comunicación estrecha con George. Nos vemos un par de veces al año, y eso es todo.

—No me diga —repuse, sin tratar de ocultar el sarcasmo.

—Empiezo a preguntarme cuáles son sus intenciones, señor Klein. Se me ocurre que ha venido a buscar cosas sucias sobre George Chapman, y me niego a tener nada que ver con eso. ¿Qué es lo que pretende, ensuciar su nombre para reducir sus posibilidades de que le nombren candidato? ¿O actúa simplemente movido por amor a la suciedad? ¿Es que no ha sufrido bastante ese hombre?

La entrevista se me estaba escapando rápidamente de las manos. Había tratado de ser franco con él, pero no había dado resultado. A pesar de todo, no estaba dispuesto a ceder. Pensaba que si ahora no le sonsacaba nada, se cerraría la estrecha senda que estaba abriendo y no podría contar con Briles para el resto de la investigación. Intenté cambiar de táctica.

—Sí —convine—, estoy de acuerdo con usted en que George Chapman ya ha sufrido bastante. Pero está atravesando un mal momento y hago lo que puedo por ayudarlo.

—¿Y qué significa eso exactamente?

—Significa que necesito su ayuda. Sé muy poco sobre George Chapman, aparte de lo que todo el mundo sabe por los periódicos. Para sacarle de la comprometida situación en que se encuentra necesito más, algo que me lleve al fondo del problema.

—Y naturalmente no está usted en condiciones de explicarme cuál es esa situación comprometida —repuso Briles—. Créame, señor Klein, siempre he tenido mucho aprecio a George y haría cualquier cosa por ayudarlo. Pero si no sé de qué se trata, me temo que no podré colaborar con usted.

—No sería ético que le hablara de ello. Y usted lo sabe, profesor. Sólo le pido algunos antecedentes para que pueda situarme y no pierda el tiempo dando tumbos por ahí. Pero en lo que se refiere a la información que me facilite, tendrá que tener confianza en mí.

—Permítame plantearlo de esta manera, Klein. George Chapman es un personaje muy importante para muchas personas de esta ciudad y de este estado. Y los hombres importantes, por muy rectos que sean en su vida pública y privada, son siempre personas vulnerables. Hasta ahora no me ha dicho nada para convencerme de que usted, o la persona para la que trabaja, no tenga intención de atacar a George de algún modo. Me pide que tenga confianza en usted. Pero ¿cómo sé que no ha estado mintiendo desde el momento en que puso los pies en este despacho?

—Si le interesa tener referencias mías, ¿por qué no llama a la oficina del fiscal del distrito y pregunta por Dave McBell? Trabajamos juntos con el fiscal, y él sabe a lo que me dedico desde hace cinco años. Creo que garantizará mi honradez.

—Señor Klein —repuso con su mejor tono de conferenciante, como refutando un argumento ingenuo de algún alumno—. No me cabe duda de que en el pasado se ha comportado honradamente en numerosas ocasiones. Pero sencillamente no entiendo lo que sus actividades anteriores tienen que ver con el asunto que nos ocupa. La gente de su profesión se ve sometida a toda clase de presiones y tentaciones, y es perfectamente concebible que se haya sentido atraído por promesas de dinero, poder o lo que más aprecie. Lo siento, señor Klein —concluyó, recostándose en el respaldo de la silla y juntando los dedos con expresión desdeñosa—, pero me temo que nuestra entrevista ha terminado.

Estrictamente hablando, Briles tenía razón. No le había proporcionado prueba sólida alguna de que defendía los intereses de Chapman. Y también era cierto que Chapman era especialmente vulnerable en aquel momento, debido a sus aspiraciones políticas. Por otro lado, no le había formulado preguntas concretas y desde luego no le había pedido nada que le pusiera en un compromiso. Cuando se entera de que alguien se encuentra en un apuro, la gente suele apresurarse a prestar ayuda. Pero Briles se había mostrado reacio desde el principio, haciendo que la conversación se apartara de Chapman para poner en duda mis principios. No sólo se negaba a hablar, sino que mentía. Y bastante mal, además.

Todo es cuestión de detalles, de coincidencias, un gesto casual, una palabra dicha sin pensar. Hay que estar alerta en todo momento, acechando la menor nota discordante, el más tenue indicio de que las cosas no son lo que parecen. Uno parte en una dirección esperando encontrar algo sin importancia y, en cambio, descubre otra cosa que le desvía por otro camino. Si no anda uno con cuidado, puede acabar perdido en el laberinto de las vidas ajenas sin forma de encontrar la salida. Pero son gajes del oficio. En cuanto hay que vérselas con asuntos humanos, ya no existen caminos rectos.

–Es usted una persona que impresiona mucho, profesor Briles –le dije–. Ha escrito once libros, es una autoridad en su ámbito, un personaje importante en el mundillo universitario. Pero se olvida de que no soy un tímido estudiante que ha venido a pedirle su opinión sobre la ética puritana de Weber. Lleva quince minutos ahí sentado, jugando conmigo al ratón y al gato, negándose a responder las preguntas más sencillas. No había necesidad alguna. He venido a pedirle ayuda y ahora me hace pensar que a lo mejor he dado con algo. Como decían en los sesenta, o eres parte de la solución o parte del problema. Y desde luego, no se ha mostrado muy deseoso de proponerme una solución. En realidad, profesor, pocas veces he encontrado un embustero menos convincente que usted. Todo el mundo sabe que es amigo íntimo de George Chapman, que pasa fines de semana en el campo con él y su mujer, que va con ellos a la ópera, que hace unos meses invitó a Chapman a que diera una conferencia aquí, en Columbia. Pretende mantener con él una amistad distante, cuando le hubiera bastado decir que no quería hablar. Eso lo habría aceptado. Pero mentir primero y luego negarse a hablar no tiene sentido; a menos que trate de ocultar algo.

Briles permaneció inmóvil, indiferente, sin revelar la menor emoción.

—¿Eso es todo? —dijo al cabo. Su voz tenía un tono maquinal.

—Eso es todo. Pero tenga la seguridad de que volverá a tener noticias mías. —Me levanté—. No se moleste en acompañarme a la puerta.

Allí le dejé, sentado frente a su escritorio en el despacho inundado de sol.

4

Paré un taxi en Broadway y ordené al conductor que me llevase a la calle Setenta y uno Oeste. Se llamaba J. Daniels, y conducía su vehículo como si en una encarnación anterior hubiese sido domador de potros salvajes. Andaba por los cincuenta, tenía los dientes torcidos y las hirsutas cejas le sobresalían de la frente como dos bosques diminutos. Entre los bandazos y sacudidas que dábamos camino al centro, me alegré de haber desayunado poco.

Paramos frente a un semáforo en la calle Ciento diez y me dijo:

—¿Es que no me lo va a preguntar?

—¿Qué le tengo que preguntar?

—Lo que me preguntan nueve de cada diez personas que se suben a este taxi.

—Oigo su voz, pero hay interferencias en las ondas.

—La J de J. Daniels —especificó, como si hasta el más imbécil lo supiera–. Todo el mundo quiere saber lo que significa la J de J. Daniels. ¿No tiene ganas de saberlo?

–No especialmente.

–Venga, vamos, ¿por qué no intenta adivinarlo? Ayuda a pasar el tiempo.

El semáforo se puso verde y el taxi arrancó como una bala.

–Está bien –le dije–. Me doy por vencido.

–No, no, inténtelo de verdad. Si no, no tiene gracia.

No iba a parar hasta que yo cediera, así que finalmente decidí seguirle la corriente. Ojalá hubiese sido yo tan insistente con Briles.

–Como evidentemente sólo hay una respuesta, supongo que no puede ser ésa. Y si no es Jack, tiene que ser un nombre raro. ¿Qué me dice de Jeremiah? Tiene usted aspecto de ser alguien con muchas cosas de que quejarse.

–¡No ha acertado! –gritó, soltando una estruendosa carcajada–. Ha perdido. ¡No significa nada! Mi nombre es simplemente J., y ya está. A mis puñeteros padres no se les ocurrió ningún nombre que ponerme. –Su voz cobró un tono filosófico–. Pero da lo mismo. A mí qué coño me importa. Puede llamarme Jack. Mucha gente me llama así.

Hicimos el resto del trayecto en silencio, y no le llamé de ningún modo. A mí no me convence el mito del taxista neoyorquino. Los taxistas son personas corrientes, y cuando hablan dicen las mismas estupideces que los demás. J. Daniels se había presentado con un tema original, pero ahora que se había terminado el chiste no me apetecía oír el resto de su repertorio. Al apearme en la calle Setenta y uno, sacó la cabeza por la ventanilla abierta y me soltó su despedida.

–Sabe una cosa, señor. Llevo veintitrés años con el taxi, y nadie, ni una puñetera persona, ha adivinado lo que representa la inicial J.

Volvió a soltar su estrepitosa carcajada y aceleró hacia el

este, sumiéndose en la jungla del tráfico neoyorquino en busca de su próxima víctima.

Yo vivía en uno de esos edificios típicos del West Side, un arca de Noé que albergaba a casi todas las especies existentes en la ciudad. Había blancos, negros, amarillos y varios matices intermedios. Había familias, parejas de ambos sexos, dos parejas masculinas, una pareja de mujeres y gente que vivía sola. Había personas de carrera, asalariados y gente sin trabajo. Entre ellos se contaban un poeta, un periodista, una soprano de ciento cincuenta kilos, dos estudiantes de oboe de Juilliard, un marchante negro homosexual, un tintorero, un empleado de correos, un asistente social y un detective privado, por mencionar sólo unos pocos. La administración corría a cargo de Arthur, el regordete conserje puertorriqueño. Tenía cuatro hijos y un retorcido sentido del humor, y se tomaba el trabajo en serio. Casi siempre andaba por allí, en el vestíbulo o al pie del portal, con un bate de béisbol en la mano derecha y observando atentamente a cualquier extraño que intentara entrar en el edificio. Por navidades se forraba a aguinaldos.

Me detuve en el vestíbulo para recoger del buzón unas facturas y prospectos de propaganda y luego subí hasta el noveno piso en el renqueante ascensor salpicado de manchas blancas y marrones. Mi apartamento se componía de dos habitaciones sombrías que daban al patio y una cocina lo bastante espaciosa para entrar y salir si uno se acordaba de contener la respiración. Lo llamaban cocina de rinconada, pero recoveco era un término más adecuado. Me había pasado los últimos años repitiéndome que a la semana siguiente buscaría un piso mejor, pero seguía sin encontrar forma de poner manos a la obra. Se conoce que me había encariñado demasiado con aquel sitio para dejarlo.

Puse un disco de Mozart, uno de los cuartetos dedicados a Haydn, y me hice un emparedado de jamón y queso con pan de centeno, dos lonchas de Gruyère, una hoja de lechuga de Boston y una cucharada de mostaza Poupon. Cogí de la nevera una botella de Beck y lo llevé todo a la mesa redonda del cuarto de estar.

Diez minutos después llamé a Dave McBell.

–Un poco más tarde y no me encuentras –observó–. Estaba a punto de salir a comer.

–Tú no necesitas comer –repuse–. Eso es para seres humanos. Creía que estabas al corriente de que en la oficina del fiscal sólo contratan máquinas.

–Bueno, esta maquinita necesita lubricante, y a lo mejor un par de cervezas para limpiar los sedimentos.

–¿Alguna noticia?

–Sin complicaciones. El tío por el que preguntas, Pignato, ha tenido sus andanzas. Nada serio, en cualquier caso. Lo que podría llamarse un figurante. También parece que no está muy bien de la chola. Pero en su historial no hay tendencias violentas. Se ha pasado los cuatro o cinco últimos años entrando y saliendo del loquero. Tiene mujer y tres hijos.

–¿Qué hay de Contini?

–Paciencia, paciencia. A eso voy. Pignato tiene las manos limpias desde hace bastante. Desde el accidente con Chapman. Trabaja de chófer, sobre todo. La última vez que lo detuvieron fue por conducir un camión al que le faltaba un faro.

–Eso no parece muy grave.

–No. Pero cuando abrieron el camión encontraron tabaco de contrabando procedente de Carolina del Norte por un valor de unos veinte mil dólares, oculto en la parte de atrás. Los cargos no prosperaron, claro está, pero trabajaba para Contini. Ha estado en su nómina durante quince años.

–¿Y antes de eso?

–Lo habitual. Unos cuantos robos de coches. Hizo de conductor en varios atracos. Reformatorio de chico. Ha estado tres veces en la trena, pero nunca más de unos meses.

–¿Tienes su dirección?

–La misma ciudad de siempre, Irvingville. Calle Diecisiete, 815. Su mujer se llama Marie.

–Gracias, Dave. Creo que con eso me vale.

–Estupendo. Y ahora, a ver si puedo salir de aquí antes de que el estómago se me salga del cuerpo y me estrangule.

–No olvides vigilar las calorías.

–Sí. Y tú no olvides vigilarte a ti mismo, Max. Contini puede que se haga viejo, pero no es ningún angelito.

–No te preocupes por mí –concluí–. Soy el último de los judíos duros.

No me moví del asiento. Durante unos minutos me quedé allí sentado, contemplando a una pareja de palomas que se paseaba por el alféizar de la ventana. El macho, todo hinchado de orgullo masculino, trataba de montar a la hembra, que sin embargo conseguía eludirlo cada vez que se le acercaba. El deseo entre las palomas es implacable y automático. Parecen obligadas a repetir las cosas una y otra vez sin demostrar la menor conciencia de lo que hacen. Entre ellas no existe el amor verdadero, como en los gorriones. Las palomas son neoyorquinos ejemplares, y exhiben las características más conocidas de la ciudad: sexualidad sin alma, glotonería, maldad y enfermedad. En Francia las crían con especial cuidado y las consideran un manjar. Pero dicen que los franceses saben disfrutar de la vida más que nosotros.

Hasta el momento, no se me estaban presentando mal las cosas. Tenía la primera pista, y parecía buena. Lo importante era no precipitarse en sacar conclusiones. Había estado jugando con la idea de que el accidente de Chapman había sido en realidad un intento deliberado de asesinarlo, pero ahora dudaba en considerarlo como algo más que una posibilidad. Una corazonada no es una prueba, y seguía sin tener algo palpable en que apoyarme. Me encontraba en un momento en el que aún tenía que ganarme el dinero que Chapman me había dado.

Repasé los nombres de la lista de Chapman y luego llamé

a Abe Callahan, uno de los dirigentes del Partido Demócrata que proponía la candidatura de Chapman. Era uno de la llamada nueva generación que se vestía, se comportaba y desprendía el mismo olor que la presuntamente vieja. Su secretaria me informó de que estaba en Washington y no volvería hasta el lunes. Le di mi nombre y le dije que volvería a llamar entonces.

Mi siguiente llamada fue para Charles Light, el propietario de los Americans, y a través de su secretaria logré una cita con él a primera hora de la mañana siguiente. Me quedé un poco sorprendido de conseguirla tan fácilmente, pero lo achaqué al innato encanto que emanaba mi voz por teléfono. Aquél iba a ser mi día de suerte.

Marqué el número de mi servicio de contestador para saber si tenía algún recado. Sólo había uno. De la señora Chapman, y era urgente. Me esperaba a las dos y media en la oficina. Nunca cerraba el despacho con llave y, como no tenía secretaria, había dado instrucciones a las empleadas del servicio de contestador para que me concertaran citas. Consulté el reloj. Eran las dos pasadas. Si me marchaba inmediatamente, podría llegar justo a tiempo.

Llevé la bandeja del almuerzo a la cocina y la dejé en el fregadero con los demás cacharros sucios, diciéndome que me ocuparía de ellos al volver. Las cucarachas me lo agradecerían, y a mí me gustaba estar en buenas relaciones con mis inquilinos.

Fui al baño, me eché agua fría en la cara, me ajusté la corbata, me quité unas migas de pan de la chaqueta de pana verde y me peiné. Al mirarme al espejo, vi un rostro impaciente; era la expresión de un adolescente que se prepara a salir a una cita prometedora. Supuse que estaba nervioso por la entrevista con Judith Chapman. Pero eso no era todo. Ya había entrado en el caso y empezaba a notar la tensión en la boca del estómago. Me subía la adrenalina.

Estaba a punto de salir cuando llamaron a la puerta. No era uno de esos toques corteses, indecisos, con que llama un vecino cuando viene a pedir prestado el salero, sino unos golpes fuertes, insistentes, que me anunciaban que, por mucho que lo intentara, no llegaría a mi cita de las dos y media. Sabían que estaba en casa y no les gustaba que les hiciesen esperar. Lo último que pensé antes de abrir la puerta fue en cómo se las habían arreglado para entrar con Arthur abajo.

Eran dos, como siempre. Uno de ellos muy alto y el otro sólo alto. Muy Alto iba vestido con una chaqueta de madrás azul y roja, una corbata morada, una camisa amarilla de las que no necesitan plancha y unos pantalones verde pálido de lana gruesa. Era una combinación de pesadilla, como ideada por un delirante pregonero de circo. Llevaba unas gafas de sol envolventes, y la estúpida sonrisa de suficiencia en su musculoso rostro indicaba que disfrutaba con su trabajo. Alto era un poco más distinguido. Parecía haberse debatido unos momentos en los percheros de Sears antes de elegir su traje castaño de fibra sintética, y su corbata azul pálido del «Bicentenario de los Estados Unidos de América» demostraba, si no otra cosa, que al menos era un patriota. Pero sus ojos no me gustaron. Eran del mismo color que la corbata, y poseían esa expresión dura y ansiosa de los ojos que lo han visto todo y siguen queriendo más. No esperaba que ocurriera algo así tan pronto, de modo que me asusté. Los hombres de esa clase nunca vienen a hacer una visita de cortesía. Tienen un propósito y no suelen marcharse hasta conseguir lo que quieren. Era una situación peligrosa y me habían pillado con la guardia baja. Me recomendé calma.

Fue Alto quien rompió el hielo.

—¿Max Klein? —preguntó.

Era una voz que había venido directamente de Newark por la Pulaski Skyway para luego perderse en el tráfico de la Décima Avenida.

—Lo siento —contesté—. Yo sólo soy la mujer de la limpieza. El señor Klein está de vacaciones en Europa.

—Un tipo chistoso —comentó Muy Alto. Pareció gustarle mi ocurrencia, como si hiciera más placentera su visita.

—Tendrán que disculparme, caballeros —anuncié—. Ya voy con retraso a una cita. ¿Por qué no vuelven dentro de unos tres años? Entonces podremos hablar.

Hice ademán de pasar por la puerta, pero no se apartaron y permanecieron impasibles, como estatuas de la Isla de Pascua.

—Esto sólo llevará unos minutos, señor Klein —dijo Alto. No se apartaba del tema, me negaba toda posibilidad.

—De acuerdo —dije al cabo—. Pasen. Pero tengan cuidado de no tirar colillas al suelo.

—No fumamos —declaró Muy Alto con total seriedad.

Les hice pasar. Alto se sentó en el sofá y yo frente a la mesa. Muy Alto se puso a deambular por la habitación, echando un vistazo a los libros y los discos. Me hizo pensar en un camionero que ha torcido por donde no era y se encuentra por error en un museo.

—Sabemos quién es usted —empezó Alto—. Así que no nos venga con cuentos. Sabemos que hace unos años armó un buen follón en la oficina del fiscal con el asunto Banks. Sabemos que lo largó todo a la prensa cuando se despidió. Y sabemos que no le quedan muchos amigos en esta ciudad.

Era como si se hubiese aprendido de memoria el discurso estudiando algunas fichas.

—Me alegro de que sepan todo eso —repuse—. No quisiera tener secretos con ustedes. Pero no veo qué tiene esto que ver con el precio de la pizza en el Bronx.

—Esto significa que tenemos más amigos que usted, Klein. Lo que quiere decir que sería una estupidez no colaborar con nosotros.

—Les escucho, entonces. El suspense me está matando.

Alto se arrellanó en el sofá lanzándome una de esas miradas que paran en seco a los tigres. El caso es que lo hacía muy bien. Afortunadamente, yo no era un tigre.

—Aléjese de George Chapman —ordenó en tono monocorde.

—Ah, ya veo —repuse con sarcasmo—. Se presentan intempestivamente en mi casa, me dicen la clase de compañía que debo frecuentar y yo tengo que asentir con la cabeza y darles las gracias por mantenerme en la senda de la virtud.

—Algo así —confirmó él.

En el rincón del estéreo, Muy Alto examinaba el disco que yo había puesto antes.

—¿Quién es este tío? —preguntó, cogiendo la funda y mirando el retrato de Mozart—. Vaya pinta de maricón asqueroso.

—Este tío, como le llama usted —le informé—, murió hace casi dos siglos. A los tres años ya tenía más inteligencia en la rótula que usted en todo su cerebro de gorila.

—Joder —exclamó Muy Alto—. Desde luego, habla usted muy bien.

Sacó el disco de la funda, lo examinó cuidadosamente por ambas caras y lo partió en dos, tirando despreocupadamente los pedazos al suelo.

—Por eso —le advertí—, languidecerá durante mil años en el noveno círculo del infierno.

—Lo siento —dijo, mirándose las palmas de las manos con fingida sorpresa—. Se me debe de haber resbalado de las manos.

—Muy bien —dije a Alto—, ¿por qué no se largan ya usted y su amigo? He recibido su mensaje. No hay más que hablar.

—Sí que lo hay. Yo le he dado el mensaje, pero usted no me ha dado una respuesta.

Muy Alto se dirigió a la librería, dejó caer unos libros al suelo y luego, metiendo su largo brazo en el estante, con un rápido movimiento tiró los demás.

–Coño –dijo Muy Alto–. No sé lo que me pasa hoy. Me estoy volviendo horriblemente torpe.

Muy Alto parecía tener aspiraciones como decorador de interiores. Sin duda se pasaba las tardes libres estudiando detalladamente el último número de *House Beautiful* en busca de nuevas ideas. En cuestión de minutos casi me había redecorado todo el cuarto de estar, y cuando terminara lo dejaría completamente a su gusto. Se denominaba estilo disperso, y dejaba la habitación con ese encanto informal que sólo se encuentra en los mejores hogares.

Lo dejé pasar. No iba a permitir que nada le incomodase. Era mi día de suerte, y no se debe tentar al destino. No por nada había nacido judío. Desde temprana edad uno aprende a aceptar lo bueno y lo malo. Y también se aprende a contar. Lo mirara como lo mirase, dos contra uno me parecía un argumento convincente.

–Digámoslo así –le dije a Alto, mientras Muy Alto acometía su labor con el segundo estante–. ¿Por qué coño tengo que hacer lo que ustedes me digan? Quieren que deje un cliente para el que he empezado a trabajar esta misma mañana, pero no tengo ni pajolera idea de quiénes son ustedes. No olvide que trato de ganarme la vida, que no puedo aceptar un asunto y abandonarlo acto seguido. Si quieren quitarme el pan de la boca, tendrán que ofrecerme a cambio un trozo de tarta.

Alto esbozó una amplia sonrisa. Ahora hablaba un lenguaje que él entendía bien. Ambos éramos profesionales que quizá trabajaban en bandos opuestos pero a quienes unía el mismo cinismo, la misma filosofía que siempre da la última palabra a la pasta.

–Estaba seguro de que era usted uno de esos abogados listos, Klein –manifestó–. Lamento que salga con tan buen arreglo económico, pero yo sólo soy el mensajero. –Hizo una pausa, como para envidiar mi buena suerte–. Se aleja de Chapman y recibe cinco mil, sin preguntas de ninguna clase.

–¿Y de dónde va a salir ese dinero?

–Sin preguntas, como le he dicho. Cinco de los grandes es suficiente para no hacer preguntas.

–De acuerdo, sin preguntas. ¿Cómo recibiría el dinero?

–Al contado. Todo está arreglado.

–¿Y si decido negarme?

–Usted no decide nada. Sólo lo hace. ¿Está claro?

–No mucho. Sigo queriendo saber qué pasaría si les mando de vuelta a su jefe con el mensaje de que coja esos cinco billetes y se los meta en el culo.

–No lo dirá a menos que quiera acabar con las dos piernas rotas.

–Pero eso es precisamente lo que estoy diciendo.

Alto no se lo creía. Que alguien pudiese siquiera considerar la posibilidad de rechazar tal oferta superaba su capacidad de entendimiento. Nuestras momentáneas relaciones se habían roto, y ya no sabía el terreno que pisaba conmigo. Yo volvía a ser un extraño.

–¿Dice que no? Joder, ¿está diciendo que no?

Su voz había subido una octava.

–Eso es. Y no quiero que olvide mi mensaje. Que se meta los cinco mil en el culo. Enteritos.

Estaba corriendo un gran riesgo, y sabía que probablemente tendría que pagarlo. Pero rechazar el dinero era el único medio de averiguar quién estaba detrás del ofrecimiento. Alguien se tomaba muchas molestias para alejarme de Chapman y eso significaba que disponía de menos tiempo de lo que había pensado. Si no actuaba deprisa, la vida de Chapman no valdría ni la tinta de un sello usado.

–Eres hombre muerto –declaró Alto–. Acabas de comprar el billete para los grandes territorios de caza.

Muy Alto había interrumpido su labor de demolición y observaba a Alto con el aire expectante de un perro de pelea. Esperaba una señal.

—Larguémonos de aquí, Angel —dijo Alto—. El cabrón este tiene que ser el gilipollas más tonto de Nueva York.

—Sí, lo sé —contestó Angel—. Es un gracioso. Ya te lo dije al entrar, Teddy. —Me sonrió y luego se acercó a mí—. Me recuerda a uno de esos payasos de la narizota roja. ¿Sabes a qué me refiero, Teddy? Un verdadero patán.

Sin previo aviso, me arrancó de la silla y me lanzó como un balón de playa contra el montón de libros al otro extremo de la habitación.

—Un tontarra de tomo y lomo. Como esos caricatos que salen en la tele. Sólo que este tío no me hace reír.

Antes de que tuviera tiempo de recobrar el aliento ya estaba otra vez encima de mí, poniéndome en pie de un tirón. Intenté agacharme, pero fue demasiado rápido para mí y, cuando comprendí que debía haberle presentado el hombro, me lanzó un derechazo corto e increíblemente poderoso al estómago. Tuve la sensación de que me había descarrilado el metro en las entrañas. Caí al suelo, incapaz de respirar, incapaz de moverme. El mundo entero se volvía negro, y la poca luz que había chisporroteaba de forma intermitente, tan triste como una vela bajo la lluvia.

—Ya basta, Angel —ordenó Teddy—. Es hora de irnos.

—Sólo quería darle al capullo este un anticipo de lo que le espera —explicó Angel, de pie sobre mí con los puños aún apretados—. Algo sabroso para que se entretenga pensando la próxima vez que vaya a cagar.

Ni me enteré de cuándo se marcharon. Yo estaba en alguna parte del fondo del océano, buscando un pulmón de acero. Cuando pude respirar de nuevo, probablemente habrían tenido tiempo de marcharse en su coche, parar a comer a última hora y estar a medio camino de Brooklyn. O de donde viniesen.

5

Eran más de las tres y media cuando conseguí llegar a la oficina. Me sorprendió un poco que Judith Chapman siguiera esperándome. Antes de salir de casa había llamado a la oficina, pero como nadie cogió el teléfono me salió otra vez el servicio de contestador, que no tenía ningún mensaje nuevo que comunicarme. Me figuré que había renunciado a la esperanza de que me presentara.

–Yo también vine tarde –explicó, volviéndose en la silla para saludarme. Era la misma en que su marido se había sentado por la mañana–. Así que supongo que no debo tenérselo en cuenta.

Sonrió con suave ironía, como diciendo que si ambos éramos culpables también éramos inocentes.

Me senté tras mi escritorio y le devolví la sonrisa. Me gustó el modo en que había tratado de ponernos en pie de igualdad.

–¿En qué puedo ayudarla, señora Chapman? El servicio de contestador dijo que era urgente.

Me gustaba la cara de Judith Chapman. No era bonita en el sentido clásico del término, quizá ni siquiera guapa, sino irresistible, el tipo de cara que resulta casi imposible dejar de mirar. Tenía la nariz un poco grande, la mandíbula demasiado ancha y los labios un tanto llenos. Pero en cierto modo todo se conjuntaba, y cuando uno miraba sus grandes ojos castaños casi se sorprendía de su inteligencia y sentido del humor. Parecía ser una de esas raras mujeres que encajan cómodamente consigo mismas y con el mundo, una mujer que podía ir al ballet una noche, jugar al póquer con los amigos a la siguiente y encontrar ambas experiencias igualmente placenteras. Era refinada pero no frágil, y el pelo negro y ondulado le daba una sensualidad que no suele encontrarse en las mujeres ricas. Llevaba un sencillo vestido de punto blanco con un vistoso bordado en el cuello. En manos y muñecas lucía algunas joyas, y sólo llevaba un toque de maquillaje en torno a los ojos. Metió la mano en su gran bolso de cuero negro y sacó un Merit, que encendió con un elegante mechero de oro antes de que yo tuviera oportunidad de rascar una cerilla. Lo hizo con los gestos mecánicos de quien fuma más de un paquete diario.

–Se trata de George, mi marido –empezó–. Sé que ha venido a verle esta mañana y estoy preocupada por si ha pasado algo grave.

–No ha pasado nada grave. Todavía no. Hablamos de lo que podía hacerse para evitar que ocurriera.

–Entonces hay algo de que preocuparse.

Fuera lo que fuese lo que la preocupaba, tenía aspecto de estar inquieta desde mucho antes que aquella mañana.

–¿No ha hablado su marido con usted?

–Mi marido y yo no hablamos mucho, señor Klein.

No había amargura en su voz. Era una simple afirmación, un hecho cotidiano.

–Si no ha hablado con su marido, ¿cómo se ha enterado de que ha venido aquí?

Dudó un momento, como tratando de tomar una decisión. Noté que se arrepentía de pronto de haber venido a mi oficina.

–Me lo ha dicho Bill Briles.

Me eché para atrás en la silla y levanté la vista al techo. Con mi voz más serena e inocente, pregunté:

–No será el profesor William Briles, ¿verdad? ¿Miembro del departamento de sociología de la Universidad de Columbia y autor de unos once libros?

Bruscamente, puse la silla derecha y le sonreí.

–No sea sarcástico, señor Klein –me recomendó con su primera muestra de mal humor–. Ya sabe quién es. Ha ido a verle hace unas horas.

47

—¿Qué le ha dicho Briles exactamente?

—Me ha llamado sobre las doce, completamente alarmado. Me ha dicho que está usted llevando a cabo una especie de investigación sobre George, que le había amenazado y que no iba a dejarle en paz.

—No se mostró muy dispuesto a colaborar. Tuve la impresión de que trataba de ocultar algo. Y yo soy curioso. Me gusta saber por qué las personas hacen lo que hacen.

—A lo mejor estaba asustado —sugirió ella, con una voz que había cobrado un tono tenso, defensivo.

—Sólo pretendía hacerle unas preguntas que me hubieran servido para proteger a un amigo suyo.

—Por eso precisamente se asustaría. A Bill le desconcierta todo lo relacionado con George.

—¿Y por qué?

Titubeó de nuevo, como temerosa de decir alguna inconveniencia.

—Es complicado.

—No importa. No tengo prisa. Puede explicármelo.

Respiró hondo para armarse de valor. Luego se inclinó hacia delante y apagó el cigarrillo en el cenicero de mi escritorio. Empezó a hablar sin perder de vista el cenicero, como si se dirigiera a él en vez de a mí. El cigarrillo apagado era un público que no criticaba.

—Supongo que ya no importa —dijo—. Tal vez le sirva de ayuda si se lo cuento.

Volvió a respirar hondo y aguardó a que se le distendiera el cuerpo. De la calle me venía el rumor del tráfico vespertino, oía el agua corriendo en el piso de arriba, en el estudio de Dennis Redman, el omnipresente arrullo de las palomas en el alféizar de la ventana, todos los pequeños ruidos que habitan los silencios de la ciudad.

—Mire usted —prosiguió—, Bill Briles y yo fuimos amantes durante mucho tiempo. Eso quizá explique por qué se ha puesto hoy tan nervioso. Sencillamente no sabía lo que pretendía usted. Creo que lo hemos mantenido bastante en secreto. Pero nunca se puede estar seguro.

—Su marido y usted siempre dan la impresión de estar admirablemente unidos —observé—. Son el matrimonio modelo.

—Es tremendo, ¿no? Vivir una mentira, sabiendo que se es una perfecta hipócrita. Mi matrimonio con George fracasó al cabo de tres años. Pero seguimos adelante, apareciendo juntos en público, fingiendo que no pasaba nada, mientras que cada uno hacía la vida por su lado.

—¿Cuándo empezó la aventura con Briles?

—Unos dos años antes del accidente de George.

—¿Y siguió después del accidente?

—Más o menos. Bill y yo dejamos de vernos durante un tiempo, pero en realidad no se había acabado. Sólo fue una pausa.

—Pero ya se ha terminado.

—Sí, hace unos seis meses que rompimos definitivamente. Decidí empezar de nuevo con George. Me dijo que necesitaba que volviera con él, y le creí. Las cosas fueron bien durante un tiempo, pero todo acabó saltándonos a la cara otra vez. George Chapman es una persona con la que resulta sumamente difícil llevarse bien, señor Klein.

—Esta mañana me ha dicho que la quería profundamente, que era usted el sostén de su vida.

—Eso no es raro en él. Uno de sus mayores problemas es que, en vez de revelar sus emociones, siempre dice lo que se espera oír, lo más convencional. Siempre ha sido así, pero aún más después del accidente. Me resulta difícil hablar de esto, pero ha de comprender que yo sólo era una niña cuando me casé con George. Tenía veintiún años, acababa de salir de la universidad y le consideraba el hombre más extraordinario que había conocido en la vida. No sabía nada de béisbol ni de lo que era la vida de la mujer de un jugador. Cuando empezó la temporada, apenas le veía. Usted debe de estar al tanto de lo que hacen los jugadores cuando están de gira. George tenía una amante en cada ciudad. Tardé unos años en descubrirlo, pero él realmente no quería una esposa, sino una pieza de exhibición. Yo le daba estilo. Por eso me imploró que volviera con él el invierno pasado. Pensaba dedicarse a la política, y sabía que una esposa bonita era una gran ventaja para un político. También era una forma de evitar un escándalo si llegaban a descubrirse mis relaciones con Bill. A George siempre se le da bien jugar con dos barajas. No le gusta correr riesgos.

−No quisiera ser indiscreto, pero ¿no ha pensado nunca en divorciarse?

−Claro que sí. Bill y yo hablamos varias veces con él, pero juró que antes nos mataría. Y yo le creí. George puede ponerse muy violento. Contiene tanto las emociones que periódicamente sufre tremendos estallidos de cólera. Se acostumbró al hecho de que Bill y yo fuéramos amantes. Decidió que no importaba que viese a Bill con tal de que nadie se enterase. Es retorcido, lo sé, pero así es George. No quiero mostrarle como una mala persona, pero es muy complicado y difícil. A su extraña manera, cree que aún me quiere; en la medida en que siga siendo capaz de amar a alguien. Y, a pesar de todo, veo que sigo teniendo ciertos sentimientos por él. Lástima..., afecto..., no sé cómo llamarlo. Hemos pasado mucho juntos, y supongo que eso crea un vínculo. Y, sin embargo, necesitaba algo más..., sigo necesitando algo más...

Me levanté, me dirigí al otro extremo del despacho y me senté en el poyo de la ventana. Estaba perplejo por el motivo que la había impulsado a confiar en mí. Tras mantener durante tiempo en secreto su relación amorosa con Briles, no tenía sentido que me hablara con tal sinceridad. Al mismo tiempo me alegraba de que me hubiera elegido como confidente. Estaba ávido de información sobre Chapman, y en sólo unos minutos me había facilitado datos que habría tardado semanas en descubrir por mi cuenta. Lo consideré un golpe de suerte.

–Sabe escuchar, señor Klein –comentó–. Creo que tenía ganas de contárselo a alguien desde hace mucho tiempo. –Sonrió avergonzada–. Y al final ha sido usted.

–Puede llamarme Max –la invité–. Todo el mundo me llama así. Incluso aquellos a los que les gustaría llamarme Trapos Sucios.

–Si se lo toma así –repuso sonriendo de nuevo, esta vez con un alarde de simpatía bailando en sus ojos–, llámeme Judy.

Nos estudiamos con detenimiento, calibrándonos por primera vez como personas. Cambió el ambiente de la oficina, súbita e inefablemente. Ya no éramos unos completos desconocidos. Se había producido algo íntimo entre nosotros.

Seguí mirándola a los ojos.

–Dígame –le pregunté–, ¿ha tenido George alguna aventura amorosa desde el accidente?

–No creo –contestó, sacudiendo la cabeza–. Al menos, que yo sepa.

–¿Tuvo el accidente consecuencias físicas duraderas... aparte de la pérdida de la pierna?

–Si he entendido bien su pregunta, la respuesta es no. George es perfectamente capaz de mantener relaciones sexuales.

–Entonces, ¿por qué no tiene una amante? No me refiero a enamorarse. Sólo a alguien que satisfaga sus necesidades.

–George no tiene las mismas necesidades que los demás hombres –explicó con voz queda–. Incluso antes del accidente, las relaciones sexuales eran para él más una obligación que un placer. Creo que le dan miedo, le asustan las emociones que crean.

Pensé en eso durante un rato, tratando de amoldarlo a la idea que me había empezado a formar de Chapman. Las cosas no concordaban necesariamente, pero allí estaban, al descubierto, y tenía que aceptarlas y tratar de asimilarlas.

–Su marido ha venido a verme esta mañana porque había recibido una carta amenazándole de muerte.

Judy Chapman me miró como si acabara de hablarle en chino.

–No entiendo –afirmó–. ¿De qué está hablando?

–George recibió una carta. En ella le avisaban de que si no hacía determinadas cosas, podía despedirse del mundo de los vivos. Lo que pasa es que George no sabe cuáles son esas cosas. De modo que aunque accediera, no podría hacerlo. Lo que le pone en una situación bastante precaria.

–Válgame Dios –exclamó en una voz casi inaudible–. Santo cielo.

–Todavía no tengo algo seguro en que basarme, pero estoy siguiendo una pista que podría resultar bastante sólida. –Hice una pausa, dándole tiempo para que se tranquilizara–. ¿Le suena de algo el nombre de Victor Contini?

–Es el padre del abogado de George, Brian Contini.

–¿Le conoce usted?

–No, nunca lo he visto.

–¿Y George?

–Nunca lo ha mencionado, que yo recuerde. –Me miró con aire socarrón–. Victor Contini no será una especie de mafioso, ¿verdad?

Asentí con la cabeza.

–Y de los peores.

Me sostuvo un momento la mirada, como esperando que esbozase una sonrisa y le dijera que todo era una broma. Cuando vio que mi expresión no cambiaba, dijo:

–Es increíble que esté pasando esto. Sencillamente no es real.

No dije nada para tranquilizarla. Asegurarle que todo iba a salir bien habría sido mentirle, y no quería hacer falsas promesas. Era real, y por tanto podía pasar cualquier cosa.

–Hábleme un poco de la situación financiera de George –le pedí–. ¿Gasta más de lo que gana?

–No, todo lo contrario. Tiene tanto dinero que no sabe lo que hacer con él. El libro se vendió muy bien, y todavía produce bastantes ingresos. Luego están las conferencias que da por ahí, las inversiones que ha hecho y el sueldo que sigue recibiendo de los Americans. No sé si sabe que antes del accidente firmó un contrato por mucho tiempo.

–Sí, lo sé. Por ocho años.

–Ese dinero sería más que suficiente. Asciende a una considerable fortuna, más de lo que la mayoría de la gente gana en toda la vida.

–Doscientos cincuenta mil al año, ¿no?

–No tanto. Pero se acerca mucho.

–¿Y qué dice Charles Light? Me imagino que le molestará desprenderse todos los años de ese dinero sin recibir nada a cambio.

–No cabe duda de que le molesta. Pero está obligado por el contrato, y no puede hacer nada para remediarlo. Los primeros años insistió mucho en llegar a una especie de acuerdo transaccional, pero George se mantuvo en sus trece y acabó cansándose.

–¿Hay alguien aparte de Light que pueda tener rencor a George?

–Estoy segura de que hay mucha gente que detesta a George. Tiene una personalidad muy fuerte y eso fastidia a ciertas personas. Pero eso no significa que quieran matarlo.

–¿Y William Briles?

Se quedó seca, mirándome fijamente.

–Imposible. Bill Briles no es esa clase de persona. En primer lugar, odia la violencia. Y luego tiene demasiado miedo de George para que se le ocurra algo así.

Hablaba en tono incisivo, como para arrancarme esa idea de la cabeza. Daba la impresión de intentar que Briles desapareciese para siempre de escena, y me pregunté si lo hacía para curarse en salud o si era una indirecta para decirme que estaba libre. Pero no era el momento de averiguarlo.

–Una última pregunta –le dije–. ¿Le ha explicado George alguna vez por qué circulaba por una pequeña carretera comarcal la noche del accidente?

La pregunta la desconcertó. No tenía idea de lo que hablaba.

–¿Y qué más da la clase de carretera por la que circulaba?

–Me parece raro, una especie de cabo suelto. Y mi obligación es buscar todo lo que se salga de lo normal para estudiarlo lo más detenidamente posible.

–Pero ¿qué tiene que ver el accidente de hace cinco años con lo que ocurre ahora?

–No lo sé –reconocí–. Eso es lo que trato de averiguar.

Judy Chapman permaneció absorta en sus pensamientos, asintiendo despacio con la cabeza, como si finalmente empezara a comprender todo el asunto.

–Pobre George –murmuró, casi para sus adentros–. Pobrecito George.

–¿Podría localizarla en su casa? –le pregunté–. Quizá tenga que llamarla si descubro algo importante.

–Sí, estaré en casa. Y si he salido, siempre puede dejar un mensaje en el contestador.

Se levantó para marcharse. Me di cuenta de que me gustaba el porte de su esbelto cuerpo. Su vestido no formaba esa especie de armadura que aprisiona a algunas mujeres atractivas. Parecía realzar su presencia, recordando que estaba viva dentro de él, que no necesitaba exhibirse para ser deseable. Y hacía que todo eso resultara muy natural. Me pregunté si alguna vez había conocido a alguien como ella.

Cuando nos disponíamos a salir por la puerta hacia el ascensor, se dio la vuelta y echó un vistazo a las nueve Torres de Babel fijadas en las paredes.

—Le diré algo sobre su decoración —dijo en tono neutro—. Es radical.

—No soy de esos a quienes les gustan demasiadas cosas —repuse—. Cuando encuentro algo bueno, me agarro a ello.

Nos hablábamos en un código extraño y lacónico, tanteándonos con una delicadeza casi victoriana. Las palabras no eran exactamente lo que parecían, y hasta la observación más trivial tenía doble sentido, una intención oculta. Me sonrió divertida. Acababa de hacerle un cumplido, y ella lo había reconocido en su justo valor. Me alegré de ver que estábamos en la misma onda.

Esperamos el ascensor en silencio. Cuando al fin llegó, me puso la mano en el brazo y dijo:

—Cuídese, Max.

Le contesté que lo haría.

6

Luis Ramirez era el guarda diurno del aparcamiento Big Apple, en la acera de enfrente. Hacía cinco años que dejaba allí mi Saab de 1971, y en ese tiempo había llegado a conocer bastante bien a Luis. Era un hombre menudo de treinta y pocos años que siempre llevaba una sudadera gris con capucha y pasaba sus ratos libres en una desvencijada garita de madera del tamaño de una cabina telefónica, leyendo hasta la última publicación imaginable sobre béisbol, desde *The Sporting News* al *Sport*, el *Baseball Digest*, el *Baseball Monthly*, el *Baseball Quarterly* y el *Baseball Annual* de Street y Smith. Cada vez que tenía que mover un coche, revolucionaba el motor hasta hacerlo rugir, daba marcha atrás con un chirrido de neumáticos y, lanzando gravilla por los aires, estacionaba el coche en su sitio con los movimientos bruscos y acelerados de una antigua película muda. En los cinco años que hacía que le conocía, había sido padre de tres hijos, y a cada uno le había puesto el nombre de un jugador de béisbol latinoamericano: Luis Aparicio Ramirez, Minnie Minoso Ramirez y Roberto Clemente Ramirez. Siempre que nos veíamos hablábamos de béisbol. Sus conocimientos en la materia eran asombrosos. Lo que Berenson era a la pintura y Tovey a la música, Luis Ramirez lo era al béisbol.

–Hola, grandullón –me saludó, alzando la vista de las últimas páginas del *The Sporting News*, donde leía los resultados de la liga Pacific Coast–. ¿Quieres tus ruedas?

–Así es –contesté–, las cuatro ruedas completas. Pero a juzgar por cómo tienes el coche ahí emparedado, probablemente tardarás veinte minutos en sacarlo.

–¿Estás de broma? –Se alegraba de aceptar mi desafío–. Tres minutos. Fíjate bien. Sólo tres minutos.

Cogió las llaves del casillero de la pared y observé cómo hacía su número de *Keystone cop* con un Ford Mustang, un Volkswagen y un Chrysler nuevo. Cuando se asentó el polvo, habían pasado cuatro minutos y medio.

Me abrió la puerta del Saab y se echó a reír.

–¿Qué te dije, hombre? Cuatro minutos. Cuando establezco un plazo siempre lo cumplo. ¡Cuatro minutos y medio!

Subí al coche y bajé la ventanilla.

–¿Quién va a ganar el partido esta noche, Luis?

–Depende –dijo con expresión grave–. Si sacan a Middleton, los Americans tienen posibilidades. Le gusta jugar con este tiempo. Pero su doblada todavía no es buena. Si salen con Lopez, entonces olvídate, chaval. Ese tío no coloca una sola pelota rápida fuera del alcance de los bateadores de Detroit. Yo diría que ganará Detroit, pero por poco. Seis a cuatro, siete a cinco, algo así.

56

Si a Luis Ramirez le hubiera dado por apostar, probablemente se habría pasado el resto de su vida en algún campo de golf del sur de California conduciendo uno de esos cochecitos eléctricos. Pero era un purista, y la idea de ganar dinero con el béisbol le fastidiaba. De un arte no se hace un negocio rentable. Le quitaría todo el placer.

Salí del aparcamiento y me dirigí al norte, a Lincoln Tunnel. Eran las cuatro y media, mala hora para luchar con el tráfico de Nueva York, y peor aún para tratar de salir de la ciudad. Pero no quería esperar al día siguiente. Necesitaba localizar a Pignato inmediatamente.

En circunstancias normales, el trayecto a Irvingville dura treinta y cinco o cuarenta minutos. Yo me había criado en Nueva Jersey y conocía bien el terreno. Al salir del túnel se coge una de esas autopistas que dan a Nueva Jersey su reputación de sobaco del mundo occidental. Aunque ya no hay cerdos en Secaucus, por todo el camino se desprende tal pestilencia industrial que uno cree haber salido del túnel del tiempo para encontrarse en la Inglaterra del siglo XIX. Gruesas columnas de humo blanco ascienden de chimeneas gigantescas, contaminando el grotesco paisaje de ciénagas y almacenes de ladrillo abandonados. Se ven centenares de gaviotas describiendo círculos sobre montañas de basura y los herrumbrosos restos de mil coches calcinados. Si se está con la moral baja, es suficiente para que a uno le entren ganas de vivir como un ermitaño en los bosques de Maine y alimentarse de moras y raíces de árboles. Pero la gente se equivoca al decir que eso nos brinda un anticipo del fin de la civilización. Es la esencia de la civilización, el precio exacto que pagamos por ser lo que somos y querer lo que queremos.

Cuando llegué a la Garden State Parkway, el tráfico era denso pero fluido. Aún no hacía bastante calor y no estábamos en la estación de los radiadores sobrecalentados y reventones de ruedas lisas, y el espléndido tiempo parecía impulsar a los conductores. Probablemente tenían prisa por llegar a casa y pasar el resto de la tarde primaveral en el jardín, plantando tomates o bebiendo cerveza, por huir del escenario de sus monótonos días y pretender que estaban vivos. Eran las seis menos veinte cuando llegué a la salida para Irvingville.

Como la mayoría de las pequeñas y grandes ciudades de los alrededores de Newark, Irvingville era un municipio obrero venido a menos. Sus días de esplendor, que no habían sido nada del otro mundo, ya estaban lejos. A diferencia de las ciudades vecinas, sin embargo, que habían sido predominantemente negras en los últimos veinte años, Irvingville seguía siendo blanca casi en su totalidad. Era un pequeño recinto de fervor reaccionario en medio de un mundo en cambio. En los años treinta había tenido una Nazi Bund, y sus policías tenían fama de ser los más brutales del condado. La ciudad estaba habitada por polacos e italianos, cuya mayor parte no había conocido nada mejor que penosos trabajos en fábricas, una vida de agotamiento y desesperación. Era gente que siempre estaba a un paso de la oficina de la seguridad social, a un paso de la pobreza del negro, y a causa de esa amenaza muchos de ellos encontraban desahogo en una especie de racismo especialmente violento. Era un lugar duro, deprimente. Allí no se iba a menos que no hubiera otro remedio.

La calle Diecisiete estaba en un barrio de casas adosadas que trataban valientemente de mantener una sonrisa mientras se derrumbaban. La mayoría de los edificios estaban revestidos de tejas de madera alquitranada de color verde o marrón, y muchos de ellos tenían en las ventanas jardineras rebosantes de vivos geranios rojos. Había ancianos sentados en los porches, mirando a los niños que gritaban en la acera, absortos en sus juegos.

La casa de Pignato no era mejor ni peor que las demás de

la calle. Subí los tambaleantes escalones, vi su nombre en el negro buzón de hojalata junto a la puerta de la izquierda, y llamé. Pasaron treinta segundos, y nada. Llamé otra vez, mucho más fuerte. Dentro resonó una voz de mujer que gritaba con voz cansina: «Ya voy, ya voy.» A lo mejor esperaba encontrarse con uno de los chavales del vecindario que venía a mendigar un trozo de pan.

Oí el rumor de unos pies calzados con zapatillas que se acercaban, y luego la puerta se abrió de un tirón. Marie Pignato era una mujer de unos cuarenta años, morena y de rostro cetrino. Medía alrededor del metro sesenta, su vientre y sus voluminosas caderas abultaban en sus mallas negras. Llevaba unas zapatillas guateadas de color rosa y una amplia blusa amarilla con una pequeña cruz de plata colgada al cuello. Tenía esa expresión de fracaso de los que han dejado de creer hace mucho que algún día cambiará su suerte. A juzgar por las sombrías bolsas que cernían sus ojos, parecía que no había dormido bien una sola noche desde hacía años.

—¿Señora Pignato?

—¿Sí?

Su tono era vacilante, inseguro. Parecía un tanto desconcertada al ver a un extraño en su puerta.

—Me llamo Max Klein. Soy abogado y represento a la compañía de seguros Graymoor. —Saqué una de mis viejas tarjetas de abogado y se la tendí—. ¿Cree que me sería posible ver al señor Pignato?

—No queremos seguros —declaró.

—No vendo seguros, señora Pignato. Yo represento a la compañía de seguros. Parece que a su marido le ha sonreído la suerte y quisiera anunciárselo.

Me miró a la cara y luego bajó la vista hacia la tarjeta que tenía en la mano.

—¿Qué es usted, una especie de abogado?

—Eso es —dije sonriendo—. Soy abogado. Y si pudiera hablar unos minutos con su marido, estoy seguro de que no lo lamentaría.

—Pues, es que Bruno no está —repuso aún escéptica, pero en tono más suave.

—¿Sabe cuándo volverá?

Se encogió de hombros.

—¿Cómo iba a saberlo? Bruno va y viene, no se puede contar con él. Le han dado la invalidez, sabe usted, de manera que no tiene que trabajar.

Daba la impresión de considerar que el trabajo era el único medio de que el marido volviese a casa todas las noches.

—¿Lo ha visto hoy?

—Sí, vino antes. Pero luego se marchó. —Hizo una pausa, sacudió la cabeza y suspiró, como tratando de hacer frente al comportamiento de un niño difícil—. A veces no vuelve en varios días.

—Me han dicho que su marido no anda bien de salud.

—No, no está bien. Desde hace cuatro o cinco años, desde el accidente. Se lo llevan de cuando en cuando para que descanse.

—¿Qué accidente fue ése?

—Con el camión. A él no le pasó nada. Pero mentalmente ya no es el mismo.

—¿Sabe dónde podría encontrarlo, señora Pignato? Se trata de algo bastante importante, y no me gustaría marcharme sin haberlo visto.

—Bueno, puede acercarse a Angie's, en la esquina de Grand con la calle Quince. A veces va allí a tomar una cerveza.

—Creo que lo haré. Gracias por su ayuda.

—Oiga, señor, que se olvida su tarjeta.

Me la tendió, sin saber qué hacer con ella. Le resultaba un objeto extraño, y casi le daba miedo.

—No importa, puede quedársela.

Volvió a mirarla.

—¿Es que nos van a dar dinero? —preguntó tímidamente, sin atreverse a esperar demasiado.

—Les van a dar dinero —contesté—. No será mucho, pero estoy seguro de que algo les darán.

Le sonreí y volvió a mirar la tarjeta, que parecía ejercer una atracción mágica sobre ella, como si fuese más real que mi presencia.

La esquina de Grand con la calle Quince sólo estaba a unas manzanas, pero decidí coger el coche. No quería dejarlo allí, con su matrícula de Nueva York, como una tentación para los chicos de la calle Diecisiete. Durante el trayecto, con la ventanilla bajada, pasé por más hileras de casas adosadas, un solar lleno de hierbajos y perros callejeros, y el patio de un colegio donde jugaban un improvisado partido de béisbol con pelota blanda. El lanzador acababa de lanzar y el bateador echaba los brazos hacia atrás, esperando la pelota, pero entonces rebasé el patio y la tapia de ladrillo del colegio me tapó la vista. Fue un momento detenido en el tiempo, y me quedé con la visión de la pelota blanca suspendida en el aire, como una imagen de eterna espera.

El barrio se hacía más comercial en la Grand Avenue, y encontré el Angie's Palace entre un tienda de bebidas alcohólicas y una gasolinera Gulf que hacía esquina. Aparqué unos portales más allá, frente a un salón de belleza. En el escaparate, un cartel rojo y azul pintado a mano decía: «Dolores ha vuelto.» Esperaba que no lamentase su decisión.

Pese a su nombre, el Angie's Palace no era más que un bar de barrio, como otros miles que existen en miles de calles semejantes. Enseñas de neón con anuncios de cerveza en las ventanas, pintura verde descascarillada en la fachada y una desvencijada puerta de color rojo que millones de sedientas manos habían empujado. Encima de la puerta había un letrero que mostraba dos copas de cóctel inclinadas de las que salían burbujas. La palabra *Lounge* se había quedado reducida a un triste LUG.[1]

El interior estaba tan oscuro como el cerebro de un pez, y mis ojos tardaron unos momentos en habituarse. Lo único que se movía en el bar eran las luces púrpura del tocadiscos, que bailaban con incongruente alegría mientras en la máquina sonaba una lúgubre canción de rechazo y desesperación. Sólo había cinco o seis parroquianos en el local. Dos de ellos, vestidos con el uniforme gris de operarios de teléfonos, sentados a la barra e inclinados sobre sus cervezas, discutían las respectivas cualidades del BMW y del Audi. Otros estaban solos, sentados frente a mesas de madera, leyendo el *Newark Star Ledger*. El camarero, vestido con camisa blanca de manga corta y delantal blanco, tenía aspecto de un antiguo defensa de rugby que hubiese engordado a fuerza de contar sus recuerdos a los parroquianos entre demasiadas cervezas.

Me acerqué a la barra y pedí una Bud. Cuando el camarero volvió con la cerveza y el vaso, dejé un dólar en el mostrador y dije:

–Estoy buscando a Bruno Pignato. Su mujer me ha dicho que a lo mejor lo encontraba aquí.

–¿No será poli, ¿verdad?

Era una pregunta de pura formalidad, y no pretendía plantear problemas. Pero tenía que proteger a sus parroquianos y yo era un desconocido.

–No, soy abogado. Sólo quiero hablar con él.

El camarero me observó de arriba abajo, calibrándome con la mirada, y luego hizo un gesto hacia un rincón al fondo del local. Allí había un hombre sentado a una mesa, con un vaso de cerveza lleno y la mirada perdida en el vacío.

---

1. En Estados Unidos, la palabra *lounge* (abreviatura de *cocktail lounge*) indica un bar selecto. En jerga, *lug* significa «lelo». *(N. del T.)*

—Gracias —dije cogiendo mi cerveza y acercándome a la mesa.

Debido a su nombre, Bruno, me había imaginado un hombre grande, de constitución robusta. Pero Pignato era menudo y delicado, apenas más alto que un jockey. Su pelo oscuro y rizado sólo le cubría un tercio del cráneo, y su rostro de ojos saltones tenía la forma afilada de una criatura subterránea. Casi no tenía barbilla, lo que hacía que la nariz pareciese más larga de lo que ya era, y todo en él rezumaba desgracia. Bruno Pignato desprendía olor a fracaso lo mismo que George Chapman exhalaba el del triunfo. Llevaba una camisa hawaiana excesivamente chillona, y sus delgados y pálidos brazos tenían el triste aspecto de falta de uso que ofrecen los pacientes de los hospitales. Comprendí que debía abandonar la táctica que pensaba emplear. Me senté a su mesa.

—Hola, Bruno. Me llamo Max Klein. Tu mujer me ha dicho que te encontraría aquí.

Volvió la cabeza y me miró con ojos indiferentes.

—Hola, Max. Toma una copa.

—No quiero hacerte perder mucho tiempo, Bruno. Pero me gustaría hacerte unas preguntas.

—Pues claro, Max. ¿En qué puedo ayudarte?

—Quisiera hablarte de lo que ocurrió hace cinco años, la noche del accidente.

Su rostro plácido se inquietó. Fue como si acabara de pulsar un botón que le cambiase automáticamente de estado de ánimo. Cualquier persona con sentimientos normales no habría pasado de allí, renunciando a presionarle. Pero yo trabajaba en un caso y estaba en juego la vida de una persona. Me odié por las consecuencias que aquella conversación pudiera tener sobre Pignato. A pesar de todo, seguí adelante.

—Fue grave —dijo él—, muy grave. Hubo un tío que quedó bastante mal aquella noche.

—Sí, Bruno, lo sé. Muy grave.

—¿Sabes quién era aquel tío? —Su voz empezaba a temblar, como si estuviera a punto de perder el control—. George Chapman, el jugador de béisbol. —Fijó la vista en la mesa y respiró hondo—. ¡Cómo jugaba, coño!

—¿Puedes contarme lo que pasó, Bruno?

Sacudió la cabeza con aire abatido, tratando de no recordar.

—Creo que no me apetece comentarlo. Ya no quiero hablar de eso.

—Sé que es penoso, Bruno. Pero es importante que lo intentes. Victor Contini quiere hacer daño otra vez a George Chapman y, como no me ayudes, va a salirse con la suya.

Los ojos de Pignato lanzaron un destello de lucidez. Me examinó cuidadosamente por primera vez y, con voz quejumbrosa, dijo:

—Me parece que no te conozco, ¿verdad? ¿Por qué hablas mal del señor Contini? El señor Contini es un gran hombre. No debes hablar mal de él.

—No digo nada malo de él, Bruno. Sólo digo que necesito tu ayuda. No querrás que vuelva a pasarle nada a George Chapman, ¿verdad?

—No —dijo en tono contrito, volviendo a su torpor—. Pero juro que yo no quería hacerle daño. Oye, cómo le daba a la pelota ese tío, ¿eh?

—¿Qué pasó aquella noche, Bruno? ¿Qué te dijeron que hicieras? Es muy importante, créeme.

—No me dijeron que hiciera nada, de verdad. Sólo querían que me parase en la carretera para que pudieran cargarme unas cosas en el camión. No sé, no me acuerdo bien. Pero el señor Contini siempre se ha portado muy bien conmigo.

—¿Y aparecieron con las cosas?

—¿Con qué cosas?

—¿Aparecieron con las cosas que querían cargarte en el camión?

—Creo que no. –Se miró las manos como si, por lo que fuese, la respuesta le esperase allí–. Pero tampoco me acuerdo muy bien.

Hubo un largo silencio. Me saqué de la cartera un billete de cincuenta dólares y lo dejé en la mesa, frente a él.

—Toma, Bruno, me gustaría darte esto.

Cogió el dinero y lo examinó atentamente, casi del mismo modo con que su mujer había examinado antes mi tarjeta. Después de darle vueltas entre las manos, volvió a dejarlo sobre la mesa.

—¿Por qué me das esto?

—Porque me has prestado una gran ayuda.

Titubeó, cogió luego el billete y volvió a mirarlo. Estaba pensándolo, tratando de decidirse. Al cabo de un momento lo depositó en la mesa con una palmada y lo apartó de su lado.

—Me parece que no quiero tu dinero –declaró.

—Si tú no lo quieres, ¿por qué no se lo das a tu mujer? Estoy seguro de que ella sí lo aceptaría.

—¿Marie? ¿Qué tiene esto que ver con ella? –Empezaba a irritarse–. Creía que estábamos hablando. Ya sabes, de hombre a hombre.

—Eso es, Bruno. De hombre a hombre.

—Entonces, ¿por qué quieres darle el dinero a Marie? –gritó. Cogió el billete de cincuenta dólares y, con gestos rápidos y violentos, lo rompió en pequeños trozos–. No está bien que me hagas darle dinero a Marie.

Sin querer, había tocado un punto sensible. Había trasladado buena parte de su resentimiento y su enfermedad contra sí mismo y contra su mujer, la persona que se ocupaba de él. Era una situación humillante para él e imposible para ella. Prefería no pensar en cómo sería su vida cotidiana.

—Entonces, no se lo des –le dije–. No tienes por qué hacer algo que no quieras hacer.

–Es cierto –replicó–. No tengo que hacer nada.

Lo dijo como si defendiera la totalidad de su vida.

Había confiado en que los cincuenta dólares le dieran más ganas de hablar, pero me había equivocado. Con la increíble percepción de muchos esquizofrénicos, había visto claramente mis intenciones, poniéndose en guardia. Habría que volver a intentarlo en otra ocasión. Al menos ya tenía algo.

–Me voy, Bruno –le dije–. Creo que hoy no debemos seguir hablando de esto.

Me lanzó una mirada perpleja, llena de odio.

–No me gustas –soltó con labios temblorosos–. No eres buena persona.

Me levanté y empecé a alejarme de la mesa.

–¡Eres mala persona! –gritó a mis espaldas–. ¡Te odio! ¡Eres mala gente!

En el bar, todo el mundo me estaba mirando. Me observaban con la misma indiferencia y frialdad con que se mira a un animal en el zoo. Seguí andando, sin volver la cabeza. Al salir a la calle y dirigirme al coche, oí que Pignato me había seguido.

–¡Eres mala persona! –continuaba gritando con su voz aguda y cascada–. ¡Mala gente!

Llegué al coche y abrí la puerta. Me volví a echar una última mirada y lo vi frente al Angie's Palace. Ya no me gritaba a mí, sino al mundo entero, con su pálido y menudo cuerpo balanceándose en el atardecer como un escuálido pájaro sin alas.

7

En los cinco años transcurridos desde nuestra separación, Cathy y yo habíamos aprendido poco a poco a ser amigos de nuevo. Una vez disipada la amargura, comprendimos que aún significábamos algo el uno para el otro. Pero eso había llevado tiempo. El matrimonio se había deshecho por mi culpa, por un trabajo en el que no creía, y no podía reprochar a Cathy que me hubiese abandonado. En cierto modo, al tratar de sabotear secretamente nuestra unión, como para demostrarme que mi vida era un absoluto desastre antes de empezar a cambiarla, la había empujado a ello. Quería sentir lástima de mí mismo, y acabé consiguiéndolo del todo. Cathy encontró trabajo de profesora de música en un colegio privado de chicas y se negó a aceptar cualquier ayuda que viniera de mí. Ni siquiera teníamos el habitual vínculo de la pensión alimenticia. Por mucho que me repitiera que estaba por encima de eso, no podía evitar que me doliese como otro rechazo. Ni siquiera mi dinero era bueno. El día que nos divorciamos fue sin duda el peor momento de toda mi existencia.

Las cosas no empezaron a mejorar hasta unos meses después, cuando finalmente me convencí de que no estaba hecho para ser abogado y me puse a trabajar por mi cuenta como detective privado. El asunto Banks me había facilitado una excusa cómoda para despedirme de mi cargo de ayudante del fiscal del distrito.

Jo Jo Banks, un muchacho negro de doce años que vivía en Harlem, resultó muerto a tiros por un policía blanco de treinta y siete llamado Ralph Winter. Winter pretendía que el muchacho le había amenazado con una pistola. Como en la mayoría de esos casos, es posible que el asunto se hubiera quedado ahí. A Winter le habrían impuesto una breve suspensión del servicio y todo el mundo habría acabado olvidándolo. Pero resultó que el padre de Jo Jo Banks no era un conserje de escuela primaria dispuesto a resignarse por la muerte de su hijo como consecuencia natural de ser negro y pobre. James Banks era periodista, trabajaba en el *Amsterdam News* y no iba a dejar que el público olvidase que un sábado por la tarde un policía fuera de servicio, borracho, había asesinado a su hijo a sangre fría. Cuando la tensión empezó a subir en el departamento de policía, Banks se vio de pronto acusado de vender drogas. Descubrieron heroína en su casa por un valor de treinta mil dólares. Cuando el asunto llegó a los tribunales, me designaron para llevar la acusación. Me negué. Y aquel mismo día presenté mi dimisión. Winter era culpable, a Banks le habían incriminado falsamente y yo no quería ser cómplice de una maniobra policial. Aquella semana di bastantes entrevistas a la prensa y me sentó muy bien quitarme aquel peso de encima. No me importaba que hasta el último poli de la ciudad me odiase ni que el fiscal me considerase un izquierdista subversivo. Yo había actuado según mi propio código, y había recobrado el respeto hacia mí mismo. Seis meses después Winter fue expulsado del cuerpo por otro incidente y acabó trabajando en la construcción. Murió dieciocho meses más tarde, al caerse de una viga de la planta veintiuno de un edificio de oficinas que estaban construyendo en la Tercera Avenida. Se emborrachaba en el trabajo.

El día siguiente de que la noticia de mi dimisión se publicara en la prensa, Cathy llamó para felicitarme. Tuvimos una agradable conversación, y fue la primera vez en más de un año que hablamos sin pelearnos. Habíamos logrado una especie de tregua emocional, y noté que al fin estábamos curados de todos los resentimientos que habían seguido al divorcio. Era el momento de olvidar el pasado, de salir para siempre de la vida del otro. De no haber sido por Richie, nuestro hijo de corta edad, probablemente nunca nos hubiéramos vuelto a ver. Pero allí estaba, y yo iba a verlo todas las semanas. Cathy nunca había estado muy convencida de mi capacidad ni de mi dedicación como padre, y al principio siempre se ausentaba cuando yo iba a recoger al niño, dejándolo al cuidado de su madre antes de que yo llegara y después de que llevara a Richie de regreso. Tardó un tiempo en comprender que yo le quería tanto como ella. Y a partir de entonces, empezamos a confiar de nuevo el uno en el otro.

Hacía ocho o diez meses que cenábamos los tres juntos todos los miércoles. Cathy había decidido que sería bueno que Richie nos viera a los dos. Nuestras relaciones se habían hecho más afectuosas, más relajadas, y ella pensaba que podíamos seguir viéndonos sin que hubiese demasiada tensión. Y era cierto. Una vez acabada, la guerra dio paso a una amistad que significaba mucho para ambos. Ahora contábamos el uno con el otro para todas esas cosas que nadie más podía darnos. Pero al mismo tiempo no queríamos acercarnos mucho, ni esperar demasiado. Temíamos hacernos daño y destruir lo que habíamos logrado reconstruir. Nunca nos preguntábamos con quién salíamos, con quién nos acostábamos. Nos reuníamos por Richie y porque nos gustaba estar juntos. Pero carecíamos de influencia sobre el otro.

Richie ya tenía nueve años. No hacía mucho que le entusiasmaban los dinosaurios. Después pasó a los insectos y luego a la mitología griega. El verano pasado fuimos un día a dar una vuelta en mi coche y, al volver al aparcamiento, Richie se puso a hablar de béisbol con Luis Ramirez. Luis lo llevó a su garita y le enseñó sus libros y revistas. Fue como una iniciación en un universo místico de números esotéricos, personajes oscuros y estrategias cabalísticas, y Richie quedó subyugado. Luis se convirtió en su Virgilio, en su guía por ese país de dioses, semidioses y mortales, y sus paseos conmigo ya no eran completos si no mantenía su conferencia con Luis en el aparcamiento. Richie se había aprendido de memoria las dos terceras partes de la *Enciclopedia del béisbol* que yo le había regalado para su cumpleaños, y rara vez salía de casa sin su colección de cromos de béisbol.

Eran las nueve menos cuarto cuando llamé al timbre del piso de la calle Ochenta y tres Este. Richie abrió la puerta en pijama.

—Mamá dice que se ha estropeado la cena —me anunció.

—Supongo que no me habréis esperado.

—No me ha dejado. A las seis y media he comido una hamburguesa con espinacas.

Cathy apareció en el cuarto de estar. Llevaba vaqueros y un ligero jersey gris remangado hasta los codos. Su melena rubia le caía hasta los hombros, y me sorprendió un poco lo joven que parecía. Me había empezado a doler el estómago como consecuencia del puñetazo de Angel, y me sentía particularmente viejo y agotado. Por un momento tuve la impresión de que iba a ver a mi hija y a mi nieto. Pero cuando Cathy se acercó a darme un beso en la mejilla y vi el cerco de cansancio en torno a sus ojos, me tranquilicé. En cierto modo aquello significaba que la jornada había hecho mella en ella también, que los dos caminábamos al mismo ritmo por la vida. Me pregunté qué aspecto tendríamos dentro de treinta años.

—Ya casi no contábamos contigo —me reconvino.

—Lo siento —contesté, intentando pensar en alguna mentira verosímil—. Creí que podía llegar a tiempo, pero hubo un tremendo accidente en la Garden State Parkway.

—¿Ha habido muertos? —preguntó Richie.

Estaba en una edad en que la idea de la muerte violenta era emocionante, tan irreal como una explosión en la tele. Me pregunté si la encontraría tan fascinante en caso de que un día yo dejara de aparecer de pronto.

—Ningún muerto —contesté—. Pero sí un montón de coches aplastados.

—Vaya —exclamó, tratando de imaginarse la escena—. Ojalá hubiera estado allí.

Dejé en la mesita la botella de Beaujolais que traía y me quité la chaqueta.

–No hay mucho que comer –anunció Cathy–. Tenía la cena preparada para las seis y media. Pero se ha puesto todo como la suela de un zapato.

–¿Cómo se llamaba antes de fenecer?

–Saltimbocca de ternera.

–Y ahora me vas a castigar no volviéndola a hacer nunca más.

–Exacto –confirmó ella, medio sonriente, medio molesta por haber trabajado en balde–. De ahora en adelante sólo cenarás comidas preparadas.

Nos arreglamos con unos cuantos restos. Lentejas, una lata de paté, ensalada y un poco de queso. Entradas y postres sin nada en medio, como dijo Cathy. Richie recibió permiso para quedarse después de su hora de acostarse, y se sentó con nosotros a la mesa con un vaso de leche y un montón de galletas integrales. A Cathy y a mí nos resultó difícil contarnos algo, porque Richie había decidido llevar la batuta aquella noche. Íbamos a jugar los tres a un concurso sobre béisbol, y el maestro de ceremonias sería él. Sólo había un problema, que era imposible contestar a sus preguntas. ¿Quién era el último jugador de los Cleveland Indians en ganar el campeonato de bateo de la liga americana? Bobby Avila, en 1954. ¿Quién ostentaba la mejor marca de robo de bases en la liga nacional, Maury Wills o Lou Brock? Brock, ocho veces. Wills la llevó en siete ocasiones. Y así sucesivamente. Parecía el cuento de nunca acabar.

–Creo que ya nos has demostrado que sabes de béisbol más que nadie en esta casa –sentenció Cathy al fin.

–Eso no es mucho –dijo con modestia–. El día que sepa más que Luis, entonces podré dármelas de algo.

–Estoy seguro de que ya le has superado –le dije–. Al fin y al cabo, él tiene que ir a trabajar y ocuparse de su familia, y no tiene tanto tiempo como tú para dedicarse a esto.

–Pero yo tengo que ir al colegio –protestó Richie–, y eso me quita un montón de tiempo.

Comprendió su error en cuanto le salieron las palabras de los labios, pero ya era demasiado tarde. Cathy le había permitido quedarse levantado hasta un poco más tarde de lo habitual, pero ahora que el tema había salido a relucir, Richie estaba sentenciado. Tras unas débiles protestas, incluida la afirmación de que Einstein sólo dormía cuatro horas cada noche, cedió sin refunfuñar mucho. Eran las diez y cuarto.

Le vigilé mientras hacía que se lavaba los dientes y la cara. Se enfrentaba con el agua con esa actitud vacilante que adoptan los niños cuando no creen plenamente en lo que hacen. Cuando le acosté y le pregunté si quería que le siguiera leyendo *La isla del tesoro*, contestó que se había cansado de esperar a que llegase al final y que la había terminado de leer por su cuenta. Pero tenía ganas de hablar. Yo había comprado entradas para el partido del sábado en el Stadium, y él casi no podía pensar en otra cosa. Iba a ser su primer partido de primera división.

—Cuando vayamos al estadio —preguntó—, ¿vamos a salir en la tele?

—El partido lo transmiten por televisión. Pero es poco probable que salgamos nosotros.

—He dicho a mi amigo Jimmy que iba a salir en la televisión. Pensará que soy un mentiroso.

—Lo único que tienes que hacer es enseñarle el resguardo de tu entrada —le sugerí—. Eso demostrará que estuviste allí. No es culpa tuya si las cámaras no te enfocan.

Eso pareció tranquilizarle.

—¿Será un programa doble?

—No, sólo un partido. Y será más que suficiente. Si hubiera dos, probablemente acabarías en el hospital con una intoxicación alimentaria. Esos perritos son mortales.

—Mamá no me deja comer salchichas —dijo con melancolía—. Pero a mí me parece que son buenas.

—Tu madre es una persona inteligente, Richie. Deberías hacerle caso en todo.

Me miró con ojos adormilados y preguntó:

–¿Tú quieres a mamá?

–Sí, mucho –afirmé.

–Entonces, ¿por qué no vuelves a vivir con nosotros?

–Ya hemos hablado antes de eso, Richie. Sencillamente, no puede ser. Así son las cosas.

–Lo sé. Sólo preguntaba. –Ya tenía los ojos cerrados, pero volvió a abrirlos y añadió–: No comprendo a los mayores. No les entiendo para nada.

–Yo tampoco, Richie.

Me quedé allí unos minutos, viendo cómo dormía. Cuando volví al cuarto de estar, Cathy había terminado de fregar los platos y estaba sentada en una silla junto al piano, fumando uno de los raros cigarrillos que se permitía después de cenar. Abrí otra botella de Beaujolais y me senté en el sofá. Me gustaba estar en aquella habitación. Cathy la había arreglado de tal modo que no resultaba agobiante, y daba la impresión de que las paredes, los muebles y los cuadros contribuían a que uno se sintiera cómodo. El hecho de que siempre tuviera una buena provisión de vino tampoco era desdeñable.

Hablamos un rato sobre lo que habíamos hecho durante la semana. Cathy me informó de que el curso escolar había sido difícil y que esperaba ansiosamente las vacaciones de verano, dentro de seis semanas. Le conté mis planes de ir a París y que los había retrasado en función de un caso en el que estaba trabajando. Cuando llevábamos bebida media botella de Beaujolais, se levantó de la silla, vino al sofá y apoyó la cabeza en mi regazo. Era el primer gesto de cariño físico que me dedicaba en cinco años.

–Tengo que hablar contigo, Max –empezó–. Necesito tu consejo.

Le acaricié los suaves cabellos rubios. Su cuerpo pareció ponerse en tensión y adoptó una postura fetal, como hace un niño de noche en casa extraña.

—¿Por qué tenemos que hablar? —le sugerí—. Me gusta estar un poco bebido en este sofá con tu cabeza en mi regazo.

—He de tomar una decisión, y no sé qué hacer.

—En los últimos cinco años has tomado un montón de decisiones sin mi ayuda. Y en su mayor parte han sido acertadas.

—Esto es distinto. Y tengo miedo de que esté a punto de cometer una grave equivocación.

—La última vez que tuviste miedo —le aseguré— fue el día que te olvidaste de tu diálogo en la representación de cuarto grado.

—No, estoy asustada de verdad, Max. —Titubeó—. Hay alguien que quiere casarse conmigo, ¿sabes? Y sencillamente no sé qué hacer.

Fue como si me hubiesen arrojado a un río helado en pleno mes de diciembre. Cada vez que intentaba emerger para tomar aire, me golpeaba la cabeza contra un bloque de hielo. En mi fuero interno, una voz frenética me decía que no era cosa mía, que Cathy podía hacer lo que le viniese en gana, y otra trataba de convencerme de que me pusiera en pie y rompiese todo lo que había en la habitación.

—Creo que para esa clase de consejo no te has dirigido a la persona indicada, Cath.

Eso fue lo mejor que se me ocurrió.

—Lo sé, Max. No es justo. Pero no puedo recurrir a nadie más.

—¿Quién es el afortunado? —quise saber—. ¿Le quieres? ¿Es rico? ¿Te ofrece una vida llena de placeres y distinción?

—No, no es rico. Es profesor, catedrático de inglés en la Universidad de New Hampshire, y me quiere mucho.

—Pero ¿le quieres tú a él?

—Creo que sí. Pero no estoy segura.

—Si no estás segura, a lo mejor deberías esperar.

—Pero si lo hago, podría estropearlo todo. Y no dejo de

pensar que sería bueno para Richie. Tener un hombre en casa todo el tiempo. Vivir en el campo, lejos de toda esta locura de Nueva York.

—¿Y qué dice Richie?

—Me dice: «Mamá, si con eso eres feliz, yo también lo seré.» No sé dónde habrá oído esa frase. En la tele, probablemente, en alguna película antigua. En realidad, no sé lo que piensa.

—Parece que todo depende de ti.

—Lo sé. Y soy consciente de que quizá debería aceptar. Pero no dejo de pensar...

Dejó la frase sin terminar. No dijimos nada durante medio minuto.

—¿De pensar qué? —le pregunté.

—No sé... Me resulta difícil decirlo. —Volvió a interrumpirse. Cuando habló de nuevo, su voz pareció sonar a mil kilómetros de distancia—. Que tú y yo podríamos volver a estar juntos otra vez.

—¿Eso es lo que quieres, Cathy?

—He pensado mucho en eso últimamente. Creo que, en el fondo de mí, eso es lo que realmente quiero.

—¿Y estarías dispuesta a olvidar todo lo que pasó hace cinco años?

—Eso nunca lo olvidaré. Sólo que ahora somos diferentes. Ya hemos madurado.

Era una de las conversaciones más difíciles de nuestra vida, y a los dos nos daba miedo mirarnos, como si el contacto visual fuese a romper el encanto e impedir que dijéramos lo que realmente pensábamos. Y hablar con franqueza era crucial en aquel momento; todo dependía de eso. Cathy seguía con la cabeza en mi regazo, y yo miraba fijamente el interruptor junto a la puerta de la cocina, como esperando que me inspirase las palabras que necesitaba pronunciar.

–Tú no has pensado en el trabajo que hago ahora, Cathy –dije al cabo–. No te imaginas lo que será esperarme cada noche, inquieta por si tienes que ir a las tres de la mañana al depósito a identificar mi cadáver. Ésa no es vida para ti ni para Richie.

–Para otras mujeres lo es –afirmó–. Piensa en las mujeres de los policías. También pasan por eso. Todos tenemos que morir algún día, Max. La vida está llena de riesgos, pero eso no debe impedirnos vivir.

–No sería lo mismo que estar casada con un poli. Ellos tienen un empleo fijo con horarios establecidos, y cuando acaban la jornada vuelven a casa y se olvidan del trabajo. Pero cuando yo trabajo en un caso, estoy absolutamente comprometido, las veinticuatro horas del día. Al volver a casa traería conmigo toda su fealdad, toda su brutalidad. No serías capaz de soportarlo. Y acabarías pidiéndome que lo dejara, que hiciera otra cosa.

–No, Max, no haría eso. Ahora entiendo lo que necesitas, y no me interpondría.

–Eso lo dices ahora. Pero al cabo de un par de años, ya no podrías más. Tú necesitas estabilidad, Cathy, cosas seguras, música y libros, buena comida y un hombre que esté a tu lado cuando te haga falta. Yo no puedo ofrecerte nada de eso. Serías desgraciada.

–Ya no me quieres, ¿verdad, Max?

–No puedes imaginarte lo mucho que te quiero. Pero ya te perdí una vez, y no quiero volver a perderte. He desperdiciado muchos años antes de encontrar lo que me gusta hacer. Este trabajo significa mucho para mí, y ya no puedo dejarlo. Pero eso es lo que tendría que hacer si volviéramos a estar juntos. Y sin mi trabajo, acabaríamos poco a poco en la misma situación que antes de divorciarnos. Al menos así no te perderé otra vez, no del todo. Seguiremos tan unidos como lo estamos ahora.

De forma imperceptible, tan tenue que al principio apenas lo noté, rompió a llorar. Mientras hablaba, sentí que su cuerpo vibraba bajo mi mano, y cada sacudida me llegaba a los huesos como el eco de algún remoto temblor del centro de la tierra. Cuando terminé, se incorporó y me miró con el rostro bañado en lágrimas.

–Por Dios, Max. ¿Por qué tiene que ser así? ¿Por qué no podemos simplemente querernos otra vez?

Me echó los brazos al cuello y se aferró a mí con todas sus fuerzas, sollozando de forma incontrolable. La abracé, esperando no haber cometido el mayor error de mi vida. No estaba seguro de si lo hacía por su propio bien, o si me daba demasiado miedo comprometerme otra vez. Era de esas decisiones que siempre se pagan caras.

La besé en la boca y se abandonó con ansia, como si aquella intimidad pudiese anular la terrible decisión que yo acababa de imponernos. Cuando hicimos el amor, no fue un preludio de algo, la promesa de un nuevo comienzo, sino una especie de despedida, un adiós desesperado a todo lo que habíamos vivido juntos. Cathy no podía dejar de llorar y, cuando terminamos, ni ella ni yo habíamos encontrado consuelo a nuestra pena. La carne no ofrece soluciones. Puede ser un lugar de tristeza infinita.

Eran las dos pasadas cuando abrí la puerta de mi apartamento. Pasé más de una hora arreglando metódicamente los estragos causados por mis visitantes de la tarde. Cuando finalmente me acosté, dormir me resultó imposible. Y cuando acabé durmiéndome, soñé que Cathy y Richie estaban en mi cuarto con el rostro lleno de ira. Me gritaban: «Eres mala persona, Max Klein. Eres mala gente.»

8

Me desperté con la sensación de haber pasado la noche en una excavadora. Eran las siete y media, y la penumbra gris de la habitación me anunció que iba a estar nublado. Con todo el entusiasmo de un artrítico bailarín de claqué, me levanté despacio de la cama y me arrastré al cuarto de baño, donde abrí el grifo y me metí bajo la ducha. El agua caliente le sentó muy bien a mi cansado cuerpo. Sólo después de frotarme con la toalla y empezar a afeitarme, pensé que podría presentarme a unas pruebas para un papel de ser humano. Con suerte, a lo mejor conseguía uno de figurante.

Me puse el albornoz, fui a la cocina y empecé a preparar el café matinal. Lo hacía poniendo un filtro Melitta del número seis sobre un termo de boca ancha. Normalmente tenía filtros de sobra, pero se me había acabado la caja, así que me serví de dos hojas de papel que arranqué del rollo de la cocina. Puse agua a hervir, saqué de la nevera el paquete de Bustelo y medí cuatro cucharadas soperas. Cuando el agua comenzó a hervir vertí un poco sobre el café y esperé. El truco consiste en esperar. Treinta, quizá cuarenta segundos. Si uno logra contenerse y no vierte el agua de una vez, dará tiempo a que el café se hinche con la humedad y desprenda todo su aroma. Sólo entonces se echa el resto del agua. Cuando todo estuvo a punto, coloqué el termo en una bandeja, junto con una taza, una cucharilla, un cartón de leche y el azucarero, y lo llevé al cuarto de estar. Después de la tercera taza, me convencí de que podía vestirme.

A las nueve llamé a casa de Chapman. Fue Judy quien contestó.

–Hola –la saludé–. Max Klein.

—Le he reconocido –repuso ella, al parecer contenta de oírme–. Nunca se me olvida una voz.

—No la habré despertado, ¿verdad?

—¿Está de broma? Ya he corrido mis diez kilómetros en Central Park, he hecho una hornada de cruasanes y me he leído las últimas doscientas páginas de *Crimen y castigo*.

Supuse que acababa de levantarse.

—Sé que es un poco pronto –me excusé–, pero va a ser un día ajetreado.

—¿Cómo van las cosas?

—Van. Pero es difícil decir en qué dirección.

—Parece que está trabajando mucho.

—Eso intento. Si sigo así, un día de éstos quizá consiga algo.

—Ya sabe lo que dicen de que trabajando mucho se vuelve uno tonto.

—Lo sé. Pero yo no soy muy listo.

—Y afortunadamente tampoco es tonto.

—Eso depende de con quién hable. Como ejemplo le pondré a mi contable, el señor Birnbaum. Me considera la persona más tonta que ha conocido en la vida.

—¿Y qué saben los contables?

—Aritmética.

Se echó a reír.

—Qué forma más agradable de empezar el día. Debería usted llamarme todas las mañanas. Podría contratarle como servicio despertador.

—La próxima vez también le serviré el desayuno en la cama. Está incluido en el servicio. Aunque tendrá que pagar por la segunda taza de café.

—Ya lo estoy deseando –aseguró ella–. Lo malo es que no suelo desayunar.

—Pues tanto mejor.

Volvió a reír.

–Es usted un verdadero malvado, ¿sabe?

–Sólo los jueves por la mañana. Paso el resto de la semana dando vueltas a mi molino de oraciones.

–Espero que rece por George –dijo, muy seria de pronto.

–¿Por qué dice eso? No habrá pasado algo, ¿verdad?

–No. Sólo que estoy preocupada. Espero que resuelva pronto todo esto, Max.

–Yo también. No quiero que se prolongue mucho. El tiempo siempre agrava el peligro.

–¿Quiere hablar con George?

–Para eso he llamado.

–Un momento. Voy a decirle que está al teléfono.

Dejó el aparato y fue a buscar a su marido. Un minuto después oí el clic de otro teléfono que descolgaban y luego la voz de Chapman. No colgaron el primero.

–Hola, Klein –me dijo–. ¿Qué hay de nuevo?

–Todo y nada.

–Lo que significa nada, supongo.

–No exactamente. Si se lo toma así, diría que más bien todo.

Parecía nervioso.

–¿Qué ha averiguado?

–Preferiría no hablar de ello por teléfono. ¿Le parece bien que vaya a su casa entre las once y las once y media?

–Sí, muy bien. Aquí estaré.

–Sólo quiero que sepa –añadí– que no creo que haya sido franco conmigo.

Hubo un silencio al otro lado de la línea. Chapman se enojó.

–No es cierto, y lamento que diga eso. He sido tan franco y tan honesto con usted como lo habría sido cualquiera en mi situación.

–Lo discutiremos más tarde, señor Chapman.

Colgué.

A las diez menos diez me encontraba sentado en una silla de diseño color copos de avena frente a la mesa de recepción de las oficinas de Light Enterprises en Madison Avenue. Me había puesto para la ocasión mi mejor traje a rayas de abogado, y hasta me había preocupado de dar brillo a los zapatos. Al fin y al cabo, estaba de visita en una empresa de varios cientos de millones de dólares y lo menos que podía hacer era mostrar un poco de respeto.

Las oficinas de Light Enterprises no sugerían tanto un lugar de trabajo como un ambiente, cierta visión de lo que sería la vida cuando ya no habitáramos nuestros cuerpos. Se tenía la sensación de estar en el vestíbulo de un hotel del siglo XXIII y de que en cualquier momento aparecería un marciano para invitarle a uno a una partida de ajedrez extrasensorial. Nada era real. La gruesa moqueta beige amortiguaba el ruido, y tuve que llevarme el reloj al oído para asegurarme de que no me había quedado sordo. La gente entraba y salía deslizándose como apariciones, y cuando la elegante recepcionista de largas piernas, vestida con un mono de doscientos dólares que imitaba el atuendo de un paracaidista, me tomó el nombre, me sorprendí al ver que hablaba. La había tomado por un mueble. En cualquier caso, era probable que la hubiese contratado el decorador de interiores. Aparte de estar sentada tras su mesa de módulos y fumar cigarrillos de unos treinta centímetros, no parecía tener trabajo alguno que hacer. En la placa de su escritorio se leía «Constance Grimm, Recepcionista», y al parecer eso lo decía todo. Me dieron ganas de darle un pellizco en la mejilla para ver si le brotaban lágrimas de verdad.

Charles Light había heredado los astilleros de su familia treinta y cinco años atrás. En ese tiempo había diversificado el negocio invirtiendo en piezas de aviones, material infor-

81

mático, publicaciones, comida rápida y minas de carbón. Las actividades de Light Enterprises se extendían ahora por cuarenta y uno de los cincuenta estados, con filiales abiertas en Chicago, Los Ángeles y Hong Kong. Light había comprado los New York Americans doce años antes, cuando luchaban por mantenerse en el cuarto puesto, y en un par de temporadas los había convertido en campeones de liga. Desde entonces, el equipo se había mantenido en cabeza o muy cerca de la cima. Con el club ya firmemente establecido, Light había empezado el año anterior a acariciar otra afición: la política, sobre todo en el ala conservadora. Aunque en ese ámbito tardaría más en alcanzar el triunfo, esperaba invertir su dinero del mismo modo que lo había hecho en el béisbol: para dar un ganador a la causa de la derecha. Era de los que casi siempre lograban lo que querían, y por inverosímiles que pareciesen sus objetivos, debía habérselos tomado en serio. A sus sesenta y dos años, era un fanático de la forma física, y tenía cinco hijos que a su vez le habían dado once nietos. Famoso por su capacidad de no olvidar jamás un rostro, en cierta ocasión había publicado un artículo en el *Reader's Digest* sobre el arte de la memoria. Se decía que su colección filatélica era de las más importantes de Estados Unidos.

Me pareció un hombre de aspecto bastante agradable, en torno al metro setenta y cinco de estatura, de constitución robusta, con los desvaídos ojos azules de un aristócrata neoyorquino. Sus cabellos entrecanos tenían la longitud suficiente para que se sintiera a gusto tanto en un banquete de conservadores en Tejas como en un baile de puesta de largo en Nueva York. Su mofletudo rostro resultaba engañoso, no era tan blando como parecía a primera vista, aunque carecía de rasgos marcados. Le daba un aspecto camaleónico, como si su éxito se basara en la capacidad de adaptarse a las distintas clases de gente con las que debía tratar, fundiéndose discretamente en su entorno. Como muchos hombres influyentes, actuaba de protagonista en la obra de su propia vida, y parecía saborear cada nuevo encuentro como un desafío al talento interpretativo que tan cuidadosamente cultivaba. Comprendí que iba a ser difícil sacarle mucho más de lo que quisiera decirme.

Su despacho era más o menos del tamaño del estado de Rhode Island y, al avanzar hacia su escritorio, casi se esperaba ver el anuncio de un restaurante Howard Johnson a kilómetro y medio carretera adelante. El despacho tenía, sin embargo, una virtud, la de insistir en su pertenencia al presente en lugar de al futuro. La decoración realzaba los valores masculinos tradicionales. Las paredes estaban cubiertas con paneles de roble oscuro, había alfombras persas en el suelo y los muebles eran más bien sosos y chapados a la antigua. Por todas partes colgaban cuadros del siglo XIX con barcos construidos por los antepasados de Light, fotografías de los productos modernos fabricados por Light Enterprises y varias docenas de retratos de antiguos jugadores de los Americans. Entre ellos no vi el retrato de George Chapman.

Charles Light se puso en pie cuando llegué frente a su escritorio, me estrechó vigorosamente la mano e hizo un gesto para que me sentara en una amplia butaca de terciopelo rojo.

—Normalmente me resulta imposible recibir a nadie con tan poca antelación, señor Klein —me dijo, instalándose en su sillón tras el escritorio—. Pero cuando mi secretaria me anunció que era usted detective privado, cancelé mi cita de las diez para ver de qué se trataba. A decir verdad, estaba intrigado.

Sonrió ampliamente.

—Espero no decepcionarle —repuse—. En realidad es un asunto de poca importancia, un pequeño detalle de un caso bastante complejo en el que estoy trabajando. Tiene que ver con una serie de amenazas de bomba a lo largo de los últimos seis meses, y han surgido indicios que apuntan a una posible relación con la persona que amenazó de muerte por teléfono a George Chapman hace cinco años durante los campeonatos mundiales. Tengo entendido que fue usted quien contestó la llamada, y quería preguntarle si recuerda algo, la voz del comunicante, lo que dijo, esas cosas. Eso me ayudaría a encontrar el eslabón que falta.

Charles Light echó atrás la cabeza y soltó una sonora carcajada, como si acabara de contarle un chiste muy gracioso.

–Muy bien, señor Klein. Pero que muy bien –dijo, serenándose poco a poco y enjugándose las lágrimas de los ojos–. Tenía curiosidad por saber la historia que iba a inventarse cuando entrara aquí. Pero no me figuraba que urdiría usted un cuento tan traído por los pelos. Seguro que le ha costado trabajo inventarlo.

–Me alegro de que le parezca tan divertido. No me gustaría que me tomase por una persona sin imaginación.

Todo rasgo de buen humor desapareció de pronto de su rostro. Fue como si borraran una pizarra. Sus facciones se contrajeron y su voz cobró un tono duro, sarcástico, irritado.

–Vamos, vamos, señor Klein. Conmigo no tiene que andarse con esos jueguecitos. Sé a qué ha venido hoy aquí, y sé de usted todo lo que hay que saber. Sé dónde nació, a qué colegios ha ido y cuánto dinero gana. Conozco su breve y nada triunfal carrera como ayudante del fiscal del distrito. Sé dónde vive, en qué tienda hace la compra y que tiene una ex mujer y un hijo de nueve años. –Hizo una breve pausa y añadió–: Lleva usted una vida muy aburrida, señor Klein.

–A usted le parece aburrida –repuse–, porque no sabe absolutamente nada. ¿Qué me dice de mis secretos inconfesables? Del vicio que me cuesta cien dólares diarios, por ejemplo. O de mi inclinación por las niñitas de doce años. Por no mencionar las fotografías comprometidas que tomo a mis clientes. Creo que debería contratar a un nuevo investigador. El que tiene se ha dormido en los laureles.

–Puede bromear todo lo que quiera. Pero el caso es que

le llevo bastante ventaja, Klein. Procuro conocer a la gente con la que trato. No crea que puede jugar conmigo, porque le garantizo que perderá.

–Vale –repliqué–. Es usted el Gran Jefe Duro De Pelar y yo estoy temblando de miedo. Pero sigue habiendo una cuestión que me desconcierta. Si sabía tantas cosas, ¿por qué ha consentido en recibirme?

–Muy sencillo. Quería darle una lección.

–Qué interesante. ¿Quiere que tome apuntes?

–No será necesario. Lo que tengo que decirle es tan sencillo que no tendrá dificultad en recordarlo.

–¿Cómo se titula su conferencia?

Los ojos de Light se entrecerraron.

–Podemos titularla «Elementos para un estudio de George Chapman, con referencias incidentales a un detective privado llamado Klein».

Se inclinó hacia delante e hizo una pausa, esperando a que le dedicara toda mi atención.

–Voy hablarle de George Chapman porque sé que le ha contratado y quiero que oiga mi versión de la historia. Soy un hombre muy rico, señor Klein, y utilizo el dinero con fines muy variados. En general lo pongo a trabajar para que me produzca más dinero, pero gasto una parte, una parte muy pequeña, en mi propia distracción. A lo largo de los años, uno de mis grandes entretenimientos ha sido poseer un equipo de béisbol de gran liga. Me gusta el deporte de competición, aprecio el prestigio social que me da el equipo, y disfruto conociendo a los jugadores que trabajan para mí. Son como niños grandes, y su inocencia con respecto al mundo real me parece conmovedora. Sin sus dotes deportivas, el ochenta por ciento de ellos estarían trabajando en gasolineras o granjas. Pero la especial categoría económica del deporte profesional los convierte en hombres y da un valor completamente desproporcionado a su contribución a la sociedad.

Pero así es la vida, y yo no tengo remordimientos de conciencia. En realidad, probablemente he contribuido a esta situación tanto como el que más. Sin duda sabe que los sueldos que pago a los Americans son de los más altos en el béisbol. Quiero que mis jugadores estén contentos y siempre mantengo excelentes relaciones con ellos. De vez en cuando, sin embargo, aparece un jugador que pretende aprovecharse de mí y abusar de mi confianza. La mayoría de las veces el joven en cuestión acaba jugando en otro sitio, en alguna ciudad como Cleveland o Milwakee. George Chapman fue uno de ésos. Pero yo no estaba en condiciones de cambiarle ni venderle debido a su valor en el campo de juego y a su popularidad en esta ciudad. Si me hubiera deshecho de él, me habrían ahorcado en efigie, y eso no habría sido nada bueno para los negocios. Así que me tragué el orgullo e hice lo que pude para arreglarme con Chapman. A diferencia de la mayoría de sus compañeros, no era estúpido. Todo el mundo lo sabe, y yo sería el último en negarlo. Cuando lo conocí tenía veintiún años, y ya sabía lo que quería sacar de la vida. Sabía que el deporte era una actividad limitada y limitadora, pero también que tenía la suerte de poseer un don extraordinario. George Chapman, a mi juicio, no disfrutaba jugando al béisbol, pero era consciente de que podía utilizarlo como trampolín hacia metas más altas e importantes. Poco después de su quinta temporada en el club empezamos a negociar un contrato a largo plazo. Sus exigencias eran totalmente insultantes, pero al final llegamos a un acuerdo según el cual seguiría siendo el jugador mejor pagado en la historia del béisbol. El sentido común me decía que estaba haciendo el tonto, pero a veces me dejo llevar por los grandes gestos; un defecto trágico, podría decirse. Entonces, menos de dos semanas después, sólo doce días después de firmar el contrato, Chapman tuvo el accidente de coche que acabó con su vida de jugador. Créame, lo sentí tanto como el que más. Cualesquiera que fuesen mis sentimientos personales hacia Chapman, era algo terrible ver truncada la carrera de un joven de forma tan violenta. Sin embargo, cuando se disipó la impresión inicial, comprendí que me encontraba en una situación especialmente difícil. Me había comprometido a pagar a Chapman una enorme cantidad de dinero a lo largo de ocho años, y ahora ni siquiera podía jugar. Y me encontraba con las manos atadas porque el contrato contenía una cláusula sobre lesiones. No era un arreglo justo, dados los imprevistos que habían ocurrido, y sugerí a Chapman que llegáramos a una solución. Se negó. Le pedí que entrenara al equipo. Se negó. Le ofrecí el puesto de director. Se negó. Le ofrecí la presidencia del club. Se negó. Creo que en su fuero interno, George Chapman se alegraba de dejar el béisbol. Y ni siquiera tuvo la mínima decencia de tratar honradamente conmigo. Concebí un odio desmesurado hacia George Chapman. Ese hombre es un charlatán, un impostor redomado, y no hay nadie en el mundo a quien más me gustaría ver cómo se da el batacazo. Por fin ha llegado mi hora, señor Klein, y voy a destrozar a Chapman. Ahora que se ha metido en política, voy a hacerle pedazos.

Se retrepó en el asiento con una sonrisa de satisfacción, disfrutando de su astucia y de su pedante forma de expresarse. Acababa de oír el mundo según Light, y ahora debía caerme muerto soltando espumarajos por la boca. Nunca en la vida había visto mayor farsante.

–Muy interesante –comenté–. Pero a mí no me concierne nada de eso. Yo no tengo nada que ver con lo que pasa entre Chapman y usted. Y sigo esperando que me explique las referencias a un detective privado llamado Klein.

–A eso iba. Pero antes quería que supiese para qué clase de hombre trabaja.

–Puede que le cueste entenderlo, pero yo no elijo a mis clientes, y no estoy en condiciones de emitir un juicio sobre sus cualidades morales. Me vienen con sus problemas concretos y yo hago lo posible por resolverlos. No les exijo que me presenten cartas de recomendación.

A Light no le interesaban las sutilezas de mi profesión. Daba la impresión de que ni siquiera me había escuchado. Cruzó las manos y habló con tono mesurado.

—No volveré a repetirlo, así que escuche con atención, señor Klein. Declaro la guerra a George Chapman y no me quedaré satisfecho hasta que la haya ganado. Va a ser un asunto sucio, con muchas bajas y escaramuzas. Comprendo que usted sólo sea un espectador inocente, pero si trabaja para Chapman me veré obligado a considerarlo un enemigo. A menos que le guste la idea de estar entre dos fuegos, le sugiero que rescinda inmediatamente sus relaciones con Chapman. Aunque al parecer discrepamos sobre casi todo, personalmente no tengo nada contra usted. Es usted un hombre de temple, y no me gustaría que saliese perjudicado en un asunto que no es de su incumbencia.

—¿No va a ofrecerme dinero? —le pregunté—. Creía que siempre era en este momento cuando el dinero entra en escena.

—Estoy dispuesto a darle cinco mil dólares.

—Me parece que ya he oído antes esa cifra.

—Cinco mil dólares. Es mi primera y última oferta.

—Gracias —le contesté—. Pero no, gracias.

Light se encogió de hombros.

—Como quiera.

Eso era todo. La entrevista había concluido. Light se puso sus gafas de carey y se dedicó a estudiar con gran concentración varios papeles que tenía sobre la mesa. Había bajado el telón, todos los actores se habían ido a casa y yo no era más que un objeto de atrezo que criaba polvo al fondo del escenario. Me levanté y eché a andar hacia la puerta.

—Debe tener presente —le dije, volviéndome— que no suelo ceder a las amenazas.

Light levantó la vista de los papeles, se llevó las gafas a la punta de la nariz y me atisbó por encima de la montura. Pareció sorprendido de que aún estuviera en la habitación.

—Ya me he dado cuenta —afirmó—. Por eso decidí no amenazarle. Me he limitado a exponerle los hechos. Puede interpretarlos como crea conveniente. Su decisión no me concierne para nada.

9

Compré un paquete de cigarrillos en el estanco del vestíbulo y salí en busca de un taxi. Mi reloj indicaba las once y diez, y en la calle llovía a cántaros. La gente se apretujaba en el portal esperando que pasara el chaparrón. No había más que viento y lluvia, una de esas tormentas primaverales que caen sobre la ciudad como un acto de venganza divina. La lluvia salpicaba en la acera con tal fuerza que parecía llover al revés. Un autobús se detuvo frente al edificio, deslizándose sobre aletas de agua como una lancha de carreras.

Esperé a la entrada con más gente, respirando agradables olores de lana húmeda, perfume y humo de tabaco. Una mujer menuda de unos cincuenta años, teñida de rubio y con impermeable rosa comentaba que las gotas de lluvia parecían balas.

—En la India —dijo—, cuando llegan los monzones llueve tan fuerte que si sales puede costarte la vida.

Su acompañante, una morena regordeta con impermeable negro y gorro de plástico transparente, asentía con aprobación.

—Me lo creo —le contestó—. La India es un país horroroso.

Encendí un Gauloise, di dos caladas y me lo llevé a los labios para dar una tercera. En aquel momento, apareció una mano frente a mi cara y me arrancó el cigarrillo de la boca. Alcé la vista y vi que era Angel, mi amigo de la víspera, con su guardián, Teddy.

—No deberías fumar, chistoso —sonrió—. Es malo para la salud.

—Gracias —respondí—. Es agradable saber que alguien se preocupa por ti.

—No queríamos que te olvidaras de nosotros —explicó Teddy—. Así que vinimos a saludarte.

—Subestimáis el efecto que producís —repuse—. Los tipos como vosotros nunca se olvidan.

Saqué otro cigarrillo y lo encendí.

—¿Y cómo va hoy tu tripita? —preguntó Angel.

—De maravilla. Anoche me hicieron un trasplante de estómago en el Roosevelt Hospital y estoy como una rosa.

El chaparrón había pasado, convirtiéndose en llovizna. Algunos de los que se resguardaban en el portal se aventuraron a salir.

—Cuenta con vernos a menudo —me avisó Teddy.

—Será divertido —contesté—. A lo mejor la próxima vez podremos jugar al tenis. Seguro que estáis monos en pantalón corto.

Angel echó una mirada a la calle a través de la puerta de cristales.

—Vaya forma de llover, ¿eh, chistoso?

—Es bueno para las flores —comenté.

—Es verdad —repuso—. Bueno para las flores que ponen en las coronas de muerto. ¿Eh, Teddy?

—Date por afortunado, Klein —declaró Teddy—. Cada día que estás vivo es un don del cielo.

—Lo recordaré en mis oraciones.

—Hazlo. Y reza mucho. Porque vas a necesitar mucha ayuda.

–Diviértete, huelebraguetas –me aconsejó Angel–. Hasta la próxima vez.

Me lanzó un beso con la mano y los dos salieron por la puerta giratoria, contoneándose como un par de cachorros de hipopótamo. Se notaba su frustración. Angel y Teddy eran trabajadores concienzudos, y no les gustaba que los frenaran. Pero quien les diera las órdenes había decidido esperar antes de lanzarlos sobre mí. Lo que significaba que aún no estaba muy seguro de lo que me traía entre manos, y eso me daba un poco más de tiempo para actuar. Confiaba en emplearlo bien.

Eché a andar en dirección opuesta, y al cabo de dos manzanas logré encontrar un taxi que descargaba a sus pasajeros. Subí y le di la dirección de Chapman en la calle Setenta, cerca de Lexington Avenue.

George y Judy Chapman vivían en uno de esos altos edificios de pisos de lujo que proliferan desde hace unos años por el East Side. Sus inquilinos eran de los que apoyan el ballet, mantienen el superávit de los almacenes Bloomingdale y conducen esos coches admirablemente equipados que hacen que el trabajo de mecánico sea uno de los mejor pagados de este lado de la ley. Pasar frente a uno de esos edificios bastaba para crear la ilusión de que en Nueva York las cosas seguían marchando bien.

El portal estaba guardado por un irlandés alto de ojos melancólicos que parecía estar allí, sin siquiera ir a tomar café, desde el último desfile del Memorial Day. Sudaba bajo una gruesa casaca azul con entorchados rojos que parecía un uniforme de la caballería polaca, y en la cabeza llevaba una gorra militar a juego, con la dirección del edificio bordada en la visera. Con las manos en los bolsillos, miraba el tráfico con aire de estar soñando con el caballo que se les había olvidado entregarle con el uniforme. Se le iluminó la cara cuando le dije mi nombre.

–Señor Klein –anunció, sacándose un sobre del bolsillo–. El señor Chapman quiere que coja usted las llaves del piso y que entre directamente. Ha dicho que pensaba tomar un baño a última hora de la mañana y temía que no pudiera salir de la bañera si usted llamaba. Es el apartamento 11-F.

Era una extraña medida, y me desconcertó. Algo pasaba, pero no tenía idea de qué podía ser.

–¿Y la señora Chapman no está? –le pregunté.

–Salió hace más o menos una hora.

–¿Ha bajado personalmente el señor Chapman a darle las llaves?

–No, me llamó por el interfono para darme las instrucciones. En el sótano tenemos otro juego de llaves de cada apartamento.

–¿Cuándo llamó?

–Poco después de que saliera la señora Chapman.

Le di las gracias, crucé el vestíbulo tapizado de espejos y subí en el ascensor. Mi reloj marcaba exactamente las doce menos veinte. El piso once estaba decorado con carteles de exposiciones de Miró y Calder, y deambulé por los pasillos recubiertos de moqueta como una rata en un laberinto. Cuando encontré el apartamento pulsé el timbre varias veces para saber si Chapman andaba por la casa. Esperé en vano y entré con las llaves.

El apartamento estaba en silencio. Cerré la puerta y pasé a la sala de estar. Era una habitación con muebles impresionantes, nada de esa frialdad de cromo y cristal que se ve en las páginas de la revista *New York*, sino algo más suave, más sutil, que demostraba claros signos de inteligencia por parte del decorador. Al mismo tiempo, daba la impresión de que no se hacía vida en aquella sala. Me hizo pensar en un bello cuadro en el que el artista hubiese trabajado varios meses para acabar guardado en un armario nada más terminarse. No había libros ni revistas en la mesita, ni colillas en los ceniceros, ni pliegues en los cojines del sofá. Supuse que los Chapman pasaban la mayor parte del tiempo cada uno en un extremo del piso y evitaban encontrarse en el terreno común del salón. Se había convertido en tierra de nadie.

Recorrí las diversas habitaciones, aguzando el oído para escuchar el chapoteo del agua en el baño. Intenté imaginarme cómo se bañaba Chapman y me pregunté si le resultaba penoso o si, al cabo de tantos años, se había convertido en una cuestión de rutina. En lo que claramente era su despacho, hojeé algunos libros de la biblioteca, la mayoría de historia y ciencias políticas, y encontré unas cuantas obras de William Briles, una de ellas con la dedicatoria «A mi buen amigo George Chapman, W. B.». En un rincón había un juego de pesas, lo que explicaba por qué seguía Chapman en tan buena forma física. Eché un vistazo a unos papeles que tenía sobre el escritorio y descubrí lo que parecía ser el borrador de un discurso en el que anunciaba su candidatura al Senado. No tenía fecha, por lo que me quedé sin saber si había trabajado en él recientemente. Lo que más me chocó de la habitación fue la ausencia de todo recuerdo deportivo. Ni trofeos ni fotografías, nada que indicase que Chapman había jugado alguna vez al béisbol. Quizá Charles Light había dicho la verdad al afirmar que Chapman no estaba contento como jugador profesional. A menos que el béisbol lo fuese todo para él y ahora le resultara muy desagradable recordarlo.

Empecé a inquietarme. No tenía sentido que Chapman tomara un baño si sabía que yo iba a ir a verlo. Era consciente de que para él yo entraba en la categoría de los empleados, pero había maneras más simples de mostrarse grosero hacia los subalternos. Encontré el baño y apliqué la oreja contra la puerta. Dentro no se oía ruido alguno. Llamé suavemente con los nudillos y no hubo respuesta. Giré el pomo, sentí que se abría con un chasquido y me aventuré a echar una mirada al interior. El cuarto estaba vacío. A menos que George

Chapman fuese el hombre más limpio del mundo, allí nadie se había bañado aquel día. De los toalleros colgaban en perfecto orden toallas limpias con el monograma GC, y ni en la bañera ni en el suelo se veía una sola gota de agua.

Volví a recorrer todas las habitaciones del apartamento. No lo encontré hasta que fui a la cocina. Yacía de bruces bajo la mesa, y estaba inmóvil. Su cuerpo emanaba un hedor a vómito y heces, y nada más verlo supe que estaba muerto. Los cadáveres tienen una inercia especial, una quietud casi sobrenatural que dice que allí ya no hay nadie, que lo que se ve no es más que carne y huesos, un cuerpo sin alma. Me arrodillé, le di la vuelta y le busqué el pulso. Todo era silencio, todo era muerte.

Chapman había muerto en medio de un horrible suplicio. Su cara era un rictus de dolor y sus ojos parecían fijos en algún objeto lejano, como si en el remoto ámbito de la nada hubiera hallado de pronto una verdad horrenda e inexpresable. Su ropa estaba cubierta de vómito salpicado en sangre. Había literalmente vomitado las tripas, y no soporté mirarlo más de lo necesario. No cabía duda de que lo habían envenenado.

La mesa estaba puesta para dos. En el centro había una cafetera casi llena, una bandeja de tostadas frías, que no habían tocado, un frasco abierto de mermelada de naranja y una barra de mantequilla que empezaba a fundirse. En uno de los mantelitos había una taza de café vacía y una llena en el otro. Parecía que Chapman había desayunado dos horas antes con alguien; con su mujer, probablemente. Repasé mentalmente la escena y establecí varias posibilidades, ninguna de ellas muy convincente. Un envenenamiento accidental era imposible. Una dosis mortal de lo que Chapman había ingerido, no habría pasado inadvertida. También rechacé el suicidio. Chapman tenía muchas cosas por las que vivir, y en la caja fuerte de la oficina yo tenía un cheque de mil quinientos dólares que demostraba su apego a la vida. Y pensé que un suicida no habría elegido una muerte tan horrible. Chapman había sufrido probablemente más de una hora, y estaba convencido de que no había sido por voluntad propia. Quedaba el asesinato. Cuando Judy Chapman salió, su marido seguía con vida; el portero había hablado con él por teléfono. Otra persona podría haber entrado en el apartamento poco después. Pero el portero no había mencionado a otros visitantes. ¿Y se habría sentado Chapman tranquilamente a tomar café con la persona que tenía intención de asesinarlo? No había señales de lucha, nada que indicara otra presencia. Todo aquello no tenía sentido, y me encontré perdido, como un ciego tropezando por una casa a oscuras. Aunque me devolvieran la vista, habría seguido sin ver nada.

Me dirigí al salón y llamé a la policía. No tardaron mucho en llegar. Siempre llegan rápido cuando la víctima ya está muerta. Encendí un cigarrillo y solté la cerilla en uno de los inmaculados ceniceros de la mesita. En aquel momento mis pensamientos no eran muy alentadores. Un hombre me había pedido que le ayudase a impedir que lo mataran y yo había aceptado. Ahora, poco más de veinticuatro horas después, estaba muerto. No había hecho mi trabajo. Chapman me había confiado su vida y yo le había fallado. El daño era mortal, irreparable. Examiné la cubierta del librito de cerillas. Anunciaba un curso por correspondencia de reparación de televisores, y me pregunté si no debía pedir el folleto. En el fondo, a lo mejor me había equivocado de oficio.

El inspector de primera Grimes, de la Brigada de Homicidios, mandaba la delegación policial. Me había encontrado con él en un asunto anterior y no habíamos congeniado. Su actitud hacia mí era la misma que la del perro guardián hacia el cartero. Él sabía que yo tenía que hacer un trabajo, pero no podía evitar los ladridos. Era algo que tenía en la sangre, le venía de casta. De unos cincuenta años, corpulento, de cejas espesas, caminaba con el aire cansino y desaliñado de un insomne crónico. Pese a nuestras diferencias de carácter, le consideraba un buen poli. Lo acompañaban dos inspectores jóvenes que no conocía. Los dos se llamaban Smith, pero no tenían barba ni parecían hermanos. Los fotógrafos y los del laboratorio entraron después.

–Cuando me enteré de que fue usted quien había llamado –dijo Grimes, a guisa de saludo–, estuve a punto de pasar el asunto a Metropolis. Pero resultó que tenía una cita urgente en el hospital, para que le sacaran una bala del costado. –Se pellizcó la nariz con un gesto de fatiga–. La semana ha sido dura, Klein, así que guarde las distancias.

–No se preocupe –contesté–. En el maletero del coche llevo una mascarilla, y dejaré que se la ponga cada vez que tengamos que hablar.

–No me eche el aliento encima, es lo único que le pido. Ya hay suficiente contaminación en esta ciudad.

–Mira quién fue a hablar –repuse–. He olido su emparedado de pastrami antes de que usted entrara por esa puerta.

–Fiambre sin especias. No como pastrami. No me sienta bien.

Pasamos a la cocina a echar un vistazo al cadáver de Chapman. Grimes permaneció inmóvil durante un rato y al cabo, sacudiendo la cabeza, dijo:

–Me acuerdo de este tío cuando jugaba con los Americans. El mejor bateador nato que se había visto en veinte años. Todo le salía de forma muy natural, como si le diese igual. Y ahora no es más que un pedazo de carne. –Volvió a sacudir la cabeza–. Lo curioso es que habría votado por él si se hubiera presentado.

–Mucha gente le habría votado –convine–. Hasta esta mañana iba camino de hacer grandes cosas.

Grimes soltó un suspiro monumental.

–Se va a armar un follón de mil pares de cojones.

Quería hablar conmigo, y volvimos al salón mientras los técnicos se ponían a trabajar en la cocina. Le conté que Chapman había venido a verme la víspera y le describí la carta amenazadora. Le expliqué también que el portero me había dado las llaves abajo, para que supiera que había entrado en el apartamento con todas las de la ley. No le dije nada más. De Contini y Pignato, Briles y Judy Chapman, Angel y Teddy, Charles Light, ni una palabra. Era mi caso, y aquellas pistas me pertenecían. Tenía que seguir adelante, porque se lo debía a Chapman y por una cuestión de orgullo. Me habían pagado diez días de trabajo y quería ganarme el dinero. No quería tener que considerarme como uno de esos tipos que se echan atrás cuando no mira nadie. Y luego estaba la cuestión de poder mirar a Richie a los ojos cuando le explicara la clase de trabajo que hacía. Grimes establecería su propia línea de investigación, y si necesitaba saber esas cosas, acabaría descubriéndolas. Lo último que quería de mí era consejo.

—Tendrá que darme esa carta —me advirtió.

—Está segura en mi caja fuerte. Podemos ir por ella ahora mismo, si lo desea.

—Aunque probablemente no nos servirá de nada —conjeturó.

—De momento es lo único que tenemos —le recordé.

—Hasta que hable con la mujer de Chapman. Porque si es veneno, como tiene todo el jodido aspecto de ser, entonces ella es la primera sospechosa. A menos que en esa mesa se sentara otra persona, claro está. Pero no parece muy probable.

—Se olvida de que estaba vivo cuando ella se marchó. Chapman llamó al portero para lo de las llaves.

—El veneno lleva su tiempo. Puede que llamase enseguida, antes de enterarse de que le pasaba algo.

—Sigue sin cuadrar —objeté—. ¿Por qué habría dejado sus cubiertos en la mesa? Si había envenenado a Chapman, lo habría arreglado todo antes de salir para que pareciese que ella no estaba.

–Le entraría miedo, quizá. Las mujeres ricas son personas sensibles, Klein. Les gusta tener ideas perversas, pero en cuanto cometen una fechoría se trastornan enseguida. –Echó a andar hacia la puerta–. Larguémonos de aquí, vamos a echar una mirada a esa carta. Los dos Smith no me necesitan para interrogar a los vecinos.

Fuimos al centro en un coche patrulla conducido por un poli joven afectado de un severo acné juvenil. Parecía aterrorizado por Grimes, y su manera de conducir se resentía. No cruzaba ni un semáforo en verde, pisaba el freno demasiado fuerte y torció tres o cuatro veces por donde no era. Grimes miraba por la ventanilla, mascullando entre dientes.

Dejamos al conductor en el coche y cogimos el ascensor hasta mi oficina. Una vez dentro, Grimes empezó a mirar el local como un posible inquilino.

–Vaya pocilga inmunda tiene usted –comentó.

–Ya sé que no es gran cosa. Pero en casa, como en ninguna parte.

Grimes pasó el dedo por el polvo del archivador.

–Pero fíjese, coño, no desearía este sitio ni a un hombre de las cavernas. Creía que se las arreglaba bien. Pero a juzgar por este agujero, es usted un buen candidato para el asilo.

–Se olvida de que soy un hombre con responsabilidades, inspector. Tengo que mantener a una ex mujer y a un hijo, además de a unos padres de avanzada edad, a una tía solterona con epilepsia y a seis primos jóvenes a quienes pago los estudios. Aparte de que procuro donar la mitad de mis ingresos para obras de caridad. Sin eso, no podría vivir en paz conmigo mismo.

–Me alegro de que haya encontrado compañía. Si tuviera que verme esa cara en el espejo todos los días, iría vendado.

Me dirigí a la caja fuerte y manipulé la combinación. Cuando introduje la mano para coger la carta, no la encontré. Saqué el talón de Chapman y las pocas cosas que solía guardar allí: una botella de Chivas Regal, el pasaporte, mis dos diplomas y la Smith-Wesson del treinta y ocho que por suerte no había tenido que llevar desde hacía casi un año. Lo puse todo sobre el escritorio y volví a meter la mano en la caja. Estaba vacía.

–La carta ha desaparecido.

Grimes alzó la vista al techo con aire sarcástico, como buscando ayuda.

–Debí imaginármelo –suspiró–. En esta vida nada es sencillo. Dios quiere hacerme sufrir porque soy muy guapo.

Hacía mucho tiempo que no me enfadaba tanto.

–La carta estaba aquí ayer –casi grité–. Chapman me la dejó por la mañana, después de nuestra entrevista. La guardé inmediatamente y no la he tocado desde entonces. Es imposible que la haya cogido alguien a menos que reventara la caja fuerte. No hay señales de que la hayan forzado y la combinación no está escrita en ningún sitio.

–Claro, claro –repuso Grimes–. Quiere hacerme creer en la existencia de esa carta, así que me arrastra por medio país hasta el puñetero Mississippi para hacerme creer que la tiene. Pero la carta no está, porque nunca ha existido.

–Ahora no está. Pero le doy mi palabra de que ayer sí estaba.

–Su palabra no vale mucho, Klein.

–No me voy a poner a discutir con usted sobre eso. Sé que la carta existe, y usted también lo sabe. Lo importante es recuperarla. El hecho de que haya desaparecido significa que es un elemento clave de este asunto.

–Nada le impide salir a buscarla. Al menos, así me lo quitaré de encima.

–Y será mejor que ruegue para que la encuentre. Porque

si no, su investigación será tan prometedora como un fin de semana lluvioso en la playa.

–Nunca voy a la playa –declaró Grimes–. Prefiero la montaña. Es mucho más saludable.

10

En cuanto se marchó Grimes, me senté y llamé a Chip Contini. Él era quien me había enviado a Chapman, y podía servirme para llegar hasta su padre. Las personas como Victor Contini no suelen concertar citas por teléfono con desconocidos, y yo no tenía tiempo para cultivar su amistad. Necesitaba charlar largo y tendido con él, y cuanto antes.

Hacía años que no hablaba con Chip, y durante los primeros minutos intercambiamos noticias, sobre todo suyas. Las cosas le iban bien, y no tuvo ningún rubor en hacérmelo saber. Como la mayoría de las personas inseguras, Chip tenía la continua necesidad de justificar su vida, de darle un aspecto emocionante y envidiable. Había pasado sus primeros treinta años tratando de librarse de la carga de su padre, y aunque había tenido éxito, yo sospechaba que seguía andando por ahí con la sensación de que un edificio podía derrumbarse sobre su cabeza en cualquier momento.

–Esperaba tu llamada –me dijo.

–Tengo curiosidad por saber por qué me enviaste a Chapman.

–Pensé que te vendría bien el asunto. Cuando George me contó lo de la carta que había recibido el lunes, pensé que sería mejor que alguien lo investigase. No me parecía nada serio, pero George estaba asustado y yo quería hacer algo para calmar su inquietud.

—Tenía motivos para estar asustado.

—¿Por qué? ¿Has averiguado quién le escribió la carta?

—No, no lo he averiguado. Pero Chapman está muerto. Lo han asesinado en su apartamento esta mañana.

—No me tomes el pelo, Max.

—Va en serio. Chapman está muerto. Probablemente lo estarán diciendo ya por la radio.

—Dios santo.

—Vas a tener mucho que hacer. Por lo que parece, Judy Chapman es la principal sospechosa.

—Eso es ridículo. Nunca he oído mayor estupidez.

—Quizá tengas razón. Pero dile eso al inspector Grimes, de Homicidios. Entretanto, va a necesitar un abogado.

—Qué desastre —gruñó—. Qué desastre tan espantoso.

—Antes de que empieces a sentir lástima de ti mismo —le previne en tono seco—, quizá podrías echarme una manita.

Se contuvo y cambió de actitud.

—Haré todo lo que pueda, Max.

—Para empezar, quisiera que me concertaras una entrevista con tu padre. Inmediatamente. Para hoy o mañana.

—¿Y para qué? Mi padre no tiene nada que ver con George.

—Al contrario. He descubierto una conexión indiscutible con el accidente de hace cinco años, y necesito hablar con tu padre.

—Chorradas —soltó Chip, irritado—. Sólo por el pasado de mi padre, la gente le hace responsable de todo lo que pasa. Ya es mayor, y hace años que está apartado de toda actividad delictiva.

—A lo mejor es lo que te dices a ti mismo para tranquilizar tu conciencia, Chip. Estás en tu derecho, y no es cosa mía. Pero los dos sabemos que no es verdad. Tu padre es viejo, sí, pero no se ha jubilado. Sólo trabaja menos. Ya ha habido una muerte, y tengo que hacer algo antes de que la cosa se ponga demasiado fea.

101

—De acuerdo. Le llamaré y trataré de arreglarlo.

—Harás algo más que intentarlo. Lo conseguirás. No hay tiempo que perder.

Le di mi número y le dije que no me movería hasta que él me llamase. Dos cigarrillos y quince minutos después, sonó el teléfono.

—Mañana a las diez y media en mi oficina —dijo Chip.

—¿Le has dicho de qué se trata?

—En líneas generales. Va a pasar el fin de semana con nosotros, para estar un poco con los niños.

—Te lo agradezco, Chip.

—Sigo pensando que cometes un gran error, Max. Mi padre no tiene nada que ver con Chapman.

—Entonces no habría consentido en verme. Ahora sé que tengo razón, y todos los buenos deseos del mundo no cambiarán la cosa.

Volví a guardar todo en la caja fuerte menos el Smith-Wesson. Cargué el revólver, lo metí en la funda y me puse todo el invento. Había perdido la costumbre de llevarlo y me sentía voluminoso e incómodo. Pero ahora jugaba contra el equipo de los mayores, y quería tener cierta sensación de seguridad. Mi piel era la única garantía que me quedaba.

En el aparcamiento, Luis desbordaba emoción por el partido de la víspera. Detroit había ganado por seis a cinco en doce entradas, y era de lamentar la falta de solidez de los lanzadores sustitutos de los Americans y su incapacidad de marcar con las bases ocupadas.

—En dos ocasiones tuvieron las bases ocupadas sin ningún eliminado, y no hicieron nada.

Habló despacio, pronunciando las palabras con hastío.

—No te preocupes, Luis. Sólo estamos en mayo. Las cosas no empiezan a ponerse serias hasta agosto.

—Pero entonces será demasiado tarde.

Para un verdadero aficionado, una victoria o una derrota dan su color a toda la jornada. Si el equipo de uno gana, cualquier manojillo de hierbas que crezca entre los adoquines es una hermosa flor silvestre, un testimonio de la constancia de la naturaleza. Si pierde, uno está rodeado de hierbajos, fealdad y asfalto cuarteado. Luis sufría. No me molesté en recordarle que sólo era un juego.

El viaje a Irvingville fue más fácil esta vez. A mediodía, el tráfico era fluido y parecía que estaba mejorando el tiempo. Había dejado de llover más de una hora antes, y aunque aún seguía nublado el sol intentaba gallardamente abrirse paso. Al fin y al cabo estábamos en mayo, y tenía que mantener su reputación.

Sintonicé en la radio una emisora de información continua. Cuando llegó la hora del sumario, la muerte de Chapman era la noticia principal. Aún no se sabía mucho. Un detective privado había encontrado muerto en su casa a George Chapman, y la policía sospechaba algo raro. Hablaron de su carrera de jugador y de su intención de presentarse al Senado. Cambié a la WQXR y me encontré con la versión de Richter de la *Fantasía del vagabundo*. Dejé las noticias y me quedé con Schubert.

Iba a ser una investigación difícil para Grimes. Siempre lo es cuando hay una persona famosa de por medio. La prensa se niega a quedarse tranquila, las historias más inverosímiles se multiplican como moscas, y la policía acaba llevando su investigación en plena estación Grand Central. La tensión crece. Al alcalde le llega el acaloramiento del público, al fiscal del distrito le llega el del alcalde, al jefe de la Brigada de Homicidios le llega el del fiscal y al inspector encargado del caso el del jefe. Me pregunté cuánto tiempo tardaría Grimes en plegarse a la presión. Tenía mucha experiencia, pero nunca le había visto actuar en una situación difícil. Eso suele sacar a relucir lo peor de una persona. Por el bien de Judy Chapman, esperaba que el inspector tuviese la piel tan dura como parecía.

Eran las dos y media y me di cuenta de que estaba hambriento. Vi un restaurante en la autopista llamado Coach Lantern Dinner, y entré en el aparcamiento. Era uno de esos restaurantes modernos y pretenciosos, con destellos de cromo por todas partes, formica de imitación mármol y lámparas de falso cobre que quieren hacerte creer que acabas de bajar de la diligencia de Canterbury a Londres y te encuentras en un hostal inglés del siglo XVIII. Había unas veinte tartas expuestas en la vitrina, tan hinchadas que parecían haberse sometido a un tratamiento de inyecciones de silicona. Me parecieron tan apetitosas como un estante de pelotas de baloncesto.

Era una hora tranquila y el local estaba casi vacío. Me senté al mostrador y estudié la carta, un objeto gigantesco con más entradas que la guía telefónica de Milwakee. Una camarera bajita y regordeta, con un uniforme almidonado de color escarlata, vino rebotando hacia mí para tomar el pedido. Sus cabellos teñidos eran algo más rojos que el uniforme, y la forma en que se mantenían en su sitio, a cuarenta centímetros por encima de su cabeza, desafiaba todas las leyes de la física newtoniana. Con sus pestañas postizas, sus brillantes pendientes dorados y sus pulseras tintineantes me recordó, no sé cómo, a un coche deportivo. Se llamaba Andrea y me llamó cariño.

Pedí un emparedado caliente de pavo y tres minutos después lo tenía delante de mí. Había tanta salsa en el plato que por un momento pensé que me habían servido un acuario. Pero tenía demasiada hambre para que me importara. Hasta los últimos mordiscos no me di cuenta de que en realidad no sabía mal. La camarera me dijo que nunca había visto a nadie comer tan deprisa, y le di un dólar de propina. Yo era un pez gordo que se pasaba el tiempo haciendo feliz a la gente.

Santa Claus era mi segundo nombre. Salí del restaurante chupando un palillo mentolado.

A las tres y diez encontré sitio para aparcar en la calle Diecisiete, unas manzanas más arriba de la casa de Pignato. Era un poco pronto para que los niños hubiesen salido del colegio, y la lluvia había mantenido a los viejos dentro de casa. Daba la impresión de que el barrio estaba desierto, como si lo hubiesen evacuado ante una catástrofe. Me pregunté si el desastre era yo, o si ya les había caído encima. Las ramas de los árboles goteaban despacio, bajo ellos el mundo era oscuro y a través del follaje el cielo destellaba fantasmagóricamente, como en otro planeta. Nada daba buena impresión. Me sentí aprensivo, como cuando uno se ve ante una película que no esperaba. Había sacado una entrada para ver a Buster Keaton y me ponían a John Wayne.

Nadie salió a abrir cuando llamé a la puerta. Volví a llamar, esperé dos, tres, cuatro minutos, y no hubo respuesta. Probé la puerta. La llave no estaba echada. La abrí despacio, me deslicé al interior y cerré. Aquel día se me abrían todas las puertas, pero tras ellas no encontraba nada aparte de mí mismo. Sabía que era demasiado tarde. En cuanto crucé el umbral supe lo que iba a encontrar. Estaba reviviendo la experiencia de unas horas antes, y me sentía como encerrado en una pesadilla cruel, condenado a descubrir imágenes de muerte.

Era una casa destartalada, que apestaba a pobreza. Por el suelo había juguetes desperdigados, y en la pila de la cocina se amontonaban los platos sin fregar de varios días. Había cuadros religiosos colgados en las paredes de casi todas las habitaciones. En el cuarto de estar, encima de la televisión en color, había un tapiz azul con la efigie de John F. Kennedy que parecía comprado en una tienda de baratijas de Times Square. Todas las persianas estaban bajadas, como para impedir que se escapara la desgracia de la casa y contaminara al resto del barrio. Pensé en los hijos de Pignato, preguntándome si echarían de menos a su padre o si su muerte los liberaría de aquella oscuridad.

Estaba en el dormitorio, tumbado en la cama deshecha, con la mitad del rostro arrancado. En la almohada había un charco de sangre y salpicaduras en la pared. En una mesa frente a la cama, una televisión portátil emitía un serial con el sonido muy bajo. Los murmurantes fantasmas estaban sentados en un salón burgués, tomando té en tazas delicadas y hablando de sus neurosis, de sus asuntos amorosos y de sus planes para las vacaciones de verano. De extraña forma, parecían representar los pensamientos del muerto. Era como si ya estuviese en el paraíso y de ahora en adelante fuese a llevar la misma vida que ellos.

No había nada que hacer. Volví a la cocina y llamé a la policía. Eso se me estaba dando muy bien. Muy pronto iban a darme una línea directa para que no tuviera que molestarme más en marcar.

El asesinato de Pignato tenía aspecto de un trabajo profesional. Una bala y se acabó. Una fracción de segundo de tremendo dolor, y luego nada, nada en absoluto. El asesino había elegido cuidadosamente el momento, asegurándose de que la familia de Pignato no estaría en casa cuando él apareciese. Me pregunté si Pignato le estaba esperando echado en la cama, viendo la televisión hasta que él llegase. Parecía lógico suponer que había llamado a Victor Contini después de mi visita de ayer y que Contini envió a alguien para silenciar al hombre que había revelado el secreto del accidente de Chapman. Era lógico, pero a veces la lógica no sirve de mucho.

La policía llegó ruidosamente, invadiendo la casa como una horda de bárbaros. Inmediatamente lamenté no haberme largado después de llamar. Tenía la sensación de que desde hacía dos días sólo tomaba decisiones equivocadas.

El comisario Gorinski estaba al mando. De unos cuarenta años y todavía robusto, parecía un toro, y el vientre le sobresalía un poco sobre la hebilla del pantalón. Tenía la mirada nebulosa del bebedor, y por el desaliño de su ropa deduje que le sobraban problemas. No me apetecía convertirme en uno de ellos.

No se estremeció a la vista del cadáver de Pignato. Cuando entró en la habitación, su único comentario fue:

—Nadie volverá a follar en esas sábanas.

Era una actitud de tipo duro, una forma de ver el mundo con mentalidad de reptil. Comparado con él, Grimes era tan tierno como una leona con sus cachorros.

Me preguntó quién era y lo que estaba haciendo allí. Contesté la primera pregunta mostrándole mi licencia de investigador. La estudió con desprecio, como si le hubiera enseñado una foto pornográfica.

—Un pequeño sabueso judío de la gran ciudad —comentó.

—Exacto —repuse—. Desciendo de una larga línea de rabinos. Todos esos que ve usted por ahí con extraños sombreros y largas barbas son primos míos. Por la noche me crecen cuernos y rabo, y en primavera, por la pascua judía, sacrifico a un niño cristiano para utilizar su sangre en un rito secreto. Soy un millonario de Wall Street y comunista, y estuve presente cuando clavaron a Cristo en la cruz.

—Cierra el jodido pico, Klein —soltó—, o te parto la puta cara.

—Tenga cuidado con la forma en que me habla, comisario —repliqué—. No colaboraré con usted a menos que se comporte como una persona civilizada.

—Todos los gilipollas de Nueva York sois iguales. Os creéis los tipos más duros y más listos del oficio, pero en cuanto se os descubre el farol, llamáis a gritos a vuestro abogado. Esto no es Nueva York, señor rabino, sino Irvingville. Ésta es mi ciudad, y me comporto como me sale de los cojones.

–Como quiera. Tenía la estúpida idea de que quizá quisiera hacer algo para resolver un asesinato. En la habitación de al lado hay un cadáver, y mientras usted se dedica a hablar de su preciosa ciudad, el asesino está cada vez más lejos.

–Ahí es donde te equivocas, tesoro –dijo con una sonrisa sádica–. El asesino no va a ninguna parte. Está aquí conmigo, en este momento.

–Esa teoría suya es de lo más brillante –observé–. Déjeme ver. Entro en la casa y disparo a Pignato en la cara. Luego, en vez de salir corriendo, me doy un paseo hasta la cocina, llamo a la policía y le ofrezco mi ayuda. Sí, ya veo lo que quiere decir. Tiene mucho sentido. Debe de ser una especie de genio, comisario.

–Mike –ladró Gorinski a uno de los polis que escuchaba nuestra conversación–, ven aquí y desarma a este payaso.

Mike era joven, no más de veinticinco o veintiséis, y se lo estaba pasando bien. Parecía considerar a Gorinski como la respuesta de Irvingville a Sherlock Holmes, y le gustó mucho hacer su papel. Se me acercó con displicencia y alargó la mano.

–Venga, Klein, démelo.

–Este revólver no se ha disparado en meses –anuncié–. Lo único que tienen que hacer es olerlo, y sabrán que no se ha disparado hoy.

Me abrí la chaqueta, puse la mano en la culata y estaba a punto de sacarlo de la funda cuando Gorinski se lanzó sobre mí y me asestó un tremendo puñetazo en la sien. Me derrumbé como una silla plegable, con la oreja silbándome del golpe. Me incorporé al cabo de un momento, medio atontado, para oír los gritos de Gorinski, erguido sobre mí.

–¡No sabes que va contra la ley apuntar con una pistola a un agente de la policía, idiota! Mike –dijo volviéndose al fiel ayudante–, ponle las esposas. Vamos a tener una pequeña charla en comisaría.

Mike hizo lo que le ordenaron y luego me sacaron entre los dos de la casa y me metieron en un coche patrulla. No tardamos más de diez minutos en llegar a la comisaría. Dije a Gorinski que llamara al inspector Grimes de Nueva York y me mandó a tomar por culo. Ésa era una de las cosas que me gustaban de él. Siempre tenía un comentario original para cada situación.

Me arrojaron al cuarto de los interrogatorios y se pasaron varios minutos dándome patadas. Había oído hablar del tercer grado, pero en sus manos era un arte, algo más que el enésimo grado, una lección de cómo jugar al fútbol sin balón.

Eso pareció ponerlos de buen humor, porque cada vez que Gorinski me tiraba de la silla de un puntapié, Mike soltaba una sonora carcajada. Naturalmente, no opuse resistencia. Al fin y al cabo eran policías, agentes de la ley. Y daba la casualidad de que estaba esposado. Intenté separar la mente del cuerpo, convencerme de que aquello le estaba ocurriendo a otro. Es un método de luchar contra el dolor que puede dar muy buen resultado en el sillón del dentista. Lamentablemente, no es lo mismo en la comisaría.

Finalmente se ocuparon del asunto. Querían saber quién me había contratado para matar a Pignato, cuánto dinero me habían pagado y qué otros trabajos como aquél había hecho últimamente. Me llamaron perro judío, maricón y comunista. Les dije que trabajaba en el asesinato de Chapman y que llamaran a Louis Grimes, de la Brigada de Homicidios de Nueva York. No estaba seguro de que Grimes me apoyara, pero era mi única posibilidad de salir de Irvingville antes del año 2000.

Daba lo mismo lo que dijera. Sabían que no había matado a Pignato, pero siguieron adelante porque disfrutaban con la farsa. Hacía que se sintieran hombres importantes. Eran americanos puros, viriles, y todos los días no les caía entre las manos una presa fácil como yo. Además, sabían que nunca resolverían el caso. Pignato estaba relacionado con la banda de Contini, y su asesinato era una cuestión de política interna. En un sitio como Irvingville, las ejecuciones del hampa no se consideraban asesinatos. Formaban parte del ambiente local, como los fuegos artificiales del Cuatro de Julio o el baile de la policía. No se resolvían, se pasaban por alto. Gorinski no iba a hacer nada que incomodase a Victor Contini. Como dice el proverbio, no se muerde la mano que te alimenta.

Lo que acabó salvándome fue el estómago de Gorinski. Se acercaba la hora de la cena, y, tras repetir la comedia una y otra vez, vi que empezaba a perder interés. La idea de la comida le atraía más que hacerme picadillo. Salió del cuarto y Mike tomó el relevo. Volvió quince minutos después.

–Eres un tío con suerte, Klein –aseguró–. Acabo de hablar con Grimes, en Nueva York. Que no vuelva a verte el pelo. No te queremos por aquí.

–No sé cómo agradecérselo –repuse–. Me ha hecho tan agradable la estancia en su ciudad, que casi no me dan ganas de marcharme. Pero confío en volver pronto. La próxima vez a lo mejor me traigo a la mujer y a los críos.

–Si se te ocurre asomar la jeta por aquí –me advirtió Gorinski–, te la convierto en gelatina. Lo pasarás tan mal que desearás que hubiera ardido la maternidad el día que naciste.

Mike sacó una llave y abrió las esposas. Traté de reactivar el flujo sanguíneo, pero no sentí nada. De los codos a la punta de los dedos, estaba insensible.

–Es usted un hombre valiente, Gorinski –le dije–, y un honor para la policía de este país. Sin tipos como usted, las calles no estarían libres de ciudadanos corrientes como yo. Sólo quiero que sepa lo agradecido que le estoy. Gracias. Se lo agradezco desde lo más profundo de mi corazón.

Gorinski murmuró algo para sus adentros, giró sobre sus talones y salió del cuarto. Mike me acompañó al mostrador de recepción.

—Tengo que reconocerle una cosa —me dijo—. Sabe usted encajar bien los golpes.

Para él aquello era un deporte, y quería darme las gracias por ser un buen fajador. No importaba que el juego estuviese amañado, que no me hubiesen dado la menor oportunidad. Rechacé su mano cuando me la tendió.

—Vaya héroe que ha elegido como modelo —repuse—. ¿Es eso lo que piensa ser cuando sea mayor?

—Una vez que se le conoce, no es tan mal tipo.

—Claro. Y a Hitler le encantaban los niños. Es la historia de siempre. En toda bestia hay un humanista que grita para que lo dejen salir.

La mirada de Mike se endureció de nuevo.

—Alégrese de haber salido tan bien parado, Klein.

—Intentaré recordarlo. Cada vez que pase frente a una iglesia, entraré a encender una vela por Gorinski. Y quizá otra por usted.

Eran las seis. Llamé un taxi desde el teléfono público y le dije que me condujera a la calle Diecisiete. Iba a tener el cuerpo dolorido durante los próximos días, pero sobreviviría. Eso era más de lo que George Chapman y Bruno Pignato podían decir.

11

Tres hombres merodeaban en torno a mi coche en la calle Diecisiete. Me estaban esperando, y yo sabía que no era para hablar del Saab 1971. Habría podido decir al taxista que siguiera hasta la estación de autobuses. Existían otros medios de volver a la ciudad. Pero me picó la curiosidad. Si querían algo de mí, a lo mejor sacaba yo algo de ellos. Era lo bastante realista como para no esperar un trueque equitativo. Sólo intentaría no perder demasiado cuando concluyese la operación.

Formaban un grupo extraño. Uno de ellos, con vaqueros, chaqueta de cuero y botas de motorista, parecía haber aprobado recientemente el examen de ingreso en una banda juvenil. Se apoyaba en el coche con los brazos cruzados, y mascaba chicle con una mirada tan vacía como un agujero de bala en una lata de conservas. El segundo andaba por la treintena, bien maqueado con un traje informal azul pastel e impecables mocasines blancos. Fumaba un cigarrillo y se paseaba de un lado a otro, absorto en sus pensamientos. Evidentemente, era la cabeza pensante. El tercero y de más edad, de cuarenta y tantos años, iba vestido de forma más clásica con un traje castaño, camisa del mismo color y corbata blanca. Fumaba un puro y miraba continuamente el reloj. Más o menos eran todos de mi talla. Salvo por su distinta indumentaria, parecían el mismo personaje en diferentes etapas de la vida. Era el retrato de grupo de tres generaciones de matones.

Pagué al taxista, me apeé del vehículo y crucé la calle. Los tres me siguieron con la mirada.

–Bonito coche, ¿verdad? –dije a Corbata Blanca–. Te lo pongo a buen precio y además te regalo las ruedas de nieve.

–Vámonos, Klein –ordenó Traje Informal–. Tienes una cita con el destino.

–Suena a pelirroja –repliqué–. ¿Es guapa?

–Es un feto –terció Chaqueta de Cuero, haciendo su entrada en la comedia–. Pero no tendrás más remedio que conformarte.

Lo tenían todo previsto. Chaqueta de Cuero me quitó el revólver y fue a buscar un Buick verde aparcado un poco más abajo de la calle. Los otros dos me dijeron que me pusiese al volante del Saab y después subieron ellos. Traje Informal se sentó atrás y Corbata Blanca delante, a mi lado.

–Antes de comprar un coche –me explicó Corbata Blanca–, tengo que ver cómo marcha. No quiero que me endilguen un cacharro.

–Pues dime adónde quieres ir –le sugerí–, y te llevaré.

Traje Informal se inclinó hacia el asiento delantero.

–¿Conoces la reserva de North Mountain?

–La conozco.

–Bueno, pues ahí es adonde vamos. Y nada de tonterías, Klein. Te estoy apuntando a la nuca con un treinta y ocho. A la menor jugarreta, tu cerebro irá a decorar el parabrisas.

Puse el coche en marcha y arranqué. El Buick me siguió de cerca. De momento al menos sabía que estaba a salvo. Pese a la amenaza, Traje Informal no apretaría el gatillo mientras yo condujese. Con tal de que no saliéramos del coche, no pasaría nada.

La situación me parecía clara. Eran hombres de Contini y me llevaban para terminar lo empezado aquel mismo día con el asesinato de Pignato. Yo era el único que sabía lo del accidente de Chapman, y si me quitaban de la circulación, Contini se quedaría tranquilo. Pero seguía escapándoseme la respuesta a la cuestión más importante. ¿Por qué había querido Contini matar a Chapman? Confiaba averiguarlo mañana, en mi entrevista con él. Pero ya no estaba tan seguro de seguir mañana en la brecha. Ni pasado mañana, en realidad.

–Supongo que no querréis darme una pista de por qué es tan importante que paséis la tarde conmigo –dije a Corbata Blanca.

–Porque eres un fisgón, por eso –contestó en su lugar Traje Informal–. No dejas de meter la nariz en los asuntos de los demás. Tarde o temprano, los tipos como tú suelen acabar mal. Y te ha llegado la hora, guapo, hoy es tu día.

–Parece que tienes respuesta para todo –repuse–. Ahí va otra pregunta. ¿Para quién trabajáis?

–Tengo seis grandes respuestas en la palma de la mano

–sonrió burlonamente–, y cualquiera de ellas puede poner fin inmediatamente a esta conversación.

–Le das mucho a la lengua. Sueltas frases hechas con la misma facilidad con que un niño ensucia pañales. –Le miré por el retrovisor–. A lo mejor deberías dejar los tebeos.

–Tú conduce, follonero. Cuando quiera tu opinión, te escribiré una carta.

Conduje. Recorrimos varios kilómetros por Spring Avenue, la principal avenida comercial de Irvingville y luego subimos al norte, hacia las ciudades más prósperas y alegres de alrededor. El paisaje cambió. De las fábricas y almacenes pasamos a una zona de Dairy Queens y aparcamientos de coches de segunda mano, y luego por barrios residenciales modestos que poco a poco se fueron convirtiendo en lujosos, con grandes y bien cuidados jardines, garajes para tres coches y piscinas en forma de riñón. Subíamos a la montaña, lejos del polvo de las ciudades, hacia el país de cuento de hadas donde vivían médicos, directivos y propietarios enriquecidos con el alquiler de tugurios. Era un mundo donde la gente jugaba al golf en el club de campo, engañaba a su mujer con las de sus amigos y mandaban a sus hijos a lujosas colonias de verano con tres mil dólares de ortodoncia en la boca. Tuve una extraña sensación pasando frente a aquellas mansiones con un revólver apuntándome a la nuca. Era como si me hubiese trasladado a otra dimensión, a un lugar de absurdas yuxtaposiciones con la misma lógica que la de los cuentos infantiles. El miedo era un Lincoln negro saltándose a toda velocidad un semáforo en rojo. La violencia, un jardinero jorobado recortando metódicamente los rododendros. La muerte, la ingeniosa culminación de un chiste contado en la terraza entre unas copas. Todo era otra cosa, nada era lo que parecía.

La reserva de North Mountain consistía en varias hectáreas de bosque, zonas de jira y senderos para excursionistas en

114

la cumbre de la colina. A las siete menos cuarto estaba prácticamente desierta. Corbata Blanca me ordenó torcer por una angosta pista de tierra que se adentraba en el bosque de robles y arces. El Buick verde nos seguía de cerca. Al cabo de un kilómetro llegamos a un gran prado que se extendía a la derecha, y Traje Informal me ordenó que saliera del camino y me metiera por la hierba. Seguí sus instrucciones. Me iba a resultar casi imposible apartarme de ellas. Si intentaba huir me encontraría al descubierto, ofreciendo un blanco fácil. Mi única oportunidad era el bosque al otro lado del camino, pero estaba a más de doscientos metros. Me pregunté por qué me había bajado del taxi en la calle Diecisiete.

Paré el coche donde me dijeron y bajamos los tres. Chaqueta de Cuero apagó el motor del Buick y vino a nuestro encuentro. Por un momento nos quedamos inmóviles entre la alta hierba bajo la anaranjada luz crepuscular, sin decir palabra. Tuve la sensación de que nos habíamos convertido en sombras, en figuras inmóviles encerradas en un paisaje fantasmal de De Chirico.

—Me parece que no me gusta el coche, Klein —dijo al cabo Corbata Blanca—. No tiene fuerza y el motor no suena bien.

—No importa —repuse—. He pensado que al final no lo voy a vender.

Chaqueta de Cuero abrió el maletero del Buick y sacó un mazo. Se acercó al Saab y lo observó con una mueca sarcástica.

—Lo malo de estos coches extranjeros —comentó— es que no están hechos para que duren mucho.

Alzó el mazo sobre su cabeza y lo descargó contra el parabrisas, que saltó en pedazos.

—¿Ves lo que quiero decir? Un golpecito y todo se viene abajo.

—Muy bien hecho —le dije—. Deberías pedir trabajo en un penal, se te daría bien picar piedra.

—Eso no es nada, coño. Fíjate en esto.

Volvió a esgrimir el mazo y, en rápida sucesión, destrozó las ventanillas del coche. Corbata Blanca y Traje Informal sonreían. Parecían satisfechos de dejar que la juventud se divirtiera.

—Ya ves, Klein —continuó Chaqueta de Cuero—. Ibas a vender este coche a un amigo mío, pero creo que pretendías darle gato por liebre. Sólo quiero que vea el montón de chatarra que querías endosarle.

Sus palabras se convirtieron en una profecía realizada. Los golpes acabaron para siempre con la vida que le quedaba al Saab al comienzo de la jornada. En quince minutos el coche quedó literalmente reducido a un montón de chatarra. Chaqueta de Cuero destrozó las puertas, hizo varios agujeros en la capota, despedazó el volante y luego acuchilló la tapicería y pinchó las ruedas con una navaja automática. Ya no parecía un coche, sino una estrambótica escultura.

Al terminar su tarea, sudando y jadeando por el esfuerzo, Chaqueta de Cuero esbozó una sonrisa de triunfo. Traje Informal aplaudió con irónica cortesía.

—Fin del primer acto —declaró—. Bonita función, ¿eh, Klein?

—Olivier estaba mejor en *Cumbres borrascosas* —objeté—. Este amigo tuyo no sabe conmover al público. Su personaje no resulta muy creíble.

—Verás como te lo acabas creyendo —aseguró Corbata Blanca—. Haz algo para que se lo crea, Andy.

Chaqueta de Cuero sólo estaba calentando los músculos. Tenía un maníaco destello de kamikaze en los ojos, que no apartaba de mí. Se me pasó por la cabeza que a lo mejor estaba drogado, en cuyo caso sabía cómo contenerlo. Me lanzó al buen tuntún un derechazo que se veía venir desde Pittsburgh. Lo paré con el antebrazo izquierdo y repliqué con un potente directo al estómago. Soltó un sonoro gruñido y se dobló de dolor. Aquel puñetazo me procuró una inmensa satisfacción. Después de dos días de ser maltratado en todas partes empezaba a defenderme, y mi cuerpo respondía a la situación con una furia cuya existencia ignoraba. Chaqueta de Cuero sólo quedó momentáneamente atontado, y se incorporó sonriendo.

–Ése es tu cupo –me advirtió–. Un golpe. Ahora me toca a mí.

Volvió a abalanzarse sobre mí con la misma falta de precaución. Debía de pensar que era invencible, que no lo tocarían hiciera lo que hiciese. Esta vez esquivé su derecha y le lancé un fuerte gancho a la mandíbula. Fue un golpe violento que me envió oleadas de dolor de los nudillos al hombro. Retrocedió tambaleándose cinco o seis pasos y cayó. No estaba noqueado, pero sí en el suelo, y antes de que se me echara encima de nuevo giré sobre los talones para cubrirme la espalda. Traje Informal estaba delante de mí, con el revólver apuntándome al estómago. Corbata Blanca encendió tranquilamente otro panetela.

–Pierdes el tiempo, guapo –anunció sin la menor emoción–. Sólo conseguirás que te duela la mano.

–Pero vale la pena –repuse, jadeante–. Me gusta ver cómo tus amigos se caen de culo.

Y entonces el sol se puso muy deprisa. Estaba allí, justo a la espalda de Traje Informal, un inmenso disco de fuego rojo, y de pronto desapareció. El golpe me alcanzó en la nuca y me derrumbé como un muñeco de trapo. Durante mucho tiempo fui un minero que excavaba en las profundidades de la tierra. La luz de mi casco proyectaba un haz por un túnel de treinta kilómetros de largo. Tenía que seguir avanzando. Cuando llegara al final del túnel encontraría la mayor veta de carbón de la historia y mi foto saldría en los periódicos. Empecé a preguntarme si mi fotografía de fin de carrera podría valer, cuando de pronto ya no era un minero. Me había convertido en un cadáver. Los enterradores me llevaban al cementerio, y nadie había acudido a llorarme. Iban a meterme en la fosa común y a tirarme piedras sólo para divertirse. Oí que uno de ellos decía:

–No se pierde nada comprobándolo. ¿Qué pasa si se le ocurre despertarse?

Abrí los ojos. Estaba de espaldas, y el mundo entero temblaba debajo de mí. Me quedé perplejo durante un tiempo, preguntándome cómo podía estar moviéndome al tiempo que permanecía completamente quieto. Luego comprendí que me encontraba tumbado en la parte de atrás de un coche. El descubrimiento me impresionó mucho y por unos momentos me produjo el mismo entusiasmo que un importante hallazgo científico. Entonces noté que tenía las manos atadas con una cuerda. Fuera estaba oscuro. La noche había caído en mi ausencia.

–Rip Van Winkle está a punto de volver a la civilización –anunció Traje Informal desde el asiento trasero.

Corbata Blanca, delante, se volvió a mirarme. Eso dejaba a Chaqueta de Cuero al volante.

–Qué pena –comentó Corbata Blanca–. Te has perdido la mayor parte del viaje. Casi hemos llegado.

Moví ligeramente la cabeza y solté un quejido. Me sentía como una alcachofa con las hojas arrancadas. Mi cerebro estaba a la intemperie y tenía la consistencia de un tazón de gelatina caliente.

–Sólo era una pequeña siesta –dije–, parte de mi tratamiento de belleza.

–Por tu forma de roncar –repuso Traje Informal–, más bien parecía una pesadilla.

–Es porque soñaba contigo. Y ahora me despierto y descubro que todo era verdad. Igual que en un cuento de hadas. Ya sabes al que me refiero, *La bella y la bestia*.

—Luego te contaré otro cuento para que te duermas —me replicó Traje Informal—. Si me sale bien, a lo mejor no te vuelves a despertar.

Cinco minutos después, el coche redujo la marcha para tomar una curva y luego circuló sobre grava. Tras recorrer unos quinientos metros, se detuvo.

—Fin de trayecto —anunció Traje Informal—. Aquí se bajan los gorrones.

Abrió la puerta, bajó y, con ayuda de Chaqueta de Cuero, me sacó del coche y me arrojó al suelo. La grava me desgarró la espalda como si me hubieran arrastrado por un colchón de navajas. Me ordenaron que me pusiera en pie. Hice lo que pude, pero por lo visto no fue suficiente. Traje Informal me clavó uno de sus mocasines blancos en los riñones, y eso frenó un poco mis progresos. Al cabo de algunas tentativas más y las correspondientes patadas, logré incorporarme. La cabeza me pesaba como una bola de bolera, y tardé un tiempo en arreglármelas para mantener el equilibrio.

La situación no me era muy favorable, pero estaba recobrando la confianza. Llevaba casi dos horas en su compañía, y aún respiraba. Si hubiesen tenido instrucciones de matarme, ya estaría muerto hacía mucho. Al parecer, Contini estaba dispuesto a dejarme vivir. Sólo quería ponerme las cosas difíciles, apartarme de la circulación hasta que terminara la investigación sobre Chapman. A lo mejor el viejo se estaba ablandando, pensé. O quizá tenía que ver con mi llamada a Chip. Si me encontraban muerto, Chip sabría que había sido su padre. Contini no tenía miedo de la ley, y estoy seguro de que mi vida le importaba un comino. Pero no quería que su hijo se enterase de que era un asesino. Es curioso cómo los principios morales aparecen en los sitios más inverosímiles. Un padre está dispuesto a casi todo por ganar el respeto de su hijo. Yo también había rumiado un poco ese asunto.

Caminamos los cuatro durante diez minutos. Corbata

Blanca llevaba una linterna para guiarnos por el pedregoso camino, y Traje Informal me clavaba un revólver en la espalda. Supuse que nos encontrábamos en Kern's Quarry, una antigua cantera abandonada unos siete años atrás. No estaba a más de veinte kilómetros de la reserva, y probablemente era un sitio tan bueno como cualquiera para mantener a alguien oculto durante un tiempo. Cuando empezamos a subir por la pendiente de grava que bordeaba la excavación, comprendí que estaba en lo cierto. Una victoria minúscula. Pero al menos sabía dónde me encontraba.

Llegamos a la cabaña del capataz. Corbata Blanca abrió la puerta y me anunció:

—Ésta va a ser tu nueva casa, Klein. En las dos próximas semanas, acabarás conociéndola como la palma de tu mano.

—Estupendo —contesté—. ¿Cuándo me vais a mandar el piano? No quiero que se me entumezcan los dedos.

—En tu lugar, yo no me andaría con bromas —me recriminó Traje Informal—. No te das cuenta de la suerte que tienes. En realidad, tienes tanta potra que me dan ganas de vomitar. Verdaderamente, en una situación como ésta te apiolarían. Pero, por lo que sea, el viejo te quiere vivo.

—Supongo que eso le convierte en candidato al Premio Nobel de la Paz.

—Te quiere vivo —prosiguió Traje Informal como si yo no hubiera dicho nada—, pero eso no significa que lo vayas a pasar muy bien. Hay maneras de mantener vivo a un tío que son peores que la muerte. En cuanto te pases de la raya, te pondrás a suplicar que te metamos una bala en la cabeza. Será como unas vacaciones en las Bermudas, comparado con lo que podemos hacerte.

Era un cuarto vacío, polvoriento, con un olor húmedo a madera podrida, y medía unos dos metros y medio por cinco. Al barrido de la linterna, vi una mesa, unas sillas y un par de viejos libros de contabilidad. Era la clase de lugar donde las ratas campan por sus respetos, y no me gustaba nada la disposición del local. No iba a tener mucho sitio para maniobrar, sobre todo con un revólver apuntándome todo el rato. Empezaba a resignarme a la idea de una estancia prolongada. Pero entonces me sonrió la suerte. Traje Informal y Corbata Blanca se fueron. Dijeron a Chaqueta de Cuero que iban a buscar algo para comer y que volverían al cabo de una hora. Chaqueta de Cuero les pidió que le trajeran un perrito y un paquete de seis cervezas y así, sin más, se marcharon. Lo que me dejaba solo con el muchacho. Las posibilidades habían mejorado considerablemente, pero seguían sin ser buenas. Tenía que idear un medio de armar pelea sin que me volaran la cabeza.

Se sentó en una silla junto a la puerta, con una linterna apuntándome a la cara en una mano y una pistola apuntándome a la cara en la otra. Me senté en el suelo, en un rincón, mirando a otro lado para evitar la luz. Fuera, los grillos cantaban a la luna y de vez en cuando croaba una rana, con el sonido de algún instrumento chino de una sola cuerda. Estuvimos cinco o seis minutos sin decir palabra. El otro mascaba ruidosamente su chicle.

–Oye, Andy –dije al cabo–. Hay algo que me tiene intrigado. Me pregunto si puedes ayudarme a resolverlo.

–¿Qué pasa, Klein?

–Sólo quiero que me digas la sensación que da.

–¿Que da qué?

–Ser maricón.

–No sé de qué hablas.

–Claro que lo sabes, Andy. Venga a dártelas de músculos, pero no hay más que verte para saber que eres mariquita.

–No tengo por qué aguantar tus chorradas, capullo.

–Pues intenta impedírmelo. Abriré la boca siempre que me dé la gana. Un sarasa como tú no tiene huevos para cerrármela. Te da miedo que te estropeen la carita.

—Una palabra más y lo sentirás.

—Andy la Flor se está enfurruñando —dije, haciendo un puchero.

A guisa de respuesta, disparó una bala a la pared, por encima de mi cabeza.

—Buuú —proseguí—. Creo que Andy la Loca no me quiere.

—Otra gilipollez más y apuntaré más bajo.

—No tienes cojones para matarme. Tus órdenes son mantenerme con vida. Si no las cumples, tu piel no valdrá un céntimo. De eso puedes estar seguro.

—Eso es lo que tú crees, bocazas. A mí nadie me dice lo que tengo que hacer. Si te vaciara la pistola, probablemente me darían una medalla.

—¿Por qué no lo intentas entonces, mariposón? Eso de apuntar con una pistola a un hombre con las manos atadas debe hacerte sentir como un tío duro. Es la clase de situación que conviene a un desgraciado como tú. Todas las bazas a tu favor.

—Cuando quieras y donde quieras, Klein, te machacaré hasta hacerte picadillo.

—¿Por qué no ahora, cara de granos? ¿O temes que vuelvas a cagarte de la siguiente paliza que te dé? Tienes un aspecto terrorífico destrozando un coche que no puede defenderse, pero a la hora de pelear eres un inútil. Con los puños no serías capaz de abrirte paso ni en una bolsa de vómito.

Había empezado a perder la esperanza. El chaval no iba a estallar, y yo me quedaría allí soltándole insultos hasta que volvieran Traje Informal y Corbata Blanca. Pero acabó dando resultado. Había logrado sacarlo de sus casillas. Dejó la linterna sobre la mesa, de modo que me alumbrara bien, se puso en pie y se metió la pistola entre el cinturón. Luego se acercó adonde yo estaba sentado.

—¡De pie, hijoputa! —gritó, perdida ya la paciencia—. Voy a darte una lección que nunca olvidarás.

Me levanté y le hice frente. Con la luz a su espalda, sólo distinguía el contorno de su cuerpo. No le veía los ojos. Pero no me hacía falta verlo para saber lo que se avecinaba. Llevó hacia atrás la derecha y me la lanzó con todas sus fuerzas contra la mandíbula. Fue un buen golpe, y por un momento creí que me había roto algo. Trastabillé hacia atrás y choqué contra la pared, pero mantuve no sé cómo el equilibrio. Era todo lo que quería. Más que nada en el mundo, deseaba seguir en pie. Sabía que si lograba encajar su mejor puñetazo sin caer, le podría. Y él lo sabía también.

–Si eso es todo de lo que eres capaz, pequeño Andy –articulé pese al dolor–, será mejor que te matricules en el curso acelerado de culturismo de Charles Atlas. Un puñetazo como ése no haría daño ni a mi abuela. Y pesa cuarenta y cinco kilos.

Estaba furioso. En todos los años que se había pasado dando palizas, probablemente no se había encontrado con alguien que le hiciera frente. Es lo malo de los matones. Pasan tanto tiempo sacudiendo a gente de menos tamaño que ellos, que acaban haciéndose una idea falsa de su propia fuerza. Yo no era el viejo tendero de la esquina. Un poco más alto que Andy, tenía mucha más experiencia que él. No había que abandonar ahora, cuando él llevaba ventaja, sino herir su orgullo y hacer que cometiera más errores.

–¡A mí nadie me habla así! –vociferó–. ¿Me oyes? ¡Nadie me dice esas cabronadas y se queda tan pancho!

Con la misma falta de precaución que antes en la reserva, me lanzó un segundo puñetazo tan abierto que me dio tiempo a agacharme y a entrarle por abajo. Mis manos atadas formaban un doble puño, y puse todas mis fuerzas en el golpe. Lo recibió en la barbilla, voló hasta la mesa, tiró la linterna y el cuarto se quedó a oscuras. Me precipité hacia la puerta, pero logró alargar el brazo y hacerme tropezar cuando cruzaba el umbral. Caí de bruces, incapaz de amortiguar la caída con las manos, pero me puse rápidamente en pie, luchando por respirar. Sabía que si le daba tiempo suficiente para levantarse y sacar la pistola, todo habría acabado. Era una noche clara, iluminada por la luna creciente, y no había árboles para refugiarme. Tenía que poner la mayor distancia posible entre los dos.

Eché a correr. Pero el chico era más rápido que yo y, mientras nuestros pies hacían crujir furiosamente la grava, oí cómo ganaba terreno. Comprendí que no iba a escaparme. De pronto, impulsivamente, decidí detenerme. Si no podía correr más deprisa que él, tendría que atacarlo por sorpresa. Resbalé al pararme, planté los pies lo más firmemente que pude en el suelo y eché las manos hacia atrás como si fuera a dar un batazo. Le apunté a la cabeza. Corrió derecho a mí y sentí que los huesos de la cara se le partían en pequeños trozos. Fue como si se hubiese estrellado contra un muro de ladrillos, y se derrumbó en el acto, muy deprisa, gritando. Pero seguía sin saber cuándo debía darse por vencido. Como un animal herido que lucha por su vida, no era más que puro instinto. Ciego de dolor, se levantó y se abalanzó de nuevo sobre mí. Mis ojos ya se habían habituado a la oscuridad, y veía dónde estábamos. Pero no tuve tiempo de huir. Esquivé su arremetida, y ahí acabó todo. Se precipitó por el borde de la excavación y cayó hacia el fondo, veinte metros más abajo.

Durante unos minutos, no hice nada. Me quedé allí, jadeando como un cerdo bajo la media luna, tratando de recobrar el aliento. Luego empecé a temblar. No quería hacerlo, pero mi cuerpo había decidido actuar por su cuenta. Por un momento creí que iba a desmayarme, de modo que me senté en el suelo y enseguida vomité todo lo que tenía dentro. No sabía muy bien si devolvía o sollozaba. Era la misma violencia en el pecho, la misma quemadura sofocante en los pulmones. Si no hubiera dejado de correr en aquel momento, me decía, habría sido el primero en caer. Casi no tenía importancia. Demasiados muertos en un solo día, y estaba harto de la muerte, harto de mi vida, harto de todo lo que había hecho para seguir vivo. Me había convertido en asesino, y ya no sabía quién era.

Tardé diez o quince minutos en serenarme. Para entonces era capaz de razonar lo bastante para saber que no podía quedarme allí. Los otros dos volverían en cualquier momento y comprendí que no podía resistir más. No me importaba mucho lo que me ocurriese, pero no podría pasar otra vez por lo mismo. Había llegado al límite, ya no tenía fuerzas.

Me largué de allí.

12

Soñaba con una ciudad en la que no había nadie salvo yo. Todos habían desaparecido por una extraña fuerza devastadora que se había apoderado de mi voz. Cada vez que hablaba con alguien, se esfumaba. En cuanto abría la boca, desaparecían los que me rodeaban. Nada más acercarme, la gente se alejaba corriendo, pero yo les gritaba, intentaba explicarles que no era culpa mía y de pronto ellos también se volatilizaban. Al final no quedó nadie. Me senté en el vestíbulo de algún hotel, lleno de dolor y lástima de mí mismo. Me pregunté si existiría un medio para reparar el daño causado y concluí que no lo había, que la gente no volvería a aparecer. Resolví no decir una palabra más, redimirme haciendo voto de silencio para toda la vida. Entonces oí un martilleo en una de las plantas del hotel. Me puse en pie y empecé a subir las escaleras. Aún quedaba otra persona en el mundo, y si lograba encontrarla estaría salvado. Subí durante horas, el ruido estaba cada vez más cerca.

Justo cuando iba a llegar al último piso, abrí los ojos. Llamaban a la puerta del apartamento. Al querer levantarme, oí que todos los músculos de mi cuerpo gritaban de indignación. Me sentía como si me hubiesen utilizado para tapar un bache de la autopista West Side. Nunca más volvería a andar, y durante el resto de mi vida estaría confinado en aquella habitación, atendido por una enfermera vieja y arrugada con un uniforme blanco que sólo me daría caldo de gallina para comer. Siguieron llamando, y dije a quienquiera que fuese que ya iba. Miré el reloj y vi que eran las ocho y diez. Había dormido menos de cinco horas.

Tres semanas después llegué a la puerta. Tardé otros cuatro días en descorrer los cerrojos y por lo menos seis horas en abrir la puerta, pero al fin apareció el visitante. Era Grimes.

—¡Santo Dios! —exclamó—. Tiene la cara como un mapa en relieve de las Montañas Rocosas.

—Sí, y eso que tuve suerte. Casi acabo en el Valle de la Muerte.

Le hice pasar. Esta vez no hizo comentarios ingeniosos sobre los muebles. Ya habíamos superado la fase donde se podían gastar bromas. Ahora íbamos en serio.

—Seré incapaz de decir dos frases seguidas hasta que no me trinque un café —le expliqué—. Puede acompañarme si quiere, inspector.

Me dirigí a la cocina, abrí el agua fría y metí la cabeza bajo el grifo. La mantuve así durante tres o cuatro minutos, tratando de recomponer mis pedazos con la sola fuerza de mi voluntad. Mientras me secaba con una toalla, empecé a preparar el café.

—Teniendo en cuenta que hace dos horas que he desayunado —dijo Grimes—, creo que no me negaré. Ustedes, los detectives privados, saben vivir. Se levantan a la hora que les apetece y luego, si les da por ahí, se pasan el día en la cama comiendo bombones y leyendo novelas francesas.

—Hoy me he quedado sin bombones, pero si quiere llevarse un libro prestado, adelante. Le recomiendo que empiece con *El rojo y el negro*. Stendhal logrará distraerle del trabajo.

—¿Y qué me dice de *El negro y el morado*? Siempe he tenido ganas de leer su autobiografía. A lo mejor me enteraría de algunos de sus secretos. Como de quién le dio su primera clase de boxeo. Y por qué se pierde en Nueva Jersey cuando tiene que estar trabajando en un caso en Nueva York.

En cuanto estuvo listo el café, puse en una bandeja el termo, dos tazas, dos cucharillas, un par de servilletas de papel, el azucarero y un cartón de leche medio vacío y lo llevé al cuarto de estar. Nadie me acusaría de ser mal anfitrión.

A Grimes le gustó el café, lo que me halagó y sorprendió. De pronto, empezó a caerme bien.

—Supongo que debería agradecerle que me sacara anoche de la comisaría —le dije, encendiendo un cigarrillo con una mano hinchada y magullada—. Parece tan lejano, que casi lo había olvidado.

—Estuve a punto de decir a Gorinski que no lo conocía. Pero entonces recordé cómo era Irvingville, y pensé que no le vendría mal una ayudita.

—Eso esperaba. No sabía a quién más llamar.

Grimes se terminó el café y dejó la taza.

—Me alegro de poderle haber hecho un favor, Klein, de verdad. Pero ahora tendrá que decirme lo que andaba haciendo por allí.

—Siguiendo una pista sobre el asesinato de Chapman. Todavía no sé quién es culpable, pero tengo algo casi igual de bueno.

Le hablé del accidente de Chapman, cinco años atrás, de la participación de Victor Contini y de que Bruno Pignato había sido empleado de Contini. Le conté mis dos viajes a Nueva Jersey, la forma en que había encontrado muerto a

Pignato en su casa y luego le hice un resumen de mis experiencias con el comisario Gorinski. Terminé relatándole lo del coche y lo que había pasado después. Grimes se sirvió otra taza de café.

–Si me hubiera contado todo eso ayer –me advirtió–, se habría evitado un montón de chichones.

–No creí que las cosas iban a ir tan deprisa. Esperaba encontrar algo verdaderamente sólido antes de contarle nada.

–No le corresponde a usted decidir lo que es sólido y lo que no, Klein. Si descubre una pista en un caso como éste, es asunto de la policía, ¿entiende? Viene a revelármela inmediatamente. Nada de husmear por su cuenta. Si ayer hubiera abierto la boca, el tal Pignato podría seguir vivo.

–Eso es hablar por hablar, inspector, y usted lo sabe. Ayer no tenía el más mínimo interés en lo que yo dijera. Consideró la carta como una invención mía.

–La carta no existe hasta que yo la vea. No es una prueba, no es una pista, no es nada. –Se levantó y se puso a andar por el cuarto–. El error que está cometiendo en este asunto es que lo quiere hacer demasiado complicado. Cree que esto forma parte de una enorme intriga que se remonta al nacimiento de Chapman. Se pasa el tiempo preocupándose por lo que sucedió hace cinco años cuando debería utilizar su inteligente cerebro judío para pensar en lo que ocurrió ayer. Que fue cuando asesinaron a Chapman, si se acuerda usted, y hoy es cuando hay que actuar.

–Creo que Victor Contini tiene que ver con lo que pasó ayer. La carta que recibió Chapman se refiere expresamente al accidente de hace cinco años. Si averiguo lo que ocurrió exactamente en el pasado, es lógico que me entere de más cosas del presente. No hablo de una coincidencia insignificante, sino de una relación concreta. Y si no lo ve, es que es tonto.

Grimes alzó los brazos y se palmeó los costados con hastío. Ya no hablábamos sólo de Chapman, discutíamos sobre principios básicos y quería demostrarme que tenía razón.

–Mire –repuso–, no digo que Contini no tuviera algo que ver con el accidente. Hoy mismo voy a poner a alguien en eso. Pero usted sabe tan bien como yo que va a ser casi imposible probar nada contra ese tipo. En treinta y cinco años sólo le ha caído una multa por aparcar mal. –Alzó las manos para callarme, para proseguir su argumentación sin interrupciones–. De acuerdo, digamos que Contini arregló lo de Chapman hace cinco años. ¿Adónde nos lleva eso? ¿Significa que asesinó a Chapman ayer? Quizá sí, quizá no. Podemos discutir todo lo que quiera, pero seguiremos teniendo un cadáver entre manos y por ahí es por donde debemos empezar. En este asunto va usted de culo, Klein. Antes de sacar el telescopio, debe mirar lo que tiene delante de las narices. Para resolver un asesinato no hace falta ser un genio, sino trabajar mucho.

–La diferencia entre usted y yo –aduje– es que a mí me interesa averiguar por qué han matado a Chapman, y a usted le preocupa cómo lo han hecho. Yo quiero respuestas auténticas, y usted quiere un culpable.

–Para eso me pagan –objetó Grimes–. En eso consiste el trabajo policial.

–Entonces creo que mi profesión es diferente.

–Exacto. Y tampoco recibirá una pensión.

–¿Y cómo se ha ganado el sueldo últimamente, inspector?

–Creía que no iba a preguntármelo. –Hizo una pausa, volvió a la mesa y se sentó de nuevo. Sonriendo, añadió–: En realidad, por eso he venido a verlo. Quería hablarle de la detención que practicamos ayer.

–Y supongo que me dirá que se trata de Judy Chapman.

–Pues claro que se lo digo. Porque fue ella. No cabe duda de que esa mujer es culpable.

Aquello no me gustaba. Era demasiado fácil y no tenía sentido. A las nueve de la mañana del día anterior yo había hablado por teléfono con Judy Chapman. Después de algunas bromas, enseguida se puso seria y me contó lo inquieta que estaba por su marido. Su tono era sincero, preocupado. No era la voz de quien está a punto de convertirse en asesino.

—No sé qué clase de pruebas cree tener contra ella —le dije—, pero le aseguro que no es culpable.

—Tonterías —replicó Grimes—. Si quiere pruebas, se las daré. Una: admite haber desayunado con su marido. Dos: sus huellas no sólo están en su taza, sino también en la que bebió Chapman. Tres: encontramos el frasco de veneno en el armario de la cocina, y la propia señora Chapman lo compró el lunes en una droguería. Cuatro: estaba liada con ese profesor de Columbia, Briles. Quería divorciarse de Chapman y él se negaba. ¿Quiere que siga?

—¿Dónde está ahora la señora Chapman? —le pregunté.

—En su casa. En libertad bajo fianza.

—¿Su abogado es Brian Contini?

—Sí. Pero no la defenderá en el juicio. No es criminalista, y van a necesitar uno muy bueno. Me han dicho que va a contratar a Burleson, uno de los mejores en ese campo.

Decidí intentarlo otra vez.

—¿Y no le parece curioso que el hijo de quien organizó el accidente hace cinco años fuese el abogado de Chapman?

Grimes estaba harto del tema y dejó escapar un suspiro de irritación.

—Por ahí no resolverá nada, Klein. No puede pretender que alguien cargue con las culpas de quien ha firmado su partida de nacimiento. Brian Contini es un tipo normal que ha tenido la mala suerte de no poder elegir a su padre. Sé que los listos como usted y yo no nacen sin haber dado su opinión sobre el asunto. Pero los demás imbéciles tienen que conformarse con lo que les toca. —Agitó la mano con impaciencia, como tratando de borrar todas aquellas inútiles palabras—. Olvídelo. Déjelo todo. Es un caso clarísimo, y se ha terminado.

–Eso es lo malo. Que todo es demasiado simple, todo encaja demasiado bien. El caso se resuelve antes de que empiece siquiera a investigarse. Hay casi demasiadas pruebas. Se parece más a una maquinación que a un asesinato corriente. Para que Judy Chapman dejase todas las pistas que ha enumerado, debía de estar en una especie de trance.

–Mala conciencia, quizá. Puede que quisiera que la cogieran.

–Demasiado fácil.

–Bueno, la vida también es fácil de vez en cuando –afirmó Grimes poniéndose en pie–. Que la mayoría de los casos resulten difíciles no quiere decir que tengamos que hacer ascos a uno que se presenta fácil. –Echó a andar hacia la puerta y añadió–: Tengo que marcharme ya, Klein. Pensé que le gustaría que pasara a contarle lo que ha sucedido.

–Se lo agradezco, inspector. Si usted no hubiera hecho de despertador, probablemente no me habría levantado en todo el día.

Grimes sonrió, salió por la puerta y luego volvió a asomar la cabeza en el umbral.

–Oiga, Klein –dijo–. Gracias por el café. No era malo. Si alguna vez se cansa del trabajo de detective podría abrir una de esas cafeterías en el Village.

No esperó respuesta. Sacó la cabeza al pasillo, cerró la puerta y desapareció.

Yo me quedé sentado, contemplando los posos en el fondo de la taza. No me dijeron nada que quisiera saber. Encendí un cigarrillo y pasé unos minutos soltando anillos de humo. Pero ellos tampoco me facilitaron respuesta alguna. Me levanté, eché a andar por la habitación hasta contar noventa y nueve pasos y luego me senté en el sofá. Tenía la mente en blanco. Parecía que estaba tomando la costumbre de abandonarme cuando más la necesitaba.

El asunto había tomado mal cariz, y de pronto corría peligro de quedarme atrás. Me había pasado los dos últimos días luchando por recomponer un complicado rompecabezas de móviles, personalidades y relaciones, y ahora se presentaba Grimes y de un manotazo me tiraba todas las piezas al suelo. Me pregunté si dispondría de tiempo suficiente para recogerlas. Si es que quedaba alguna.

Casi de forma inconsciente me puse a pensar en Chapman. Me vi tratando de meterme en su piel, intentando contemplar el mundo a través de sus ojos. Al cabo de poco empecé a comprender que nunca había sido verdaderamente dueño de sí mismo, sino un prisionero de su propio talento. Intenté imaginarme cómo sería eso de hacer algo mejor que nadie, de hacer algo tan bien que se llegara a aborrecerlo. Chapman había logrado todos los éxitos posibles; pero en cierto modo no era obra suya. Su talento, el monstruo que vivía en su interior, lo utilizaba para alcanzar sus propios fines. Debía de sentirse apartado de sí mismo, separado de su propia vida, como un impostor, un sustituto que hubiera renunciado a toda responsabilidad por los actos de Chapman. El monstruo era quien mandaba. El monstruo le había dado todo; y todo le había quitado.

Y entonces, de pronto, destruyeron al monstruo. ¿Quedó liberado entonces, o sumido en otro vacío aún más aterrador? Si toda su existencia se había definido en razón del monstruo, ¿dónde empezaría a buscarse ahora? Un hombre como Chapman debió de sentirse irreal, como si la parte fundamental de sí mismo no hubiese llegado a nacer. Se habría sentido perdido, encallado en algún lugar entre el yo que le habían robado y el yo que nunca sería capaz de encontrar. Comprendí que la enconada disputa con Light sobre el contrato había sido un medio para vengarse de todo lo que le había hecho el monstruo. Era una deuda de sangre, y Chapman había querido cobrarla.

No lo iba a dejar. Por mucho que creyera Grimes, el caso

no estaba cerrado y yo quería llegar hasta el final. Lo único que necesitaba era un cliente. Decidí ofrecer mis servicios a Judy Chapman.

Una mujer de edad contestó al teléfono.

–Judith no atiende ninguna llamada –me comunicó–. De momento es completamente imposible hablar con ella.

Supuse que era la madre de Judy. Sólo los padres llaman a sus hijos por su nombre completo.

–Por favor, dígale que es Max Klein. Lo último que quisiera es importunar. Pero se trata de algo sumamente importante, y creo que querrá hablar conmigo.

Contestó que se lo preguntaría y, menos de un minuto después, Judy se puso al teléfono.

–Santo Dios, Max. Cómo me alegro de que haya llamado. Qué espanto. No se imagina lo que ha pasado.

Su voz había perdido toda seguridad. Durante las últimas veinticuatro horas había pasado por la horrible experiencia de la muerte y la falsa acusación, y estaba asustada.

–Lo sé –repuse–. Las cosas están muy mal de momento. Pero lo que hay que hacer es luchar, y estoy dispuesto a ayudarla, Judy.

Inspiró profundamente, como si le faltara el aire, como si respirar le costase un esfuerzo especial.

–¿Cuándo puede venir? Me gustaría que estuviese aquí.

–Pronto. Primero tengo que hacer algo. Pero sobre las doce podré estar en su casa.

–No se retrase.

–Haré lo posible por estar a las doce.

–Estaré esperando.

–Yo también.

Colgamos, dejando sin decir todo lo demás. Había prometido ayudarla, pero no le había dado nada tangible a lo que agarrarse. Me pregunté cuánto tiempo sería capaz de resistir la tensión a que estaba sometida. Una mujer como Judy

Chapman carecía de marco de referencia para afrontar una acusación de asesinato. Necesitaba apoyarse en alguien y yo le había ofrecido mi brazo. Me pregunté si podría demostrar su inocencia. Y si así fuese, me pregunté si seguiría queriendo apoyarse en mí.

Fui a arreglarme para mi entrevista con Victor Contini. Al mirarme al espejo, vi que no tenía la cara tan mal como me imaginaba. En la mejilla izquierda había una fea marca, pero por lo demás la mayoría de las heridas eran internas y no se veían. La nuca me seguía doliendo, y las costillas se me clavaban cada vez que hacía un movimiento brusco. Pero no había nada que no se curase. Pensé en la suerte que había tenido.

Estaba empezando a anudarme la corbata cuando sonó el teléfono. Me dirigí automáticamente al aparato, pero a medio camino decidí dejarlo sonar. Cuando sonó por cuarta vez volví al baño, a la sexta reconsideré mi decisión y fui a contestar a la novena. El que llamaba estaba claramente decidido a hablar conmigo, así que pensé que podría ser algo importante. Una de las características de la vida moderna es nuestra creencia en la santidad del teléfono. La gente interrumpe un apasionado acto amoroso o suspende una disputa violenta para obedecer sus órdenes. Negarse a responder se considera anarquía, un ataque a la estructura misma de la sociedad. Lo cogí cuando sonó por undécima vez. A Pavlov le habría encantado.

—¿Klein?

Era una voz apagada, ronca, amenazadora. Parecía amortiguada por un pañuelo, y no la reconocí.

—El mismo —contesté—. ¿En qué puedo ayudarle?

—No se trata de lo que puede hacer por mí, sino de lo que puede hacer por usted, Klein.

—¿Como qué?

—Como desaparecer.

—Eso ya lo he intentado. Pero la poción mágica que tomé no era lo bastante fuerte. Me seguía asomando la nariz.

—Permítame decirle, Klein, que si no desaparece por su propia voluntad, lo harán desaparecer; y de forma permanente. Me gustaría decirle que lamentará su obstinación. Pero los muertos no lamentan nada, ¿verdad, Klein?

—Oiga, si tiene la intención de endosarme una suscripción al *New Yorker*, olvídese. Se me terminó en febrero y no la he renovado.

—No pretendo endosarle nada, Klein. Sólo me interesa que se pierda. Que se aparte del asunto Chapman, de todo lo que tenga que ver con George y Judy Chapman.

—Todo el mundo que he visto en estos tres últimos días me ha dicho lo mismo. La gente está tan preocupada por mi salud, que cree que debería irme de vacaciones. Pero yo quiero quedarme aquí. En Nueva York sólo hay dos o tres meses decentes al año, y da la casualidad de que mayo es uno de ellos. ¿Por qué no vuelve a llamarme en noviembre? A lo mejor me interesa entonces.

—En noviembre será demasiado tarde, Klein. Estará muerto.

—Y las amapolas también. Los campeonatos del mundo de béisbol se habrán acabado y los pájaros estarán volando al Sur. ¿Dónde está la novedad?

—Adiós, Klein. Es usted un retrasado.

—Lo mismo digo, Embozado. Mucho gusto.

Y así empezó el día. No iba a preocuparme por eso. Había recibido demasiadas amenazas para inquietarme ahora. Ya había agotado el cupo de inquietud para toda la semana, y en lo sucesivo avanzaría paso a paso. Ya no había espacio para volverse a mirar atrás. Y delante había un muro. De momento, el problema consistía en cómo atravesarlo, sobre todo cuando no había ninguna puerta a la vista.

13

Chip había engordado desde la última vez que lo vi, y ahora llevaba gafas. Siempre se notan cambios al encontrarse con un antiguo amigo después de bastante tiempo, pero los años habían sido especialmente duros con Chip. Que la cintura se agrande no es un hecho insólito en un hombre que se acerca a los treinta y cinco años, pero había en él algo de viejo, de agotado, y por una fracción de segundo casi no lo reconocí. Había perdido pelo y en las sienes tenía muchas canas, pero no fue eso lo que me desorientó. Era más una especie de torpor, de conformismo, algo que emanaba de él y anunciaba su pérdida de interés por conquistar mundos nuevos, su resignación a pasarse el resto de su vida aferrado a lo que ya poseía. Era un buen padre de familia, con tres hijos y una mujer bonita, que vivía en una lujosa casa de Westport. Se había convertido en un ciudadano respetable, habitante de los barrios residenciales, alguien que ganaba dinero. No me decidía a llamarle Chip. No parecía la clase de persona que pudiera tener un apodo.

Apareció en la recepción con un traje oscuro de tres piezas e intercambiamos las habituales sonrisas, apretones de manos y palmadas en la espalda. Pero detrás de todo eso, noté que estaba inquieto. La situación le incomodaba, y no estaba seguro de si yo venía como amigo o enemigo.

Charlamos durante unos minutos, rememorando el pasado. Me preguntó cuánto tiempo hacía que no nos veíamos y le dije que cuatro años. Se negaba a creerlo, pero yo me acordaba del restaurante en el que habíamos comido aquel día y él acabó recordándolo también.

–Eso fue hace dos críos y quince kilos –comentó, como si hiciera cien años.

Me hizo salir de la recepción y me condujo por un pasillo de gruesa moqueta burdeos, apliques elegantes y grabados del siglo XVII lujosamente enmarcados. Lo habían decorado de nuevo desde mi última visita. Ryan y Baldwin, los dos socios fundadores, estaban a punto de jubilarse, y Chip se había convertido en mandamás. Habían reformado la oficina para ponerla a la altura de los tiempos, y el decorado servía como aviso a los clientes, para decirles que aquello era una empresa de primer orden y que los honorarios serían elevados.

A mitad del pasillo, Chip me tomó suavemente del codo y se detuvo. Quería hablarme antes de que entráramos en su despacho, donde nos esperaba su padre. Me sentí como el boxeador a quien el árbitro recuerda las reglas antes del primer asalto. Lo que Chip no sabía era que su padre ya había librado algunos asaltos conmigo a través de intermediarios.

Ya no parecía contento de verme, y la forzada jovialidad de su bienvenida había desaparecido. En su rostro había una mueca de aprensión, como si fuese a estallar una bomba en cualquier momento. Me habló casi en un susurro.

—Oye, Max, no sé lo que te traes entre manos, pero ve con cuidado, ¿vale? No quiero líos.

—No he venido a eso. Los líos empezaron hace mucho, antes de que yo entrara en escena.

—Bueno, no vayas demasiado lejos. Mi padre no anda bien del corazón y no quiero que se alarme por nada.

—No tienes que preocuparte. Los individuos como yo no pueden alarmar a tu padre. Tendrías que inquietarte por mí, no por él.

—Sólo recuerda que te he hecho un favor arreglando esto.

—Ya te he incluido en mi testamento, Chip, así que tranquilízate. No soy yo quien lleva la batuta, sino tu padre.

Chip frunció los labios con aire desconsolado. Comprendió que el asunto se le escapaba de las manos.

—Sabía que era un error —comentó—. Sabía que no debía hacerlo.

Antes de entrar, cambié de tema.

—¿Qué pasa con Judy Chapman?

—He contratado a Burleson para que la defienda. —Consultó el reloj y añadió—: Seguramente se estarán viendo ahora.

—Yo también iré a su casa después. Estamos en el mismo bando, Chip. Procura recordarlo.

—Lo sé, lo sé —gruñó—. Sólo que no me gustaría estar en ningún bando. No estoy hecho para este género de cosas.

—Ánimo, muchacho —le dije, dándole una palmadita en la espalda—. Un poco de preocupación no viene mal. Endurece.

Chip arrugó el gesto y abrió la puerta del despacho. Su padre estaba sentado en una butaca de cuero, mirando por la ventana. Victor Contini era un hombre de corta estatura, regordete, cercano a los setenta años, que no parecía más peligroso que un sapo. Vestía de manera informal, con una camisa floreada bajo un jersey de golf azul marino, pantalones a cuadros rojos y azules y zapatos blancos. Quien no supiese quién era, le habría tomado por un jubilado que se dedicaba a tomar el sol en Miami Beach. Lo único que revelaba que no vivía de la seguridad social era el grueso diamante que llevaba en el anular de la mano izquierda. No se levantó cuando entramos.

—Éste es Max Klein, papá —anunció Chip.

—Encantado de conocerlo, señor Klein —dijo el anciano.

Nada podría haberle importado menos.

—Max y yo fuimos juntos a la facultad —continuó Chip—. Fue un estupendo jugador de béisbol en su época.

—Muy interesante —repuso el anciano. Era como si le hubiesen enseñado un dibujo de un niño de tres años—. ¿Por qué no te vas, Chipper? El señor Klein y yo tenemos que hablar de un asunto.

Chip enrojeció de vergüenza. Su padre le había tratado mil veces de ese modo, pero cada vez era una nueva humillación. En lugar de haberse rebelado años atrás, cuando habría dado resultado, había dejado que lo dominaran y ya era demasiado tarde para que la relación cambiase. La solución de Chip había consistido en ser todo lo que su padre no era: estudioso, sincero, honrado. En cierto modo, eso había hecho que su padre se sintiera orgulloso de él. Por otro lado, le había impedido ganarse el respeto de su padre. Había logrado abrirse paso por sí solo, pero no seguía siendo más que el chico obediente que sacaba sobresaliente en todo. Nunca sería tratado en pie de igualdad.

–Preferiría quedarme, papá –protestó, haciendo un simulacro para defender sus derechos–. Max y yo somos viejos amigos. No tenemos secretos el uno para el otro.

El anciano habló en tono suave pero con firmeza.

–Se trata de un asunto privado, Chip, y no creo que debas estar presente. Será cuestión de unos minutos.

Chip me miró con una expresión de impotencia y envidia y salió del despacho sin añadir palabra.

Cuando se marchó, Victor Contini dijo:

–Brian es buen chico, pero muy ingenuo. No me gusta que intervenga en mis asuntos. Los negocios son una cosa y la familia otra, y mi hijo es mi familia. No ha debido llamarle para que concertara esta entrevista, Klein. Va contra las reglas del juego, y un individuo como usted debería saberlo.

–Quizá debería enviarme una copia de sus reglas –repliqué–. Tengo la sensación de que hace muchas trampas. Como el hecho de mandar tres contra uno. Como el de reservarme habitación en una cantera abandonada para asegurarse de que no apareciese hoy por aquí.

–Muy bien, es usted un tipo duro –repuso Contini con su voz ronca y sin expresión–. Pero a juzgar por su cara, no anda muy bien de salud, Klein. A lo mejor debería ir al médico.

Crucé la habitación y me senté en el poyo de la ventana, detrás del escritorio de Chip, a un metro y medio de Contini. Quería mirarlo a la cara mientras hablábamos. Era como contemplar la escultura de un bulldog. Las mejillas salpicadas de manchas de vejez le colgaban en pliegues a cada lado del rostro, y sus menudos ojos negros parecían repeler la luz. Había demasiada astucia en ellos para que traslucieran la menor emoción. Eso lo dominaba como una ciencia.

—Si le parece que tengo mala cara, debería ver al otro —le aconsejé—. Está en el fondo de un gran agujero, haciendo compañía a las piedras.

—Eso me han dicho. —Contini tenía un aire tan distendido que no me habría extrañado que en cualquier momento abriese un periódico y se pusiera a leer mientras hablábamos—. Pero eso fue ayer, y hoy es hoy. A mí no me interesa el pasado.

—Con un pasado como el suyo, no creo que le guste mucho mirar atrás. Pero le pido que haga una excepción por mí. Quisiera que me ayudase a comprender ciertas cosas que ocurrieron hace cinco años. Ya ve, señor Contini, el pasado tiene a veces una curiosa forma de mezclarse con el presente.

—Quizá para algunos, pero no para mí. Si quiere hablar de cosas de hace cinco años, de acuerdo, le hablaré de entonces. Pero no tengo mucho que contarle del presente. Podría decirle cuál es mi tanteo al golf o cuáles son mis restaurantes preferidos, pero nada más. Hace dos años me operaron a corazón abierto y en la actualidad no me ocupo mucho de los negocios. Me dedico sobre todo a la familia. Ya sabe, los hijos, los nietos, excursiones dominicales, contar cuentos, paseos en barca, esas cosas.

—Qué estupendo. Qué lástima que no me haya criado en su familia. Me figuro todo lo que me he perdido.

—En realidad no soy tan mal tipo, Klein. Todo el mundo me quiere. Hago favores a la gente y me recuerdan por mi amabilidad.

—Como Bruno Pignato, supongo. He ahí un hombre al que literalmente le ha matado la amabilidad.

Contini me miró a los ojos por primera vez. No le gustó mi broma, y la insinuación pareció ofenderle.

–No me gusta su forma de hablar –declaró con su voz sin inflexión–. Bruno Pignato era hijo de un primo segundo mío, y me he ocupado de él toda la vida. Era una persona muy desgraciada, con muchos problemas. Quien se lo haya cargado tiene que ser una auténtica basura, uno de esos enfermos mentales.

–¿Quiere decir que la orden de asesinar a Pignato no partió de usted?

–Es lo que le estoy diciendo, yo no he mandado matarle. ¿Por qué iba a hacerlo si le trataba como a mi propio hijo? ¿Quién cree que le pagaba las facturas del médico, le daba dinero para las medicinas y le internaba en uno de esos lujosos hospitales privados con el césped bien cuidado y enfermeras bonitas? Esas cosas no son baratas, ¿sabe? Yo tenía verdadero cariño a Bruno. Me gustaría ponerle la mano encima al cabrón que se lo ha cargado.

–Y supongo que ahora va a decirme que Pignato no le llamó hace dos días para decirle que me había visto.

–No voy a decirle eso porque no es cierto. Usted lo sabe y yo también, así que para qué andarse con rodeos. Bruno me llamó para contarme que había hablado con usted. Le puso muy nervioso, Klein. Tardé veinte minutos en enterarme de lo que quería decir, parecía que estaba delirando.

–Hablamos de lo que ocurrió hace cinco años –le dije–. Sobre todo del accidente de George Chapman. Y de eso es de lo que quiero hablar con usted también. Si me da unas respuestas aceptables, quizá decida dejarlo tranquilo. Pero si trata de hacerse el tonto conmigo, entonces empezaré a escarbar aún más a fondo. Ya he descubierto suficiente basura como para causarle un montón de molestias. Si voy más lejos, seguramente tendré lo suficiente para ponerlo a la sombra durante largo tiempo, Contini. Puede que piense que un tipo como yo no cuenta mucho, pero tengo dos cosas a mi favor. Soy constante y tengo la cabeza dura.

Contini sacó un puro enorme del bolsillo de la camisa y lo estudió con indiferencia.

–No me gusta su numerito, Klein. Viene usted alardeando innecesariamente, y además no sabe de qué habla. Ya son dos cosas en su contra. Se cree una especie de sabelotodo porque anoche salió de un apuro. Pero le estaba haciendo un favor, y no debería olvidarlo. Una palabra mía y dejará de respirar. Me debe una, Klein, y puedo hacérsela pagar cuando me venga en gana.

–Está eludiendo el tema, Contini. Le he preguntado por George Chapman, no por la opinión que le merezco. Cuando decida cambiar de estilo, le pediré que me recomiende para una beca en los cursos de Dale Carnegie.

–No hay mucho que decir de George Chapman –repuso Contini–. Está muerto.

–Es usted un lince.

–Eso dicen.

Me levanté del poyo de la ventana y me puse a caminar de un lado para otro frente a la butaca del anciano. Me siguió perezosamente con los ojos, como si cada vez que pasase fuese un transeúnte diferente, un extraño que mereciese una mirada de leve curiosidad.

–Lo quiero todo, Contini, desde el principio. Cómo conoció a Chapman. Qué clase de negocios tenía con él. Cómo ocurrió el accidente de hace cinco años. Por qué le envió una carta amenazadora la semana pasada. Y por qué lo asesinó en su piso. Hechos, Contini, de principio a fin, sin dejar uno.

–Más despacio, vaquero –me recomendó Contini, alzando la mano derecha–. Primero dice que quiere hablar de cosas de hace cinco años y yo le digo: De acuerdo, le hablaré de lo de hace cinco años. Pero antes de que empiece siquiera, me empieza a preguntar por la semana pasada. Ya le he dicho que se olvide de asuntos recientes. No tengo nada que ver, ¿entiende? Paso el tiempo jugando al golf, y ya está. Si supiera usted algo de lo que dice, comprendería que está haciendo preguntas tontas. Cuando se cierra un negocio, se cierra y se acabó. Claro que conocía a Chapman, ¿y qué? Hicimos algún negocio juntos, zanjamos la cuestión y a otra cosa. El resto figúreselo usted mismo. No voy a quedarme aquí sentado contándole mi vida. Vaya a la biblioteca y entérese allí.

–¿Cómo conoció a Chapman?

–Chapman era un tipo importante, ¿no? Y yo era un tipo importante, ¿no? Así que era normal que nos conociéramos. En un sitio como Nueva York, es sólo cuestión de tiempo.

–Disculpe si tengo una expresión incrédula –objeté–, pero me cuesta imaginar que un tío con el estilo de Chapman quisiera tratos con un rufián como usted.

Contini sonrió, menos para mí que para sus adentros, como si se hubiera contado un chiste a sí mismo.

–¿Qué sabe usted de estilo, señor detective privado? ¿Cree que simplemente porque un tipo sea guapo, lleve buena ropa y hable bien ya tiene estilo? A un individuo como Chapman se le rasca un poco y es como todos, incluso algo peor, quizá. Los feos como yo somos los que tenemos estilo. Somos lo que somos, y no pretendemos ser otra cosa. Tenemos personalidad. Los tíos como Chapman no valen una puñetera mierda.

–¿En qué andaba metido con él, Contini? ¿Qué clase de chantaje tenía montado? ¿Y por qué deseaba su muerte?

–Nada de chantaje –aseveró, descartando la palabra con un ademán–. Chantaje, nunca. Soy un hombre de negocios. Ni más, ni menos. No voy por ahí jodiéndole la vida a la gente. Como le he dicho, Chapman y yo teníamos negocios, los zanjamos y se acabó.

–Querrá decir que usted los zanjó. Chapman no cumplió lo prometido y usted arregló el accidente para darle una lección. Nadie se echa atrás en un trato con Victor Contini. La palabra es la palabra, y si uno no la cumple, que se atenga a las consecuencias. ¿No es eso?

–Como quiera. Si se lo sabe todo tan bien, ¿por qué se molesta en preguntarme?

–No tardaré mucho en averiguar lo que se traía entre manos con Chapman. Y cuando lo descubra, lo sacaré a la luz. Será muy divertido ver cómo se las arregla ante un tribunal.

Contini se echó a reír. No era tanto una carcajada como una especie de gruñido. Pero para él era como si se retorciera de risa. La situación estaba demasiado cargada de ironía para que pudiera contenerse.

–Lo único malo de su plan es que no voy a ir a ningún tribunal. Se olvida de mi corazón. Los forenses no permitirán que vaya a juicio. Sería malo para mi salud, demasiada tensión. Puede averiguar lo que le dé la gana de hace cinco años, pero no va a servirle de nada. No puede hacerme nada.

–Da exactamente igual –repuse–. Le descubriré, lo comunicaré todo a la prensa y el resultado será el mismo.

–Rumores, chismes, habladurías –soltó Contini con absoluta indiferencia–. Ya he pasado por todo eso, y no me inquieta. Si recoge todo lo que se ha escrito sobre mí y lo publica en un libro, saldré peor parado que ese tal Nixon. Que piensen lo que quieran. Yo sé cómo vivir mi vida, y eso es lo único que cuenta. Lo que piensan los nietos de ti, eso es lo importante.

–No sólo es usted uno de los grandes golfistas de nuestro tiempo –comenté–, sino que también es un maestro zen. ¿De dónde saca tiempo para adquirir tanta sabiduría?

No hizo caso de mi observación y siguió el hilo de sus pensamientos.

–Le propongo una cosa, Klein. A lo mejor podemos llegar a un entendimiento. Descubra quién ha matado a Bruno y le pagaré dos mil dólares, al contado.

–¿Para que pueda lanzar a sus chicos tras el culpable?

–Voy a averiguarlo de todos modos, así que no importa. Sólo pensé que le vendría bien ganar algo de dinero. A mí me trae sin cuidado quién haga el trabajo.

–Gracias, le agradezco el ofrecimiento. Pero no tengo ganas de tapar todos los espejos de mi casa. Todavía los necesito para afeitarme.

–Como quiera, Klein. Sin resentimientos.

–Eso es. Sin resentimientos. Sin sentimientos de ninguna clase.

Contini cerró los ojos y no dijo nada durante un rato. Empecé a pensar que se había quedado dormido.

–Ha sido una agradable conversación, Klein –dijo al cabo, abriendo los ojos–. Pero se está haciendo tarde y tengo que tomarme las pastillas. Tengo tantas, que a veces tardo diez minutos en tomarlas todas. Pero hago todo lo que me manda el médico. No me salgo del régimen y ya no fumo puros. –Alzó el que tenía entre los dedos y lo examinó con aire nostálgico–. Dos dólares y me limito a ponérmelos en la boca. Pero así son las cosas. Me cuido porque tengo la intención de quedarme por aquí unos años más. Eso es lo que se llama personalidad.

Lo dejé en la butaca, frente a su puro. Toda su vida se había reducido a un largo momento de descanso junto a una piscina imaginaria y ya nada podría perturbarle. Le había divertido hablar un rato conmigo, pero acabó cansándose. Se dedicaba a eso desde hacía tanto tiempo, que podía hacerlo con los ojos cerrados. Le deseé suerte con las pastillas y salí del despacho. Chip no estaba cuando llegué a la recepción, pero no tenía tiempo de buscarlo. Y seguramente no tendría ganas de hablar conmigo.

14

El mismo portero estaba de servicio frente al edificio de Chapman. Había guardado el abrigo con naftalina hasta después del verano y ahora llevaba un uniforme ligero. Aparte de eso tenía el mismo aspecto, aunque algo menos imponente. Me saludó con una triste sonrisa.

–Con menuda papeleta se encontró ayer, señor Klein –me dijo.

Asentí.

–No es lo que uno espera encontrarse cuando va de visita.

–No, desde luego. Y menos en un edificio como éste.

Debía de ser uno de esos que consideran la violencia como una enfermedad exclusiva de las clases inferiores.

–Me preguntaba –le dije– si vino alguien a ver al señor Chapman desde que salió su mujer hasta que yo llegué.

–Eso ya se lo he dicho a la policía –contestó, observándome los hematomas de la cara pero sin atreverse a comentar nada–. No vino nadie.

–¿Hay otro medio de entrar en el edificio que no sea por la puerta principal?

–La entrada de servicio por el otro lado, al final de la escalera, pero esa puerta suele estar cerrada.

–¿Lo estaba anteayer?

–Por la mañana, no. Había unos obreros de la Con Edison que estuvieron varias horas entrando y saliendo.

–¿Quién es el encargado de tener la puerta cerrada?

–El conserje.

–¿Es el único que tiene llave?

–No. Todos los inquilinos tienen la suya. Esa puerta se utiliza cuando hay que subir algo voluminoso. El montacargas es más amplio.

–Gracias. Eso me servirá de ayuda.

–Pero ya se lo dije ayer a la policía.

–No me cabe duda. Pero la policía a veces se olvida de lo que le dicen.

Llamó al piso de Chapman por el interfono, entré y subí en el ascensor a la planta once. Eran las doce y cuarto.

Abrió la puerta una versión mayor de Judy, una mujer de unos cincuenta y cinco años con los mismos ojos grandes, castaños, y el cuepo esbelto y atlético de su hija. Tenía ojeras y llevaba demasiado maquillaje. Supuse que se habría pasado llorando el día anterior. Me miró como si acabara de desembarcar de un platillo volante.

–¿Sí?

Era la misma voz que me había contestado al teléfono por la mañana.

–Soy Max Klein. El portero acaba de llamar para anunciarme.

–Sí, claro. –Estaba demasiado aturdida para sentirse apurada por su falta de hospitalidad–. Pase, por favor.

Judy estaba sentada a una mesa redonda al otro extremo del salón con un hombre de pelo gris, que podía ser Burleson, y un individuo más joven que probablemente sería uno de sus ayudantes. Judy llevaba un sencillo vestido de algodón a cuadros azules y blancos que la rejuvenecía mucho, dándole más aspecto de estudiante que de viuda treintañera. No sé por qué me la había imaginado de luto, exhibiendo todas las señales típicas del duelo. Pero aquellas circunstancias no eran normales. Se hallaba de espaldas contra la pared y luchaba por su vida. Apenas asimilada la conmoción de la muerte de su marido, se había visto obligada a defenderse de la acusación de asesinato. La sencillez del vestido y el aire de colegiala eran un distintivo de inocencia que se había puesto para demostrar la falsedad de la acusación. Era imposible que una mujer con aquel aspecto fuese una asesina. Me pregunté si lo llevaba para lucirse delante de su abogado o para sentirse más segura, y también si se lo había puesto o no a sabiendas. En el fondo, seguramente daba lo mismo.

Sonrió al verme y se levantó. Me acerqué a la mesa, y Burleson y su ayudante se pusieron en pie. Judy hizo las presentaciones y nos estrechamos la mano. Ya les habían hablado de mí, de modo que me saludaron más como a un colega que como a un extraño. Todos estamos en el mismo barco, parecían decir, así que pongámonos a trabajar. Me alegré de que a Burleson no le incomodara mi presencia, como tantas veces había ocurrido en mis tratos con abogados. Era uno de los mejores de la profesión, y sabía que alguien como yo podría serle de gran ayuda en el caso.

Era una curiosa mezcla de afectación y sobriedad. Su traje gris oscuro, lujoso pero discreto y de corte impecable, indicaba que era un hombre de mundo para quien el éxito resultaba algo natural. Al mismo tiempo llevaba una melena casi ostentosa de cabellos plateados que sugerían a un excéntrico, incluso a un genio, quizá, que podía deslumbrar en el tribunal con los arranques de su inteligencia chispeante. Era una apariencia cuidadosamente estudiada, y emanaba una especie de confianza en sí mismo calculada para tranquilizar los nervios de sus clientes. No era un estilo que me agradase ni con el que me sintiera a gusto, pero no pretendía provocar un enfrentamiento con él. Había hecho carrera ganando juicios de gran resonancia, y parecía lógico que tuviese algo de actor. Lo único que me importaba era que lograra la absolución de Judy.

—Me gustaría hablar un momento con el señor Klein en privado, señor Burleson —dijo Judy—. Hay algo que quiero comentarle antes de que ustedes tres se pongan a trabajar.

—No faltaba más —respondió Burleson—. Harlow y yo tenemos que repasar bastantes cosas. Tómense el tiempo que necesiten.

Salimos del salón y Judy me condujo por un pasillo hasta su dormitorio. Cerró la puerta despacio y luego, sin decir palabra, se acercó a mí y me rodeó con los brazos.

–Abrázame fuerte –me dijo–. Tengo tanto miedo que no sé si podré mantenerme más en pie.

La abracé y dejé que se apoyara en mí. Así permanecimos un momento, en silencio, su cabeza descansando sobre mi pecho. La besé en la frente y en las mejillas, diciéndole que no se preocupara, que pronto se aclararía todo. Ella cerró los ojos y abrió los labios, invitándome a besarla, a que la tomase, como si pudiera borrar la realidad perdiéndose en mi cuerpo. No sin gran esfuerzo, me aparté de ella.

–Tenemos que hablar, Judy. Ahora no hay tiempo.

–Ojalá no tuviera que pensar –confesó, casi en un murmullo–. Ojalá no hubiera pasado nada de esto.

–Pero ha ocurrido, y ahora debemos hacer algo para arreglarlo.

La conduje despacio hacia la cama, donde hice que se sentara. Se aferró a mi mano y no quería soltarme. Era como si me hubiese convertido en una fuente de energía con la que ella pudiese seguir funcionando aunque no le quedara el menor hálito de vida. Levantó la cabeza y pareció observar por primera vez el estado de mi cara. Eso la devolvió a la realidad.

–¡Santo Dios! Pero ¿qué te ha pasado? Tienes un aspecto fatal.

–Es una larga historia. ¿Recuerdas que el otro día te pregunté por el padre de Chip Contini? Esto me lo hizo uno de los cirujanos que trabajan para él.

–Entonces está metido en esto, ¿verdad?

–Lo está, pero no sé hasta qué punto. Tengo la certeza de que arregló el accidente de tu marido hace cinco años. De eso no me cabe la menor duda. No creo que enviase la carta amenazadora, y estoy casi seguro de que no tiene nada que ver con lo que pasó ayer en esta casa.

Cogió un paquete de tabaco de la mesilla de noche, encendió un cigarrillo con manos temblorosas y dio una profunda calada.

–¿Quieres decir que lo de George no fue un accidente? ¿Que Victor Contini intentó matarlo?

Durante cinco años había vivido con el convencimiento de que el accidente de su marido fue un suceso fortuito, una desgracia imprevista. Ahora se enteraba de que había sido provocado, y la noticia la llenó de espanto. Era como descubrir que se ha vivido cinco años con una caldera defectuosa y que la casa podía haber explotado en cualquier momento. El horror adquiría un carácter retrospectivo.

–Casi todo lo que he descubierto de George ha sido una sorpresa –le dije–. Y Contini no es el único que se la tenía jurada. No he hablado con nadie que me haya dicho algo bueno de tu marido.

–Ya te dije que es una persona difícil –repuso, interrumpiéndose de pronto, confusa–. Era, quiero decir. ¡Era, joder! George está muerto, ¿verdad? Todavía no me hago a la idea.

Miró hacia la puerta, como medio esperando que entrara en la habitación.

–Sé que ya se lo habrás repetido cien veces a la policía y a Burleson, pero quiero que me cuentes lo que pasó aquí ayer por la mañana. La fiscalía basará la causa en el hecho de que desayunaste con George en la cocina y de que te vieron salir del edificio más o menos en el momento en que ingirió el veneno. Tengo que saber lo que pasó en realidad, de lo contrario no podré hacer mucho.

Apagó el cigarrillo en el cenicero e inmediatamente encendió otro. Era una fumadora empedernida, como otros son bebedores insaciables. Sin darse cuenta.

–Es muy sencillo –empezó–. Intenté explicárselo a ese hombre, Grimes, pero se negó a creerme. –Hizo una pausa y respiró hondo–. George y yo tuvimos una discusión. Me oyó

150

hablar por teléfono contigo y se enfadó mucho. Montó en cólera, acusándome de que me entrometía en sus asuntos, amenazándome con matarme si volvía a hacerlo. Una de nuestras típicas peleas, supongo. Pensé que le calmaría si me ofrecía a prepararle el desayuno. Me pidió disculpas y por unos minutos pareció que la tormenta se había disipado. Pero entonces, en cuanto nos sentamos a la mesa, empezó otra vez a meterse conmigo. Estaba como loco. Me dijo que me estaba arrojando a tus brazos, que me comportaba como una furcia barata. Me dijo unas cosas horribles, Max, y no pude seguir escuchándole. Simplemente di media vuelta y salí corriendo de casa. Cuando volví, unas horas después, me encontré con la policía y con que George estaba muerto.

—¿Y qué me dices del veneno? Grimes asegura que tiene pruebas irrefutables de que lo compraste tú.

—Es cierto. Lo compré yo. —Alzó los hombros y los dejó caer con una triste sonrisa—. Eso es lo malo. No hago más que decir la verdad, y todo se vuelve contra mí.

—¿Por qué lo compraste?

—Me lo encargó George. Dijo que por la noche había ratones en la cocina y quería deshacerse de ellos.

—¿Y había?

—No lo creo. No recuerdo que George llegara a utilizar el veneno. Y estoy segura de que no lo guardaba en el armario de la cocina, porque nunca lo he visto ahí.

Me levanté de la cama y eché a andar por la habitación, intentando digerir la información, encajarla en el nuevo esquema que se iba perfilando poco a poco. Comprendí que debía considerar el asesinato de Chapman desde un punto de vista completamente distinto, pero aún no sabía cómo. Judy me observaba con expresión de alarma, y acabó preguntándome qué pasaba. No contesté directamente a su pregunta.

—Va a ser un caso difícil para Burleson —declaré despacio–. Las circunstancias son claramente desfavorables para ti. La policía está segura de que eres culpable y ha dejado de investigar el asunto. Que ha pasado a la fiscalía. Y eso significa que han dejado tranquilo al verdadero asesino. Con lo que puede sentarse a esperar a que te condenen.

–Tengo confianza en Burleson. No dejará que me condenen.

–Yo no confío en nadie. Y menos en un asunto como éste. Las pruebas son demasiado concluyentes, y prefiero no pensar en cómo se portará contigo el jurado. Tu marido era un personaje muy popular, y cuando descubran tu relación con Briles tendrán el móvil que necesitan.

Encendió otro cigarrillo y permaneció con la vista fija en la cama.

–Se presenta mal la cosa, ¿verdad?

–Sí, a menos que encuentre al culpable.

Alzó la cabeza con un destello de esperanza en los ojos.

–Pero valdrá de algo que se enteren de que Bill y yo rompimos hace seis meses, ¿no?

–También se enterarán de que ya lo dejasteis una vez y luego volvisteis. Pero, sobre todo, se enterarán de que no has sido una esposa fiel y abnegada.

–Y no importará que lo haya intentado –dijo en tono sombrío.

–Háblame un poco de Briles –le pedí, con idea de apartarla de sus pensamientos.

–¿Qué quieres decir?

–¿Cómo se lo tomó hace seis meses, cuando le dijiste que habíais terminado?

–Se alteró mucho. Me suplicó que no le dejase.

–¿Es una persona celosa?

–No, no lo creo. Bill es un intelectual, y suele arreglárselas para racionalizar sus sentimientos, para considerar cualquier cuestión desde el punto de vista del otro. Por eso es tan buen sociólogo. Si tiene algún defecto, es falta de empuje. No es un individuo que se acalore mucho por cualquier cosa.

–¿Te sigue queriendo?

–Sí, estoy segura.

–¿Y tú? ¿Cuáles son tus sentimientos?

Alzó la cabeza y me miró con sus grandes ojos castaños, que parecían haber perdido todo su brillo.

–Eso se terminó, Max. Pase lo que pase, no volveré con él.

Volví al salón y Judy fue a la cocina con su madre. Conté brevemente a Burleson y Harlow lo que había pasado desde que George Chapman se presentó en mi oficina. Para mí, les expliqué, lo importante era seguir investigando como antes. Si llegaba a encontrar algo que demostrara la inocencia de Judy, el asunto ni siquiera iría a los tribunales. Entretanto, ellos organizarían la defensa. Burleson me preguntó por las posibilidades que tenía de averiguar algo, a lo que respondí que no muchas. Harlow y él tampoco tenían perspectivas muy optimistas. Estuvimos de acuerdo en que nos haría falta suerte. Nos estrechamos la mano y prometimos permanecer en contacto.

Cuando iba por el pasillo para salir del piso, llamaron al timbre y abrí la puerta. Era Briles. Con aire malhumorado, me miró de arriba abajo.

–¿Qué hace usted aquí? –inquirió.

–Iba a preguntarle lo mismo.

–He venido a ver a la señora Chapman. Soy íntimo amigo suyo.

–Eso no es lo que me dijo el otro día. Creí que apenas la conocía.

–No me gusta su tono, Klein. No debería meterse donde no le llaman.

–Pero me han llamado. Trabajo en este asunto. Si el otro

153

día hubiese sido más comunicativo conmigo, Chapman quizá seguiría vivo.

–No tiene la menor idea de lo que dice.

–Pero a lo mejor –continué–, a usted no le importa que esté muerto. Con el marido fuera de la circulación, es libre de volver para cortejar a la desconsolada viuda. Quizá pueda conquistarla esta vez.

El rostro de Briles se contrajo de ira, y por un momento pensé que iba a reaccionar con los puños.

–No me gusta la violencia, Klein. Pero no hay que llevarme al límite. Sus comentarios son ofensivos. No tiene derecho a hablarme así.

–¿Por qué no intenta aprovechar la ocasión, profesor? –seguí provocándole–. Estalle de una vez, puede que se sienta mejor.

No estaba seguro de por qué me había provocado tanta hostilidad la presencia de Briles. Casi era como si le considerase un rival, una amenaza para mis sentimientos hacia Judy. Estaba dejando que mis emociones interfirieran en mi trabajo, y era consciente de que me comportaba como un estúpido. Pero no podía evitarlo. Sentía un deseo casi químico de liarme a golpes con él.

No logré averiguar cuál era su límite. En aquel momento apareció Judy en el recibidor.

–¡Bill! Pero ¿qué estás haciendo aquí?

–Hola, Judy –contestó él con una sonrisa forzada–. Vengo a verte, pero este gamberro no me deja pasar.

–Es que teníamos una pequeña conversación –expliqué–. Sobre lo que motiva el comportamiento de la gente.

Molesta por la cólera que había en nuestras voces, Judy reaccionó a su vez con ira.

–No me importa lo que estuvierais hablando. Es ridículo que dos adultos se comporten como niños. ¿Por qué no le dejas en paz, Max? No te ha hecho nada. Ya hay bastantes problemas en esta casa para que ahora haya un concurso de gritos.

–Habíamos terminado –concluí–. Ya me iba.

Al salir por la puerta, me volví a echar una última ojeada al rostro de Judy. Miraba a Briles, y su expresión denotaba odio y lástima. Sus ojos tenían algo sombrío que yo no había visto antes, una pasión tan intensa que casi resultaba aterradora. El recuerdo de aquel rostro me acompañó durante el resto del día.

15

Empecé otra vez desde el principio. Decidí olvidar lo que había averiguado, ignorar los descubrimientos de los últimos días, volver al punto de partida. Comprendí que, desde el primer momento, me había movido en un círculo vicioso. Chapman había venido a verme con una carta amenazadora y, cuando lo asesinaron, di por sentado que el autor de la carta y el asesino eran la misma persona. Pero eso era simplificar demasiado las cosas. Y nada indicaba que sólo estuviera implicada una persona. Al parecer, el autor de la carta tenía conocimiento de un secreto que Chapman quería proteger. Y si el secreto ya lo conocía alguien, posiblemente también lo conocían otros. En realidad, era más que probable. Chapman recibió la carta con las amenazas el lunes, y justo tres días después –demasiado pronto para que empezara a asustarse–, lo envenenaron. El autor de la carta no habría actuado tan deprisa. Lo que significaba que a Chapman lo presionaban por dos lados, que pasaba otra cosa al mismo tiempo. Por todo lo que había descubierto sobre Chapman, esto último tenía sentido. Había estado envuelto en demasiadas cosas, conocido a montones de gente y hecho muchos enemigos. Cualquiera de ellos podría desear su muerte.

Lo que más falta me hacía era el secreto de Chapman. En mis primeras entrevistas con Light y Contini no sabía lo que buscaba, pero ahora sí, y ya no permitiría que me ocultaran ciertas informaciones. Decidí ganar terreno. Si estudiaba atentamente el mapa, quizá encontrase alguna carretera que me sacase del desvío que estaba siguiendo desde el miércoles. Estaba harto de tragar polvo.

Volví a la oficina a las dos y media con un paquete de tabaco, dos emparedados y unas cervezas en una bolsa de papel. Me senté frente al escritorio, me puse el almuerzo delante y empecé a llamar por teléfono.

Primero llamé a Abe Callahan. La muerte de Chapman le había hecho volver a Nueva York antes de tiempo, y supuse que estaría dispuesto a hablar conmigo. Lo primero que dijo fue que se acordaba de mí por el asunto Banks. Parecía que todo el mundo me identificaba con aquel caso y que durante los últimos cinco años yo había dejado de existir. Me había convertido en noticia durante un par de días, como uno de esos personajes que escalan el World Trade Center o cruzan el puente de Brooklyn andando con las manos, para luego desaparecer entre la bruma. Pronto aparecería mi nombre mencionado en la sección de «¿Qué hacen los famosos de entonces?».

Callahan no especificó si el recuerdo era agradable o desagradable, pero no se lo pregunté. Le dije que estaba trabajando en el caso Chapman.

–No hay caso Chapman –repuso–. ¿Es que no lee los periódicos? Ayer detuvieron a su mujer, y todos comentan la gran eficacia de la policía. Es decir, todos menos yo. No sólo hemos perdido a uno de los candidatos más atractivos que este país ha tenido desde hace mucho tiempo, sino también a un tío cojonudo.

—Leo los periódicos. Pero, como le decía, trabajo en el caso Chapman.

—¿Es que es usted uno de esos defensores de causas perdidas?

—No me pongo etiquetas. Me limito a hacer mi trabajo hasta el final. Y de momento, queda mucho para terminar éste. Le llamo para pedirle cierta información.

—¿De qué clase?

—Confidencial. Me gustaría saber si en los últimos meses ha llevado a cabo alguna investigación sobre Chapman y, en caso afirmativo, si ha descubierto algo dudoso.

Hubo un silencio al otro lado de la línea.

—Muchos periodistas darían el brazo derecho por esa clase de información. ¿Por qué razón tendría que decírsela a usted cuando no se la comunicaría a ellos ni soñando?

—Porque a un periodista todo le importa un bledo salvo su firma al pie de un artículo interesante, y porque yo no filtraré lo que usted me diga. Porque lo que a mí me importa es resolver este asunto, y porque no me queda mucho tiempo.

Hubo otro silencio y casi sentí la lucha de Callahan por decidirse. Tomé otro trago de cerveza.

—De acuerdo, Klein, ahí va, para lo que valga. Llevamos a cabo una investigación, pero sólo porque así está el ambiente político. Hace cinco o seis años esto habría sido inconcebible. Pero ya sabe lo que pasa hoy cuando hay el menor indicio de escándalo. En los partidos políticos hay que andarse con mucha cautela. En cierto modo, casi hacemos un mal servicio a la gente que representamos.

—Puede ahorrarse los preámbulos. Estoy al corriente de la situación. Los hechos bastarán.

—Bueno, pues los hechos son los siguientes. Descubrimos que George estaba envuelto en una situación posiblemente peligrosa debido a un litigio con Charles Light, el dueño de los Americans.

157

–Eso lo sé. ¿Había algo más?

–También nos enteramos de que el matrimonio de George podía romperse en plena campaña.

–Todo el mundo sabe ya lo de su matrimonio. Pienso más bien en algo que haya tenido que ocultarse a toda costa. Alguna actividad delictiva, quizá, o tan dudosa que le hubiese desacreditado.

–No, no había nada de eso. Las dos cosas que he mencionado eran bastante graves. Pero pensamos que George sería capaz de arreglárselas si surgían problemas.

–¿Quién se encargó de la investigación?

–Uno de los hombres de la agencia Dampler. Un tal Wallace Smart. Y lo hizo muy bien, además. Trabajó en ello más de un mes.

–Estaban totalmente convencidos de que iba a ganar, ¿verdad?

–Digamos que nuestros sondeos particulares le daban un sesenta y tres por ciento frente al republicano mejor situado, casi lo nunca visto. George tenía un don natural. El instinto, los gestos, todo. No me habría sorprendido que algún día se presentara a la presidencia.

–Interesante.

–Interesante, un huevo. Una tragedia, eso es lo que es. Una jodida y tremenda tragedia.

Llamé a la agencia Dampler y dije que quería hablar con Wallace Smart. Imposible, me contestaron, hacía tres semanas que el señor Smart se había marchado de la agencia. ¿Sabían dónde podría localizarlo? No, había dejado definitivamente el trabajo de detective. Tras recibir una pequeña herencia, había decidido cambiar de aires. Se rumoreaba que se había ido a Hawai. Pregunté si tenía familia en la ciudad, alguien a quien pudiera preguntarle su dirección. No, la mujer y los hijos del señor Smart habían muerto en accidente de coche diez o doce años atrás. No tenía parientes.

Saqué una hoja en blanco del cajón del escritorio y escribí el nombre de Wallace Smart en grandes letras mayúsculas. El número de personas que conocían el secreto de Chapman había aumentado a tres. Smart se había jubilado con una presunta herencia, lo que significaba que había vendido la información a alguien que podía pagarla, alguien con dinero de sobra. Charles Light, por ejemplo. Si fallaba todo lo demás, siempre podría buscar a Smart. El señor Wally Smart: ex detective privado, ex neoyorquino, vendedor de secretos. Mi mejor baza.

Di cuenta del segundo emparedado y pasé cinco minutos en íntima conversación con una encantadora telefonista de Charleston, en Carolina del Sur. Con mucha paciencia y pausado acento me ayudó a encontrar el nombre del restaurante de Randy Phibbs. Resultó que el establecimiento se llamaba Dandy Randy's: Ribs by Phibbs. Mientras pasaba las páginas de la guía, me preguntó por el tiempo que hacía en Nueva York, me llamó «encanto» y me aseguró que tenía la voz más dulce que había oído nunca, como un actor de televisión. Oyéndola, resultaba tan bonita, tan atractiva, que me costó trabajo colgar. A lo mejor era una abuela de sesenta años con lumbago, pero no me importaba.

Cinco años antes, Randy Phibbs había sido un defensa suplente de cierta edad que jugaba en los Americans. Era el único del equipo que había logrado entablar amistad con Chapman. Phibbs pasaba la mayor parte del tiempo en el banquillo, pero aún podía hacer un trabajo consistente como segunda base durante un par de semanas si era necesario. En los campeonatos del mundo de hace cinco años, salió a jugar los tres últimos partidos, marcando cuatro o cinco puntos y haciendo brillantes jugadas defensivas. Su actuación fue lo bastante impresionante para que su carrera se prolongase una temporada más. Era un jugador que, más que con talento, jugaba con pasión, y siempre me había gustado verlo cuando se llenaba la mejilla de tabaco, se golpeaba el guante con aquel anticuado estilo de «adelante, muchachos» y gritaba a los árbitros hasta que las venas del cuello le sobresalían como culebras. Chapman y él formaban una pareja desigual. Pero Phibbs era probablemente el único del equipo no intimidado por el hecho de que Chapman fuese un intelectual salido de una prestigiosa universidad y, quizá, un futuro inquilino del Salón de la Fama. Venía de un mundo donde, sencillamente, esas cosas no importaban. Phibbs era buen chaval y, por lo que a él tocaba, Chapman también lo era.

Tardó unos minutos en comprender por qué le llamaba. Se había enterado del asesinato de Chapman el día anterior por la tele, y de la detención de Judy aquel mismo día por la radio. Se refirió a ella como una mujercita encantadora y que le ahorcaran si sabía por qué habría querido cargarse al bueno de George. George era su gran amigo y todos los años se enviaban felicitaciones de Navidad.

—Randy, me gustaría que recordaras la última temporada de George, hace cinco años.

—Ya está, amigo. Hace cinco años sería cuando George hizo todos aquellos *home runs*.

—Tú eras su mejor amigo, Randy, así que podrás decirme mejor que nadie lo que quiero averiguar.

—No sólo era su mejor amigo —declaró Phibbs en tono desapasionado—, sino que era el único puñetero amigo que George tenía en el equipo. A los demás nunca les dirigió más que unas palabras, como si en realidad no le gustara estar allí. George era un tipo duro. No aguantaba tonterías de nadie. Pero él y yo nos llevábamos estupendamente. Creo que le gustaba mi manera de hablar.

—¿Recuerdas si George se comportó de forma diferente aquel último año, si parecía preocupado por algo?

—George siempre tenía algo rondándole por la cabeza, hombre. Era uno de esos grandes cerebros, si entiendes lo que quiero decir, en los que todo lo que entra se pone cómodo y se queda para mucho tiempo. George siempre pensaba por dos.

—Pero ¿notaste algo especial el último año? ¿Metía más presión que en otras temporadas?

—George siempre metía presión, como tú dices. Se tomaba muy en serio el puñetero béisbol, como si no fuese un juego, sino un trabajo de verdad. No creo que se divirtiera mucho, siempre estaba concentrándose. Y un estúpido ignorante como yo, sentía cosquillas cada vez que pisaba el campo.

—Así que no hubo un cambio visible en el último año, ¿eh?

—Bueno, ahora que lo pienso..., aunque no sé si es bastante para que un detective como tú le pueda meter el diente. El caso es que George a veces era un poco raro. Hacia mediados de la temporada empezó a venir a verme antes del partido y me decía: «Randy, hoy voy a dar tres de cuatro», y se enfadaba de mala manera si sólo conseguía dos de cuatro. Una vez hizo una jodida doble de dos carreras en la novena entrada, con lo que ganamos el partido, y volvió a los vestuarios sacudiendo la cabeza y quejándose de que tenía que haber sido un *home run*.

—¿Le interesaba más su propia actuación que la del equipo?

—No, yo no diría eso. George siempre quería ganar, como todos. Lo que pasa es que se ponía el listón muy alto, ya sabes, como si tuviera que llevar a todo el equipo cargado a la espalda. Y ahora que lo pienso, creo que eso es lo que hacía.

Hubo una breve pausa y luego le pregunté:

—¿Cómo va el restaurante, Randy?

—Muy bien, estupendamente. Cuando jugaba en el Norte la gente de aquí se emocionaba mucho conmigo, y se acuerdan del viejo Randy Phibbs.

—Si un día paso por Charleston, iré a cenar ahí.

—No dejes de hacerlo —repuso con entusiasmo—. Te servirán una fuente de costillitas que se te pegarán al riñón y te convertirán en el yanqui más jodidamente feliz que jamás haya puesto los pies por aquí.

Después de Charleston llamé a San Diego y hablé con la asistenta mexicana que trabajaba en casa de los padres de Chapman. El teléfono estaba sonando sin parar desde la mañana del día anterior y ya no se ponían ni el padre ni la madre. Entre los lamentos de la asistenta por la terrible tragedia que había sucedido, logré enterarme de que trasladarían el cadáver de Chapman en avión a California y que los funerales serían en San Diego.

La siguiente llamada fue a Minnesota. Parecía que Chapman no había tenido ningún amigo verdadero, nadie a quien se confiara, y me pregunté si no habría mantenido el contacto con su hermano mayor, Alan, un médico que vivía en Bloomington. En la consulta de Alan Chapman, la enfermera me dijo que el doctor había salido para San Diego la noche anterior. Había habido una tragedia en la familia, me explicó. Sí, contesté, algo había oído.

Mi servicio de contestador tenía dos recados para mí. Uno era de Alex Vogel, un periodista del *Post*, y el otro de Brian Contini, que había llamado minutos antes de que yo volviese a la oficina. Supuse que Vogel conocería mi nombre por algún contacto que tuviera en el cuerpo de policía y que querría mi versión del descubrimiento del cadáver de Chapman. El *Post* solía buscar detalles sensacionalistas para los artículos de sucesos que publicaba en primera página. Se había convertido en el tipo de periódico que trataba cada asesinato, incendio y atraco como si fuera la primera chispa del apocalipsis y, por principio, yo procuraba mantener las distancias.

Si Vogel quería hablar conmigo, tendría que seguir intentándolo.

Chip había salido de su oficina cuando le llamé, y ya no iba a volver, me informó su secretaria. Le pregunté si sabía para qué me había llamado y, con un tono cansino que implicaba eso de que yo sólo trabajo aquí, me dijo que no. Supuse que su padre y él habrían acabado pronto la jornada para pasar un fin de semana familiar en Westport. Me decepcionó ver que Chip dejaba a Burleson todos los preparativos de la defensa de Judy. El ejercicio de la abogacía se había convertido para él en un cómodo refugio de documentos, contratos y calurosos apretones de manos, y era demasiado tímido para aventurarse fuera de esos límites. Como el michelín de carne blanda que ahora le rodeaba la cintura, tenía en el cerebro varias capas de grasa que le ayudaban a aislarse de la realidad. Y era la misma persona que hablaba de entrar en la Sociedad de Ayuda Jurídica nada más salir de la Facultad de Derecho. Me pregunté cuánto tiempo tardaría en declarársele una arterioesclerosis.

Acababa de coger el teléfono para hacer otra llamada cuando empezó a sonar, enviándome vibraciones a la palma de la mano. Después de estar llamando tantas veces en la pasada hora y media, que alguien me llamara parecía casi anormal. Esperaba que no fuese el periodista del *Post*, y mi deseo se convirtió en realidad. Era el Embozado.

—No se rinde fácilmente, ¿eh? —le dije.

—Usted tampoco, Klein. Se le ha estado vigilando todo el día y he llegado a la conclusión de que no tiene intención de hacer lo que le pedí.

—He estado hojeando folletos de agencias de viajes desde que he vuelto a la oficina. No se imagina la cantidad de sitios adonde se puede ir en viaje organizado. Pero le alegrará saber que ya me he decidido por fin. Quiero pasar las vacaciones en Anchorage, en Alaska. Lo malo es que desde Nueva York sólo se puede ir en un carguero de servicio irregular que va por el Canal de Panamá, y el próximo no sale hasta dentro de seis meses.

—Le sugiero que elija otro lugar de vacaciones.

—Bueno, tengo otra elección. Nueva York. Dicen que para visitarla es una ciudad estupenda, aunque la mayoría de la gente no quiera vivir en ella.

—No vivirá en ninguna parte si decide quedarse.

—Debe de ser una persona nerviosa. Ya he comprendido su mensaje esta mañana. No va a estar más claro por mucho que lo repita.

—Entonces, ¿por qué no hace caso?

—Por dos buenas razones. Trabajo aquí y no le tengo miedo.

—Se arrepentirá de haber dicho eso. No olvide que le he avisado.

—Ahora mismo salgo a comprar un cordel para atármelo al dedo.

—Andar por la calle va a ser peligroso para usted de ahora en adelante. Cada paso que dé podría ser el último.

—También es muy peligroso para las furcias, y no parece que les vaya mal. A lo mejor tengo suerte.

—Imposible, Klein. Se le ha acabado la racha.

—Gracias por la información. Mañana iba a apostar un dinero a un caballo, pero ahora a lo mejor no me molesto.

—Hay muchas cosas por las que ya no tendrá que molestarse, señor Klein. Su futuro se ha reducido tanto de pronto, que a un enano no le llegaría a la rodilla.

—Bonita imagen —repuse—. Tendré que utilizarla alguna vez.

Pero el Embozado no me oyó. Ya había colgado.

Limpié las migas del escritorio y tiré los envoltorios de los emparedados y las latas de cerveza a la basura. Eran las cuatro y cuarto. Empecé a abrir la caja fuerte para sacar el treinta y ocho por si el Embozado me estaba esperando fuera, pero entonces me acordé de que ya no tenía revólver. Me lo habían quitado la noche anterior y se había perdido en algún sitio de la cantera. Me pregunté si no volvería a aparecérseme, como un fantasma.

En la calle no había nadie al acecho, pero de todos modos decidí coger un taxi, por prudencia. Tardé veinte minutos en llegar a la librería Eighth Street. Junto con la Gotham Book Mart y otros establecimientos de la ciudad, la Eighth Street mantenía el principio de que los libros tienen vida propia y no se marchitan de pronto cuando aparece la lista de la nueva temporada. La gente no se precipitaba a aflojar la pasta para llevarse la última novela río escrita por un ordenador disfrazado de una novelista de Beverly Hills, sino a comprar lo que le apetecía leer. En la sección de poesía había libros que esperaban seis o siete años hasta que se presentaba un comprador. La idea consistía en que los buenos libros nos sobrevivían a todos.

Me dije que no había tiempo para curiosear y fui directamente a la tercera planta, donde estaba la sección de historia, sociología y psicología. Había seis de los once libros de William Briles disponibles en edición de bolsillo. Examiné los títulos y acabé decidiéndome por tres: *Dentro y fuera, biografía de un ladrón profesional; Al margen de la ley, investigaciones sobre el comportamiento delictivo;* y *El gángster de traje gris, el padrino de la mafia como hombre de negocios.*

El joven de la caja llevaba una camisa de faena del ejército y tenía la expresión atónita de quien es nuevo en el trabajo. Le hizo gracia la elección de mis lecturas. No debí de parecerle un tipo estudioso.

–Es que estoy pensando en hacer carrera en el hampa –declaré–, y se me ha ocurrido que me vendría bien estudiar un poco antes de empezar.

Sonrió, contento de seguirme la corriente.

–¿Y cuál va a ser su primer golpe?

–Tengo un plan para asaltar un banco. ¿Qué le parece?

–Muy arriesgado. Yo me decidiría por algo más respetable. Chantaje, por ejemplo.

–El único problema es que primero hay que encontrar a una víctima, y eso supondría mucho trabajo.

Con un amplio gesto designó a los clientes de la librería.

–Cualquiera puede ser su víctima. Elija una. Le apuesto a que en esta ciudad no hay una sola persona que no tenga algo que ocultar.

–Habla usted como si saliese en una película de Jimmy Cagney.

–Sí –asintió con timidez–, voy mucho al cine.

La cuenta ascendió a más de quince dólares. Me pregunté cuánto se embolsaría Briles y me consolé pensando que lo incluiría en la nota de gastos.

Cuarenta minutos después estaba de vuelta en la oficina pertrechado con una pizza, más latas de cerveza y mis libros. Me tumbé en el sofá y, cómodamente instalado, pasé varias horas leyendo. Noté que iba anocheciendo poco a poco a medida que las calles se vaciaban de ruidos y vehículos. West Broadway era un barrio diurno, y a la hora de cenar ya no había nada aparte de oscuridad. Al no sentir la presencia de la ciudad, leí con la rapidez y concentración del estudiante que prepara un examen final.

A las nueve y media pensé que ya estaba bien por un día. Me lavé en el lavabo, me cepillé las pelusas de la chaqueta y me arreglé para salir. Me parecía una hora tan buena como cualquier otra para hacer una visita a Charles Light.

Había refrescado y caminé a paso vivo en dirección al centro, esperando que apareciese un taxi en la calle desierta. Había recorrido manzana y media cuando la primera bala me silbó en la oreja para dar contra el muro de ladrillo, a mi izquierda. Me tiré a la acera sin pensar, como si agachándome después del disparo evitase que me diesen. El miedo a veces hace que el cuerpo reaccione antes de que el cerebro le envíe instrucciones. Seguía en el suelo, dándome cuenta de que debía levantarme y largarme de allí, cuando dispararon por segunda vez. La bala taladró la acera lanzándome a la cara esquirlas de cemento. Rodé hacia la oscuridad del edificio y oí que la tercera bala atravesaba el escaparate que había sobre mi cabeza. Trozos de cristales me cayeron encima e inmediatamente se activó una alarma en el interior. Eso fue probablemente lo que me salvó. No tenía sitio donde ocultarme, y si el pistolero se hubiera acercado a mí entonces, todo habría terminado. Pero el ruido le asustó. Oí pasos que corrían por la acera de enfrente y por un momento no creí que se alejaran. Pero luego cesaron. En menos de treinta segundos había pasado de la vida a la muerte y luego otra vez a la vida. Recé una pequeña oración de gracias al dueño de la tienda de electricidad cuyo escaparate quedó destrozado. El Embozado se equivocaba. Aún no se me había acabado la suerte. Y los latidos de mi corazón lo demostraban.

16

Era una de esas mansiones neoyorquinas que Henry James podría haber descrito. Erguida en una dignidad inundada de luz en una pequeña calle que daba a Park Avenue, hacía pensar en mujeres de largos vestidos blancos, *soirées* musicales y hombres severos con traje negro que discutían por qué la política exterior de Teddy Roosevelt era buena para los negocios. La Light House, como la llamaban, era la mansión de la familia desde generaciones, y constituía un monumento a una desaparecida época de imperialismo, divisa fuerte y mano de obra barata. Los autocares paraban enfrente para que los turistas volvieran a Wichita con la indeleble impresión de la riqueza neoyorquina. Aquello no era el dinero fácil del auge de la posguerra que se paseaba en Cadillac blanco de Houston a Los Ángeles. El dinero de los Light era tan viejo que había que llevarlo en silla de ruedas. Poco importaba que la silla fuese algo más grande que el Titanic. Siempre podía contratarse a alguien para que la empujara.

Los criados, desde luego, ya no estaban a aquella hora para abrir la puerta. Frente a la enorme verja que guardaba la entrada, pulsé el timbre. Estaba conectado a un interfono que parecía una torre de control. Esperé, miré el reloj y, al cabo de un minuto, volví a llamar. Repetí la operación. Justo cuando pensaba si pulsaría el botón por cuarta vez, la voz de Light se oyó por el altavoz. No había interferencias ni ruidos en el aparato, de modo que le oí con la misma claridad que si estuviese a mi lado.

—Márchese o llamo a la policía —amenazó.

—Soy Klein, señor Light. Tengo que hablar con usted.

—Ayer hablamos todo lo que teníamos que hablar. No hay nada más que decir.

—Sólo diez minutos, es lo único que le pido. A estas alturas tiene que darle lo mismo. La partida con Chapman se ha terminado y usted ha salido ganando.

En vez de contestar, Light accionó el mecanismo que abría automáticamente la puerta. Entré, subí los escalones del porche y sonó otro timbre que accionó la puerta de dentro. Crucé el umbral y me encontré en un vestíbulo tan grande como el primer piso de una casa normal. El suelo era de baldosas blancas y negras y del techo colgaba una araña de cristal a unos seis metros por encima de mi cabeza. Era una estancia construida con el único propósito de impresionar a los que entraran. Me dejé impresionar.

Light apareció en el vestíbulo con pantalones caqui, zapatillas y jersey verde, con el aspecto de quien ha pasado el día navegando en yate. Me miró con aire divertido y observó:

—Parece que ha estado muy ocupado desde la última vez que le vi.

—Sí —admití—. Ayer me vi accidentalmente mezclado con la comida de los leones del zoo de Central Park, y esta noche me pareció muy aburrido coger un taxi hasta aquí, así que vine arrastrándome. Es divertido, pero un poco áspero para la ropa.

Light esbozó una vaga sonrisa y me hizo pasar por el salón a otra estancia y luego a un pasillo que nos condujo a una pequeña habitación bajo las escaleras de la parte de atrás. Una de las paredes estaba cubierta de vitrinas que contenían álbumes filatélicos dispuestos en orden alfabético. Entre las vitrinas había huecos donde se exponían sellos enmarcados y franqueos de primer día. Una mesa luminosa de tres metros de largo ocupaba la mayor parte de la pared de enfrente, y en medio de la habitación había una mesa camilla de roble llena de álbumes abiertos, sellos sueltos, un juego de pinzas, sobres de papel cristal y una lupa. Jamás había visto una habitación así en una casa. Era como entrar en un mausoleo.

—Ésta, como ya habrá adivinado —me informó con notable orgullo—, es la sala filatélica. La temperatura y la humedad están controladas para evitar cualquier daño. Eche un vistazo. Seguramente se trata de la colección más valiosa del país.

—Muy interesante —comenté, curioseando la exposición de las vitrinas—. Debe de ser maravilloso entregarse a una afición tan estimulante.

No percibió la ironía en mi voz.

—Sí, intento dedicarle al menos unas horas a la semana. Es una forma de comunicarme conmigo mismo y mantener el contacto con el pasado. Toda la historia del mundo moderno está en los sellos. Son el único elemento de la vida cotidiana que refleja los acontecimientos importantes que definen una época. —Se interrumpió bruscamente, dándose cuenta de su excesivo entusiasmo, y añadió—: Pero, desde luego, a usted no le interesan los sellos.

—Al contrario, señor Light. Me interesa todo lo que le interese a usted. Últimamente he pasado mucho tiempo tratando de entenderle. Nada es intrascendente tratándose de usted.

—Aprieta usted demasiado las clavijas, ¿no le parece? —dijo en tono pomposo—. Si hubiera querido, podría haber hecho que lo detuvieran por llamar a mi casa a las diez de la noche. Afortunadamente para usted, hoy no me ha apetecido. Porque estoy de un humor excelente. Festejo la muerte de George Chapman, que me ha causado infinita alegría.

—No tiene que hacer teatro conmigo, señor Light. Festejar es lo último de que usted tiene ganas esta noche. La muerte de Chapman le ha alarmado. Ha ganado la partida, sí, pero al mismo tiempo se ve privado del placer de jugar. Es más como si tuviera que pagar una prenda. Deseaba destruir públicamente a George Chapman. Era tan importante para usted, que estaba dispuesto a pasar por encima de quien se interpusiese en su camino. Y de pronto se encuentra desconcertado por la manera en que ha acabado todo. Es el único motivo por el que me ha dejado entrar. Cree que quizá tenga algo importante que decirle.

Light se sentó en una butaca cerca de la mesa camilla y me estudió con atención.

—Es usted una persona inteligente, señor Klein —afirmó con voz queda—. Me parece que le he subestimado.

—No soy tan listo. Si lo fuese de verdad, no habría tardado dos días en comprenderlo y Chapman quizá seguiría vivo.

—Absurdo. Chapman fue asesinado por su mujer. Su

muerte no tiene nada que ver con esto. —Cogió la lupa de la mesa y se puso a juguetear nerviosamente con ella—. Ha sido un asunto familiar y nada más.

—Ésa es la versión oficial. Una bonita historia, pero lamentablemente sin el menor asomo de verdad. Judy Chapman es igual de culpable que el Mahatma Gandhi.

Pareció tomárselo como una velada acusación.

—Pero ¿qué está tratando de decir, Klein? ¿Es que anda a la caza de sospechosos y pretende meterme a mí en el asunto? —Agitó la lupa hacia mí con aire desdeñoso y concluyó—: No tengo nada que ver con eso. Mis manos están limpias.

—No digo que usted haya mandado matar a Chapman. Y acabo de explicarle por qué. Pero no tiene las manos limpias, señor Light. En realidad, las tiene tan sucias como la mente.

Di la vuelta a la mesa, despacio, para dejarle un momento en suspenso, y me acerqué a las vitrinas. Encendí un cigarrillo y tiré la cerilla al suelo. Light se quedó horrorizado al ver que iba a fumar. Nadie se permitía hacerlo en su sala filatélica. Esperé que protestara y, como no lo hizo, seguí fumando. Tenía demasiado miedo de lo que iba a decirle para atreverse a pronunciar palabra.

—Aunque, si no había más remedio, estaba usted preparado para matarlo. Pero eso sucedería mucho más tarde. De momento le interesaba más llevar adelante su plan de humillación pública. Es evidente que le sobra el dinero, pero por lo demás no es usted mejor que el más ruin de los chantajistas. Todo iba estupendamente hasta que yo aparecí en escena. Chapman estaba a punto de anunciar su candidatura y ganar las primarias. Eso se daba por seguro. Y ahí era precisamente donde le quería usted, al descubierto, donde sería más vulnerable. Pero cuando Chapman me contrató, usted dedujo que conocía sus planes y que por consiguiente yo también estaba al tanto del secreto que usted pensaba desvelar. No importaba mucho que Chapman lo supiese, porque como todas las víctimas de chantaje se encontraba en un doble aprieto. Para protegerse de usted debía revelar su secreto, y eso era precisamente lo que más quería ocultar. Pero sí importaba que lo supiese yo. De modo que empezó a ejercer presión. Envió a dos de sus matones para que me sobornaran y abandonara el caso, pero no dio resultado. Luego trató de que lo dejase con amenazas, pero tampoco le sirvió de nada. En cierto modo fue una suerte para mí que Chapman muriese tan pronto. Unos días más y puede que me hubiese enviado a Angel y Teddy para que me mataran. Tenía tanto miedo de que yo traicionase a Chapman y descubriese el secreto, que estaba dispuesto a eliminarme.

Light se quedó allí sentado, sin moverse. Me había acercado demasiado a la verdad para que pudiera ocurrírsele una respuesta rápida. Apagué el cigarrillo en la repisa de la vitrina, y no reaccionó. Su voz sonó queda y lejana, como salida de algún remoto rincón de su interior. Parecía que hablaba casi sin darse cuenta.

—¿Qué es lo que quiere?

—Hacer un trato con usted.

—¿Dinero? Creí que no le interesaba el dinero.

Emitió un suspiro de cansancio y decepción.

—He dicho un trato, no dinero. Deme la información que necesito, y le prometo guardar silencio.

—No entiendo lo que quiere decir.

—Sé que es usted una persona muy influyente, señor Light, y que por mucho que haga, alguien como yo no podrá perjudicarle mucho. Pero sí estoy en condiciones de darle considerables disgustos, y puedo dañar su reputación. Ahora que se ha metido en política, ése es su activo más preciado. Lo único que tengo que hacer es contarle a un amigo que tengo en el *Times* los sucios manejos a que se ha dedicado, y se pasará tantas horas con los sellos que sólo de mirarlos le entrarán ganas de vomitar.

—Ustedes, los puñeteros liberales, son todos iguales —dijo con resentimiento, empezando a recobrar su insolencia—. La política es poder, y el poder es trabajo sucio. Siempre que un demócrata hace algo, es pragmatismo. Pero si un conservador hace lo mismo, es un crimen abominable. Y mientras, todo este país nuestro va cayendo en manos de los rojos.

—Eso no era política —le recordé—, sino un odio puramente personal. Ya sé que está usted entregado a su causa y que en su opinión el gobierno está manejado por una conspiración de comunistas con carné que no se levantan de la cama sin permiso del Kremlin, pero no estaba movido por sus ideales cuando decidió ir por Chapman. No quería derrotarlo en las elecciones, sino crucificarlo.

—Y lo habría hecho. Así la gente habría visto lo que sois los izquierdistas.

—Lo gracioso es que si no hubiera hecho nada, no se vería ahora en este lío. Pero reaccionó de forma extrema, igual que en política. Mire, me sentó muy mal que enviase a aquellos dos imbéciles a mi apartamento. Se presentaron allí, me destrozaron el cuarto de estar, me maltrataron y se lo tomaron como si estuvieran en un parque de atracciones. Tendrían que hacérselo a usted alguna vez, a ver cómo le sentaba.

Abrí la puerta de la vitrina y saqué uno de los álbumes. A Light le entró pánico.

—¡Pero qué coño hace! —gritó.

Dejé caer el álbum al suelo y dije:

—Ésta es una repetición en cámara lenta de lo que pasó. Así podrá verlo con sus propios ojos, ¿vale? Mucho más gráfico que un comentario radiofónico.

Tiré otro álbum al suelo. Con suavidad, con una especie de fingida negligencia. No pretendía estropearle la colección, sino alarmarle, hacerle comprender que ya no era dueño de la situación.

Se levantó de la butaca y se lanzó hacia mí con una rabia

que parecía histeria. Pese a ser un anciano, estaba en forma y era robusto. No quería hacerle daño, pero tampoco darle ocasión de que me lanzara un puñetazo afortunado. Le puse las manos en el pecho y lo empujé con todas mis fuerzas. Salió disparado hacia atrás, chocó contra la mesa y cayó al suelo. Eso bastó para convencerle de que no debía intentarlo otra vez. Se incorporó lentamente.

–Muy bien –le dije–. Vamos a hablar. Dígame las cosas claramente y me marcharé. Pero nada de tonterías, o rompo hasta el último sello de esta habitación.

Volvió a sentarse en la butaca. Se sentía humillado y era consciente de que no podía hacer nada. Era una tremenda derrota para él, pero no me inspiraba compasión.

–Dígame lo que sea y le contestaré claramente –me aseguró.

–Quiero saber lo que tenía contra Chapman. Quiero enterarme de lo que usted creía que podía destruirle.

Se quedó pasmado. No se le había ocurrido que no lo supiera. Toda su estrategia se había basado en el supuesto de que yo estaba enterado del secreto de Chapman, y ahora se daba cuenta de que se había equivocado, de que yo había sido más astuto que él. Fue un momento exquisito, y lo saboreé. Pasó más de un minuto hasta que Light habló de nuevo.

–Chapman tenía relación con la mafia –anunció, mirándome a los ojos, como para demostrar que no le costaba nada decírmelo.

–¿Se refiere a Victor Contini?

–Exacto. A Victor Contini.

–¿Qué clase de relación?

–Chapman le debía una gran suma de dinero. Deudas de juego que se negaba a pagar.

–Y cuando Contini vio que no iba a cobrar, planeó el accidente de Chapman.

–Parece que sabe usted tanto como yo.

174

–No tanto. Hay cosas que sigo sin entender. Lo del juego, por ejemplo. Chapman no me dio la impresión de ser una persona con ese tipo de aficiones.

–No se trataba de juego en el sentido corriente. Chapman conoció a Contini por medio de alguien, probablemente del hijo, y empezaron a frecuentarse bastante.

–¿Cómo se enteró usted de esa amistad? Desde luego, no era del dominio público.

–Llevo una investigación sistemática sobre mis jugadores. Es una forma de evitar situaciones molestas antes de que se escapen de las manos. Se aburren cuando están de gira y tienden a meterse en líos, sobre todo de faldas.

–Eso quiere decir que contrata espías para que sigan a los que trabajan para usted.

–Yo no lo llamaría espionaje, sino protección. Tenemos que mantener el buen nombre del equipo. Los jugadores de béisbol son presa fácil de los periodistas. Durante más de seis meses, cada uno de sus movimientos, dentro y fuera del campo, se recoge en la prensa diaria. Son muchachos corrientes y normales, pero se les vigila con la misma atención que al presidente. De un gran actor o un cantante de ópera se habla sólo en la noche del estreno, pero de un equipo de béisbol se hacen comentarios ciento sesenta y dos veces por temporada. Y no sólo en una ciudad, sino por todo el país, tanto en la televisión y la radio como en las revistas. El primer indicio de algo anormal en el comportamiento de un jugador enseguida se convierte en un escándalo importante. El béisbol es el gran deporte americano, un símbolo de todo lo que representa este país, y que me ahorquen si dejo que cualquier jugador intente destruirlo.

Light se tranquilizó un poco hablando de cómo controlaba la vida privada de sus jugadores. Le recordó su propia importancia y restableció cierto equilibrio en la pugna que nos enfrentaba. Yo no quería que la conversación se fuese por las ramas y le interrumpí antes de que añadiese algo más.

–Volviendo a Chapman. ¿A qué clase de juego se refiere usted?

–Chapman firmó un pacto con el diablo.

–Ésa puede ser su opinión personal, pero tendrá que ser más concreto.

–Se lo estoy diciendo, Chapman firmó un pacto con el diablo. Apostaba por él mismo. Antes de cada partido pronosticaba su tanteo, tal número de *hits*, tantas carreras marcadas con el bate, uno, dos *home runs*, etcétera, y luego apostaba con Contini. Apostaban fuerte. Creo que al final de la temporada debía cerca de quinientos mil dólares.

Me había esperado otra cosa, un error involuntario que Chapman quería ocultar, un desliz momentáneo, un patinazo estúpido; todo menos eso. Era una auténtica locura, un verdadero y deliberado intento de autodestrucción. Chapman había tratado de dominar sus capacidades llevándolas tan lejos que, pasara lo que pasase, alguna vez tendrían que fallarle. Había hecho una de las temporadas más extraordinarias que jamás hubiera logrado jugador alguno y, sin embargo, todo se había quedado en nada. Pero de esa forma Chapman había conseguido un ascendiente sobre el monstruo. Poco importaba que saliese destruido de la operación. Sólo contaba el hecho de entrar en posesión de sí mismo, aunque sólo fuese por un instante. Era como caminar sobre brasas. El dolor le había hecho real.

Light me sonreía. Le agradaba presenciar mi confusión, saber que en el fondo había tenido la carta de triunfo en la mano. Era una pequeña victoria, quizá, pero por un momento le hizo olvidar que había perdido la guerra.

–Veo que está sorprendido, señor Klein –comentó, recreándose–. Y no es de extrañar. Es una información muy jugosa. Ya se imagina las consecuencias que habría tenido en un candidato a las elecciones. Le habría destruido.

–¿Por qué no pagó a Contini lo que le debía? Teniendo

en cuenta lo demencial de la situación, cabría pensar que saldaría la deuda.

—A eso no le puedo contestar —declaró Light, sin mucho interés por la cuestión—. A lo mejor no tenía ese dinero. O quizá lo concebía sólo como un juego para divertirse y nunca tuvo intención de pagar. Chapman era uno de los mayores engreídos que he conocido. Se creía invulnerable.

—Un engreído mayúsculo, pero no tanto como usted.

—Quizá.

Volvió a sonreír. Ahora estaba disfrutando, y casi parecía deseoso de prolongar la conversación. Cambié bruscamente de tema, con idea de pillarle desprevenido.

—¿Qué sabe de Bruno Pignato?

La sonrisa desapareció del rostro de Light. Me miró con el ceño fruncido.

—Nunca he oído hablar de él.

—A usted le interesaba silenciar las circunstancias del accidente de Chapman hasta que empezara la campaña electoral. Pignato trabajaba para Contini, y era el conductor del camión contra el que se estrelló el coche de Chapman. El miércoles fui a ver a Pignato, y tengo la seguridad de que usted estaba al tanto de eso. El jueves apareció muerto, asesinado en su casa. Quiero que me lo explique.

—Sigo sin saber de qué me habla. ¿Por qué coño iba a hacer daño a alguien a quien ni siquiera conocía?

—Porque Pignato era una persona muy inestable. Estaba obsesionado por la culpa, se sentía responsable de haber acabado con la carrera de Chapman y parecía dispuesto a contárselo al primero que se lo pidiera. Era bastante posible que se fuera de la lengua antes de que usted lo decidiera.

—Se equivoca, Klein. No sé nada de eso.

No insistí. Chapman había sido la única obsesión de Light: ni siquiera se había molestado en considerar a la otra persona envuelta en el accidente.

–Una cosa más –añadí–. Supongo que habrá sacado la información sobre las relaciones de Chapman con Contini por su equipo de espías. Pero todo lo demás, los detalles de la apuesta y el hecho de que el accidente estuviese preparado, se lo dijo otra persona, ¿no es así? Un hombre llamado Wallace Smart, un detective privado de la agencia Dampler.

–Un hombrecillo muy desagradable.

–¿Cuánto le pagó? Tengo curiosidad por saber cuánto valía para usted esa información, sólo por eso.

–Veinte mil dólares.

–Debió de negociarlo muy bien.

–Eso creyó. Pero en realidad yo estaba dispuesto a dar mucho más. La gente de su clase siempre se conforma con poco. Me las arreglé para que los dos quedáramos satisfechos.

–Hasta ayer, al menos.

Se encogió de hombros.

–Es una forma de mirarlo, supongo. Pero no lamento haber perdido el dinero. Valía la pena.

–Si puede considerarse que el hecho de destruir a un hombre vale la pena.

–Para mí, sí.

Lo miré con asco.

–Es una lástima que los que tienen dinero siempre sean unos hijos de puta como usted.

–Tal vez –admitió Light, sonriendo–. Pero yo al menos tengo oportunidad de disfrutar de la vida. No se figura lo maravilloso que es ser como yo. Ser Charles Light es la sensación más estimulante del mundo.

–En el mundo de Charles Light, puede que sí. Para todos los demás es tan emocionante como un cáncer de pulmón. Conozco a leprosos que no se cambiarían por usted, y ni siquiera están vivos ya. Siga disfrutando, señor Light. Quizá resbale un día en la pista de baile y se rompa la crisma.

Le dije que no se molestara en acompañarme a la puerta. Conocía la salida.

17

Era más de medianoche cuando volví a casa. Al entrar en el vestíbulo del edificio me sentí como alguien que vuelve de pasar una larga temporada en el extranjero. Había estado incómodo en la casa de Light, y me alegraba estar de vuelta. Yo era un ciudadano de la calle, y pese a los tubos de escape, los cubos desbordantes de basura y el humo de grasientas freidurías, allí era donde podía respirar. Para vivir en las altas capas de la atmósfera, como Light, habría necesitado una máscara de oxígeno, y eso no me apetecía. Con máscara de oxígeno uno parece un insecto.

Había sido una larga jornada, y estaba muerto de cansancio. Mi cuerpo ya no podía más, y lo único que quería era dormir. Estaba un poco menos desanimado que por la mañana. El asunto iba cobrando forma en mi cabeza, y comprendí que ya no volvería a perderme. Sólo era cuestión de trabajo. Estaba en el buen camino, pero seguía sin saber cuánto me faltaba hasta el fin del trayecto.

Al abrir la puerta de casa, vi que había luz dentro. Estaba seguro de haber apagado todo antes de salir por la mañana, y sentí que mi cuerpo se contraía de aprensión. No me encontraba en condiciones de afrontar otra pelea y no tenía ganas de que me disparasen otra vez. Pero era demasiado tarde para dar media vuelta y marcharme. Quien me estuviera esperando en el piso me había oído manipular las llaves, y había visto que se abría la puerta. Decidí correr el riesgo.

Judy Chapman alzó la cabeza y sonrió al ver que entraba.

Estaba acurrucada en el sofá, sin zapatos, leyendo *Devociones* de John Donne, que había cogido de la librería. Llevaba unos pantalones de pana verde y un jersey gris de cuello vuelto. Estaba preciosa.

–Hola, Max.

–¿Cómo coño has entrado?

Mi voz sonó dura y colérica.

–Tu conserje es un gran romántico –contestó con una perversa sonrisa–. Le dije que nos habíamos peleado y que quería darte una sorpresa estando aquí cuando volvieras. Le gustó la idea y me abrió la puerta. Incluso intentó darme un consejo.

–Me has dado un susto tremendo. Por suerte no tengo el revólver. Podía haber entrado disparando.

Estaba muy distinta de como la había visto por la tarde. La ansiedad y el nerviosismo de doce horas antes había dado paso a una especie de aturdimiento, y me pregunté si era el preludio de una inquietud aún más profunda o si empezaba a interiorizar la tensión, a acostumbrarse a ella. Detrás del sofá había una lámpara de pie, y la luz se filtraba por sus cabellos con el extraño resplandor de una vela oscurecida, creando una especie de halo etéreo en torno a su rostro, como en un retrato del Renacimiento. En aquel momento me pareció increíblemente frágil, vulnerable a la menor corriente de aire, a punto de evaporarse.

–¿No vas a preguntarme por qué he venido?

Le lancé una tímida mirada y contesté:

–Creí que acababas de decírmelo.

Lo encontró divertido y me sonrió de nuevo. Entonces volvió a ponerse seria.

–En realidad he venido a disculparme. Lamento mi comportamiento de esta tarde. No es propio de mí, de verdad.

–Son cosas que pasan –repuse–. Todo el mundo está tenso, y los nervios tienen que estallar alguna vez.

—Es que no esperaba que se presentase Bill. Y cuando os vi discutiendo a los dos...

Sacudió la cabeza, dejando la frase sin acabar.

—Briles y yo no nos llevamos muy bien. Debe de ser alguna incompatibilidad astrológica. —Hice una pausa y proseguí—: Lo único que tenemos en común es que a los dos nos gustas tú.

Era una observación fuerte que nos turbó a los dos, reduciéndonos a un silencio molesto, el silencio que dura lo suficiente para que te des cuenta de que te aprietan los zapatos. Me estaba resultando difícil orientarme en aquella situación. No estaba claro a qué había venido, y el cansancio me impedía concentrarme en la cuestión. Lo único que se podía hacer, decidí, era representar la escena hasta el final.

—Ya que estás aquí, podrías aprovechar para degustar algunos de los tesoros enológicos de mi bodega —le sugerí—. Tengo una botella de burdeos y otra botella de burdeos. ¿Cuál prefieres?

—El burdeos, por supuesto —contestó sin dudar—. Parece mucho más interesante que el burdeos.

Nos sonreímos y las cosas volvieron a su cauce.

Fui a la cocina a traer el vino y dos copas. Cuando volví al cuarto de estar, Judy estaba de pie junto a la mesa fumando un cigarrillo y echando una mirada alrededor.

—Me gusta más tu piso que tu oficina —comentó—. Refleja otro aspecto tuyo, y me parece que prefiero éste.

—Es el clásico piso de soltero. Pocos muebles, algo desastrado y con un caos general. Pero éste es la elegancia misma comparado con el primero en que empecé a vivir solo. Era la versión neoyorquina del terremoto de San Francisco.

Nos sentamos a la mesa y empezamos el vino. Era una buena botella, y me alegré de haberla guardado.

Al cabo de unos minutos de charla inconsecuente, Judy dijo:

—No sabía que habías estado casado.

—Creo que todos tenemos algún secretillo del pasado. También hay un niño de nueve años en mi vida.

Eso pareció interesarle mucho, como si en cierto modo me hiciese más tangible para ella. Hasta ahora había sido un personaje más bien enigmático, un misterioso investigador que hacía cosas extrañas, un hombre sin existencia. De pronto era una persona de carne y hueso. Un poco como el niño que se encuentra con su profesor de ciencias en el cine un sábado por la noche. Se experimenta un sobresalto al descubrir que es como los demás, que tiene mujer, dos hijos y que le gustan las palomitas. Estamos tan habituados a ver sólo unos pocos aspectos de las personas, aquellas facetas con las que entramos en contacto, que casi es como si dejaran de existir en cuanto las perdemos de vista.

Me preguntó por mi matrimonio y le hablé de Cathy y de la manera en que las cosas se habían ido desmoronando poco a poco. Ella comentó que Cathy parecía buena persona y yo le dije que lo era, que el divorcio había sido culpa principalmente mía. Entonces quiso saber cosas de Richie, y le hablé de él durante un rato, explicándole que procuraba verlo al menos una vez a la semana. Judy parecía contenta de que le contara mis cosas, y noté que eso abría paso a una nueva relación. Se había sentido atraída hacia mí la primera vez que nos vimos, pero ahora empezaba a gustarle como persona. Era una distinción importante. El hábil torneo sexual de nuestras primeras conversaciones se convertía en algo más franco y directo. Estábamos empezando a conocernos.

Comprendí que había venido a mi casa buscando algo más que un poco de compañía. Quería olvidar lo que había vivido durante los dos últimos días, pero no podía acudir a nadie sin verse obligada a hablar de ello. Yo era el único que sabía lo bastante de su situación para no tener que hacerle preguntas. Probablemente había venido con intención de acostarse conmigo, buscando un poco de olvido, un alivio a todos sus pesares. Pero había resultado otra cosa, una de esas conversaciones sinceras que crean una intimidad más profunda que el ciego contacto físico. Hablar verdaderamente con alguien es abrazarlo, y en cuanto cruzamos las primeras palabras tuve la sensación de que habíamos empezado a hacer el amor.

Acometimos la segunda botella de burdeos. Judy siguió haciéndome preguntas, yo le respondí. Le sorprendía que hubiese dejado la abogacía para convertirme en detective privado. No conocía a nadie que hubiese renunciado a un porvenir seguro, e intenté explicárselo.

–Me encontré con el viejo conflicto entre la ley y la justicia.

–No entiendo.

–El conflicto entre hacer lo que te dicen que hagas y hacer lo que está bien. De pequeño, cuando decidí ser abogado, me consideraba un idealista. Iba a ayudar a la gente con problemas y a meter en la cárcel a los malos para que el mundo fuese por fin mejor. Pero luego descubrí que ser abogado no tiene nada que ver con resolver problemas ni con tratar a la gente como seres humanos. Es un juego, con sus propias reglas y procedimientos, y lo único que importa es ganar. Finalmente comprendí que estaba perdiendo el tiempo, malgastando la vida.

–Tú no eres de los que siguen el juego. La mayoría de las personas estarían perdidas sin un sistema en el que encajar. Pero tú quieres correr riesgos. Eso te convierte en una especie de marginado.

–Supongo que sí. Pero prefiero pensar que me da más ocasión de comprender a las personas con las que trato. Entro y salgo de la vida de la gente con mucha frecuencia, y normalmente tengo que hacerlo deprisa. Si hoy no tengo mucho, es porque no quiero tener nada que perder. Eso me da libertad para comprometerme con la gente que me contrata.

–Tienes la vida, eso es lo que puedes perder. ¿Por qué la expones por gente que apenas conoces?

–Porque me necesitan. Porque tienen problemas que no pueden resolver por sí solos.

Judy se quedó callada y apartó la vista.

–Te refieres a gente como yo, ¿verdad?

–Sí. A gente como tú.

–Pero ¿qué sacas con eso? ¿De qué te sirve a ti?

–No estoy seguro. Quizá sólo para vivir en paz conmigo mismo. Y tal vez me dé una razón para levantarme por la mañana.

–Para ti es más que un trabajo, ¿no? –dijo en tono quedo–. Crees de verdad en ello. –Volvió a apartar la mirada, como si de pronto se sintiera turbada, y añadió–: Me parece que me estoy enamorando de ti, Max.

Encendí un cigarrillo, guardé silencio un momento y le sonreí.

–Quien habla es el vino. Se te ha subido a la cabeza y te enturbia la visión.

–No, quien habla soy yo. Contigo me siento a salvo. Eres el primer hombre que no trata de utilizarme.

–Pues claro que te utilizo. Me estoy sirviendo de ti para seguir en el caso. Y cuando se termine, probablemente no volveremos a vernos.

–Sólo si tú lo quieres así, Max. Pero si me abres las puertas, no me iré hasta que me lo digan.

–La puerta estaba abierta el día que nos conocimos –repuse–. Supongo que ya es demasiado tarde para hacer nada. Ya estás dentro.

Pasó el tiempo, y lo que trataba de ocurrir durante los últimos tres días, sucedió al fin. Ambos conocíamos el ritual, pero esta vez ninguno lo practicó de memoria. Estremecidos en la oscuridad del cuerpo del otro, llegamos a un punto donde todo volvió a ser nuevo y, en el momento mismo en que pasó, sentimos que había que saborearlo más allá de toda medida. Habíamos dejado atrás nuestra identidad.

Eran las cuatro pasadas. Judy y yo estábamos sentados en la cama, fumando. No hablábamos, simplemente estábamos juntos, dejando que nuestros cuerpos agotados se distendieran antes de dormir.

–Hay algo que tengo que decirte –le anuncié–. Quizá no haya oportunidad y quiero que te enteres por mí.

Tardó un tiempo en contestar. Noté que se sentía reacia a romper el ambiente de nuestro silencio, a llenar la habitación de palabras. Apagó el cigarrillo y apoyó la cabeza en mi pecho.

–No hables así, Max. Me asustas.

–No tiene nada que ver con nosotros. Se trata de lo que ocurrió hace cinco años. Al fin he descubierto lo que pasó verdaderamente.

Y entonces le conté lo de Chapman y lo que había hecho para provocar a Contini, llevándolo a planear el accidente. Judy permaneció extrañamente insensible a mi explicación. No estaba seguro de si había llegado al punto donde nada le extrañaba, o de si al final Chapman contaba tan poco para ella que no le importaba. En cualquier caso, no me esperaba aquella indiferencia.

–No hablemos más de eso –pidió cuando hube terminado–. De lo único que quiero hablar esta noche es de ti y de mí. George ha muerto, y ya no importa lo que hiciese en vida. Lo importante es lo que hagamos nosotros, que sigamos queriéndonos.

Tras un largo silencio, observé:

–A pesar de todo, es difícil creer que la muerte de George no te afecta. A mí no tienes que ocultarme tus sentimientos, Judy. Si te apetece hablar de ellos, te escucharé.

–Sí que me afecta. Pero a mi manera, y por motivos propios. No puedo fingir duelo por un hombre que me robó diez años de mi vida. Sé que parece horrible, pero creo que en realidad me alegro de que George haya muerto. Me he liberado. Estaré en condiciones de empezar de nuevo.

–La ironía es que, incluso después de muerto, George es quien lleva la batuta.

–Lo sé. Pero sólo de momento. Ahora tengo confianza en mí misma. Creo que todo va a salir bien. Estoy convencida.

–Yo también.

–Y cuando acabe todo esto, voy a quererte tanto, Max, que recuperaremos todos los años que hemos perdido sin conocernos. Cocinaré para ti, coseré para ti, tendré hijos contigo y te haré el amor cada vez que me mires.

Lo dijo tan seria, tan apasionada, que me fue imposible evitar una leve carcajada.

–Eso no parece la vida de una mujer liberada.

–Sí lo es. Sólo una mujer liberada puede elegir. Para saber lo que se quiere, hay que ser libre. Tú eres lo que quiero, no puedo remediarlo. Ya he hecho mi elección. Quiero que seas mi hombre.

–Seré tu hombre –repuse– si tú eres mi mujer. Y tampoco tendrás que lavarme la ropa. Podemos mandársela al señor Wei, a la vuelta de la esquina. Le hacen falta clientes.

Diez minutos después estábamos dormidos. Teníamos los brazos y las piernas entrelazados, y mi último pensamiento antes de caer en el sueño fue que intentábamos formar un solo cuerpo, que aquella noche queríamos creer que ya no podíamos existir separadamente. En algún sitio, a lo lejos, un reloj dio las cinco. La hora de la verdad.

18

Eran las nueve y media cuando me desperté. Al recordar dónde me encontraba y lo que había pasado por la noche, me di cuenta de que Judy no estaba. Había querido evitar la turbación que se experimenta al día siguiente. Era demasiado pronto para que nos viéramos cara a cara otra vez y necesitaba tiempo para estar a solas con sus sentimientos, para asimilar las emociones que habíamos vivido apenas unas horas antes. Por un momento me llevé una decepción al no encontrarla a mi lado. Pero luego comprendí que era mejor así. Yo también necesitaba tiempo.

Me encontraba bastante descansado para haber dormido tan poco. Los últimos días había ido tirando con poco combustible, y tarde o temprano me iba a quedar con el depósito vacío. Me pregunté cuánto tiempo aguantaría mi cuerpo las exigencias que le imponía, cuántas palizas y noches en blanco soportaría antes de que se averiase. Tenía treinta y tres años, y la mayor parte del tiempo me sentía como a los veinte. Pero sabía que un día, en un futuro no muy lejano, al despertarme por la mañana descubriría que había entrado en la edad madura. No es que me diese miedo, pero quería estar preparado.

Me di una ducha, me puse unos vaqueros y un jersey y luego me preparé un copioso desayuno con zumo, huevos revueltos, tostadas y todo lo demás. A las diez y cuarto estaba con la segunda taza de café, sentado a la mesa del cuarto de estar y leyendo *Devociones*, el libro de Donne que Judy había cogido por la noche de la biblioteca. No lo había abierto desde hacía más de diez años, y su fuerza me alarmó. Me impresionó un pasaje en particular. «Tenemos un sudario en el vientre de nuestra madre que crece con nosotros desde la concepción, y venimos al mundo envueltos en ese sudario, pues estamos aquí para buscar una tumba.» Lo interpreté en el sentido de que vivimos bajo la mirada de la muerte y de que, por mucho que hagamos, no hay escapatoria. No encontramos la muerte, como suele decirse, sino que la muerte está en nosotros desde el principio y nos acompaña adondequiera que vamos. Para mí, tenía sentido verlo así. No hay escapatoria. Eso lo comprendía.

Rumiaba esas ideas cuando sonó el timbre del portal. Pulsé el botón del portero automático y pregunté quién era. Me contestó la voz de Chip Contini. Aquel aparato funcionaba bastante mal, y apenas entendí lo que me decía. Su voz parecía llegar desde mil kilómetros de distancia, gimiendo en algún páramo en plena tormenta, como en una vieja grabación del *Rey Lear*. Lo único que estaba claro es que necesitaba verme urgentemente.

Deambulé por el cuarto de estar, esperando que el ascensor le dejara en el noveno piso y llamara a la puerta. Supuse que quería hablar del caso o de la conversación que había mantenido con su padre el día anterior. Seguramente de su padre, resolví, lo que significaba que en realidad quería hablar de sí mismo. Al parecer le había provocado una especie de crisis, por obligarle a mezclar a su padre en el asunto de Chapman. Estaba muy crecido para sufrir un trauma de adolescencia. Pero igual que a los adultos súbitamente afectados por una enfermedad infantil, le había dado bastante fuerte.

Llamó con los nudillos –en rápida sucesión, con impaciencia–, y abrí. Ni siquiera tuve tiempo de decirle hola. Irrumpió como una tromba, enfurecido, empujándome con ambas manos y haciéndome retroceder al cuarto de estar.

–¡Pedazo de cabrón! –exclamó–. ¡Hijo de la gran puta, te mataría con mis propias manos!

Se dirigió de nuevo hacia mí y di un paso atrás.

–Siéntate, coño, y tranquilízate. No voy a pelearme contigo, Chip, por mucho que lo desees. Siéntate y dime lo que pasa.

Eso contuvo un poco su ímpetu, pero no sirvió para apaciguar su cólera. Nunca le había visto comportarse con violencia, y a la vista estaba que no sabía lo que hacer con aquel huracán que de pronto se había desatado en su interior. Por primera vez en su vida se enfrentaba con la emoción pura, indomable, convirtiéndose en un desconocido para mí.

—Es mi padre —anunció, la voz hirviendo de rabia—. Se está muriendo. Y tú tienes la culpa, Max, tú le has matado.

—No sé de qué estás hablando. Siéntate y empieza desde el principio. No te escucharé a menos que intentes explicarte.

—Si se muere, Max, te juro que volveré para matarte con mis propias manos. No me importa lo que me pase luego. Te mataré, te juro que lo haré.

Empezaba a ser demasiado y perdí la paciencia. Le grité, como un campesino borracho grita a su perro. Le señalé una silla y le ordené que se sentara. La fuerza de mi voz le dejó pasmado, y se quedó mirándome. Volví a gritarle y se sentó.

Fui a la cocina y serví dos o tres medidas de Cutty Sark en un vaso. Al volver al cuarto de estar lo encontré sentado exactamente en la misma postura, como si hubiera entrado en un trance catatónico.

—Toma, bebe esto primero —le dije, tendiéndole el vaso—. Después hablaremos.

Se bebió el whisky como si fuera agua y apenas le hizo efecto. En cierto modo estaba fuera de sí, y ya no reaccionaba a las cosas con normalidad. Tenía el cuerpo tan tenso como el resorte de un reloj y la mente en otro sitio, sumida en la angustia que lo envolvía como un aura visible. Comprendí que estaba agotado. Llevaba la misma ropa que el día anterior, y le hacía falta afeitarse. Dudaba que hubiese dormido algo en las últimas veinticuatro horas.

—Y ahora, cuéntame. Cuando dejé a tu padre ayer, estaba perfectamente.

—Pues ya no —farfulló, apiadándose de sí mismo—. Está en

una tienda de oxígeno en la unidad de cuidados intensivos del hospital Lenox Hill, y se muere.

–Corta el melodrama, Chip –dije en tono brusco–. Sé que se está muriendo, ya me lo has dicho. Limítate a contarme lo que ha pasado.

–Todo ocurrió después de que tú te marcharas. Mi padre y yo tuvimos una discusión. Tremenda. La peor experiencia de mi vida. Gritos, chillidos, insultos horribles por las dos partes. Llegó un momento en que las cosas se calmaron un poco y decidimos salir pronto de la oficina y marcharnos en tren a Westport. Justo en el ascensor le dio un ataque al corazón. –Se interrumpió y me miró, al borde de las lágrimas. Había tal derrota en sus ojos que aparté la vista–. Todo es culpa tuya, Max. No debiste pedirme que concertara esa entrevista.

–¿A qué vino la discusión?

–Yo quería descubrir la verdad. Quería saber por qué me había mentido mi padre.

–¿Y lo descubriste?

–En parte. Lo demás lo adiviné yo solo.

Ahora que había empezado a explicarse, noté que se distendía, pasando a una especie de sombrío fatalismo. Al describir en voz alta lo sucedido, enviaba los hechos al pasado, situándolos fuera de su alcance y haciéndolos inmutables. Debían aceptarse porque ya no había forma de cambiarlos.

–Fuiste tú quien presentaste a Chapman a tu padre, ¿no?

Chip asintió.

–Yo no quería. Pero George insistió. Parecía tener mucha curiosidad por conocer a mi padre. A George le fascinaban todas las formas del poder, y deseaba estar lo más cerca posible de él. Finalmente accedí y los invité a cenar a Westport.

–¿Fue también Judy Chapman?

–No. George y ella pasaban una de sus malas épocas.

–¿Ya sabías lo de Briles por entonces?

–Sabía lo de Briles y lo de los otros también. George me lo contaba. Le gustaba contarme cosas de su vida privada.

–¿Qué sentía hacia Judy? ¿Intentó que las cosas fueran bien entre ellos, o se contentaba con un matrimonio de conveniencia?

–No, la odiaba. La odiaba tanto que a veces me hacía pensar que iba a matarla. George era un buen amigo, pero nunca le entendí. No tenía las mismas emociones que el resto de la gente. Había algo duro en él, como si estuviera consumido por dentro. Solía contratar detectives privados para que la siguieran y averiguaran con quién se acostaba. Podría entenderse si hubiera querido divorciarse, pero nunca tuvo esa intención. Decía que sólo estaba recogiendo pruebas. Nunca supe exactamente lo que quería decir.

–¿Qué opinión te merece Judy Chapman?

–Creo que es buena persona. Un tanto débil, pero ha tenido que aguantar mucho. No sé cómo ha podido soportarlo tanto tiempo.

–¿La crees capaz de matar a Chapman?

–No. Es inocente. Nunca habría podido hacer algo así.

Le tendí los cigarrillos, pero negó con la cabeza. Encendí uno y le pregunté:

–¿Hablaron de apuestas aquella noche Chapman y tu padre?

–No. Fue una reunión puramente social. –Guardó silencio y me miró con expresión perpleja–. ¿Por qué iban a hablar de apuestas?

–¿No te lo dijo ayer tu padre?

–¿Decirme qué?

Me dio un vuelco el corazón al comprender que el padre de Chip había ocultado el mayor número de detalles posible.

–Está claro que no te dijo nada –observé.

Así que le conté la historia, la misma que había relatado a Judy la noche anterior. Chip se lo tomó mucho peor que ella. Se quedó con la boca abierta cuando le expliqué el tinglado que Chapman había montado con su padre. Cuando terminé, se levantó de la silla y, en silencio, recorrió varias veces la habitación. Fuera lo que fuese en otros aspectos, Chip era una persona decente y la vida no le había preparado para afrontar la repulsión que ahora sentía. Era como si acabara de ofrecerle un primer atisbo del infierno.

–Mi padre me dijo que era una cuestión de negocios –explicó con calma. Se sentó en el sofá, se quitó las gafas, se cubrió el rostro con las manos y repitió una y otra vez–: No puedo creer tanta mala fe.

–Y entonces, cuando Chapman se negó a pagar –concluí–, tu padre le invitó a la casa de Millbrook para negociar. Pero ni que decir tiene que Chapman no llegó. Fue una tentativa de asesinato. Aunque Chapman sobrevivió, el efecto fue casi el mismo. Estaba acabado. Y tu padre, tan caballero y deportivo, decidió dejarlo así. Al fin y al cabo, él no había perdido nada.

Acabó siendo demasiado para Chip. Su cuerpo grande y voluminoso empezó a estremecerse de sollozos y el apartamento se llenó con el sonido de su desdicha. No intenté consolarle. Lloraba a su padre, lloraba la pérdida de su propia inocencia, y nada que yo dijese tendría la menor importancia. Tenía que desahogarse. Ya no habría más mentiras, ni más escapatorias. Sus lágrimas eran amargas, pero necesarias. Era lo que le separaba de la madurez.

Cuando el acceso pasó, lo conduje al cuarto de baño, le di una toalla y le dije que se lavara. Fui a la cocina y fregué los platos del desayuno. Quince minutos después Chip apareció en el umbral y me dirigió una débil sonrisa. Sus ojos aún estaban enrojecidos, pero tenía mejor aspecto. Observé que se había afeitado con mi navaja, haciéndose un pequeño corte en el mentón. Un trozo de papel de seda restañaba la herida.

—Vamos —le dije—. Te acompaño al hospital.

Nos dirigimos al este por la calle Setenta y dos hacia Central Park. Era otro espléndido día; un poco más fresco, el aire claro y una luz que inundaba las calles dibujando sombras nítidas y espesas. Hasta llegar al parque no abrimos la boca. Para Chip había sido una humillación desmoronarse delante de mí, y no sabía si me estaba riendo secretamente de él por su debilidad. No era así. Pero no tenía intención de decírselo. Tendría que averiguarlo por sí mismo.

Cuando franqueamos el muro de piedra que separaba el parque de la calle, empezó a hablar. Era como si el césped y los árboles le pareciesen un auditorio mejor dispuesto hacia sus pensamientos. Avanzando pesadamente con sus pulidos zapatos y su traje arrugado, parecía un refugiado en aquel país de ciclistas, jugadores de béisbol y gente que corría. Pero aquel lugar le daba lo mismo. No prestaba atención a lo que le rodeaba.

Habló de su padre. Los recuerdos le venían desordenadamente, remontándose o acercándose en el tiempo a medida que el pasado afluía a su memoria. Pasó del primer día de universidad en Dartmouth a un perro labrador que le regalaron cuando tenía ocho años, para volver al nacimiento de su hija menor. Y en cada ocasión, su padre estaba presente. No era nada que no hubiese oído antes. En cierto modo, todo el mundo tiene los mismos recuerdos. Los acontecimientos que los suscitan pueden variar, pero las características con las que los revestimos son las mismas. Son nuestra vida y los tratamos con el respeto que únicamente dedicamos a las cosas más sagradas. Chip habló de la generosidad de su padre, de su sentido del humor, del amor a sus hijos. Era como si ya estuviese pronunciando el elogio fúnebre sobre su tumba, callando lo que pudiera revelar la cruel realidad de aquel hombre. La verdad se cernía sobre cada una de sus palabras como un ángel vengador, pero él había decidido no reparar en su presencia. Tendría toda la vida para luchar con él. Aquél era su adiós al padre que había pretendido tener, y se despedía de él con ternura, con infinita delicadeza, como quien desmonta una casa de muñecas.

Cuando llegamos a la entrada del hospital Lenox Hill, le dije:

—A lo mejor te da una sorpresa y sale de ésta.

—Claro —repuso—. Y mañana es Navidad.

—Nunca se sabe. Es muy duro, el viejo.

—No intentes ser amable, Max. Ya no importa, de verdad. Casi espero que haya muerto cuando suba ahora. Todo sería más sencillo.

—La muerte nunca es sencilla.

—Lo sé. —Apartó la vista, miró por la puerta de cristales y concluyó—: Sólo que no quiero volver a hablar con él.

Y su deseo se hizo realidad.

19

Richie me esperaba en el vestíbulo del edificio de la calle Ochenta y tres Este. Era más de la una y llevaba allí un buen rato. Con su gorra adornada con el célebre emblema NY, una camiseta amarilla con su nombre estampado en el pecho, vaqueros y zapatillas deportivas verdes y blancas, estaba sentado en una butaca lo bastante amplia para que cupieran cinco como él mientras con el puño derecho golpeaba suavemente su guante de béisbol. A sus pies había una bolsa de viaje de la Pan Am con un ejemplar doblado de *The Sporting News* encima. Tenía el delgaducho cuerpo tan contraído y estaba tan concentrado en la bolsa del guante que parecía haber cobrado la forma de un signo de interrogación.

—Vaya —dijo al levantar la cabeza y verme—. Qué tarde llegas. El partido ya estará por la tercera entrada.

—No, todavía queda casi una hora. Llegaremos a tiempo si nos damos prisa. ¿Has traído un jersey?

—En la bolsa.

—Vale, vamos.

Sabía que no debía pasarme la tarde en el estadio cuando estaba en plena investigación. Pero necesitaba tiempo para pensar, para distanciarme un poco del asunto y verlo con nuevos ojos. También pensaba que nada era tan importante como pasar unas horas con Richie. Quería que pasara un buen día, un día inolvidable.

Cathy le había mandado a esperarme al vestíbulo, lo que era su forma de decirme que no tenía ganas de verme. Supuse que significaba que ya había tomado una decisión. Me figuré que se mudaría a New Hampshire.

Entrar en un estadio de béisbol profesional es una experiencia sin parangón en el mundo. Uno va en el metro, encajonado en lugares angostos, rodeado de metal y maquinaria, y al salir se encuentra con otro paisaje de ladrillos, piedras y contaminación urbana. Da la vuelta al estadio entre varios miles de personas en busca de la puerta adecuada, entrega la entrada a un tipo de uniforme, franquea el torniquete y penetra en la penumbra de un túnel lleno de ecos y empellones. Da la impresión de que ha ido hasta allí sólo para participar en la secuencia de un sueño de una película de Fellini.

Luego se sube la rampa y ahí está. Es casi imposible observarlo todo de un golpe. La súbita sensación de espacio es tan fuerte que durante unos momentos uno no sabe dónde está. Todo se ha hecho tan grande, tan verde, tan perfectamente ordenado, que es como si de pronto se encontrara uno en el jardín del castillo de un gigante.

Poco a poco empieza uno a habituarse. Se captan los menores detalles, las pequeñas cosas que contribuyen a crear la impresión general. Se admira la prístina blancura de las bases, la simetría de la plataforma del lanzador, la tierra impecablemente rastrillada del campo interior. Se ven las enormes palabras y números eléctricos del marcador y gradualmente se empieza a notar la multitud, primero los desconocidos de al lado y luego a lo lejos, donde la gente no es más que una mancha de ruido y color. En las dos o tres horas siguientes, la geometría del campo acapara totalmente la atención. En plena ciudad se encuentra uno inmerso en un mundo idílico mirando cómo una bola blanca vuela por el aire y dicta las acciones de dieciocho hombres hechos y derechos. Nada importa más que esa pelota. Cautiva de manera tan absoluta que cuando al final sale uno con el tropel de gente para reincorporarse al mundo normal, persiste en los ojos como el fogonazo de una cámara disparada en plena cara.

Nuestros asientos estaban a la altura del campo, hacia el centro de la tribuna, entre el plato y la primera base. Llegamos cuando los entrenadores salían a hablar con los árbitros para comunicar las alineaciones. Me alegré de que no nos hubiéramos perdido nada del partido. Hasta ahora, Richie sólo había visto béisbol en televisión, y las frenéticas y reducidas perspectivas de la cámara nunca hacían justicia al juego. Era importante que entendiese que el béisbol no es un continuo flujo de palabras salidas de los labios de un comentarista e interrumpidas por anuncios de cerveza entre las entradas. Yo quería que lo viese todo con sus propios ojos.

Durante los primeros momentos estuvo fuera de sí. Siempre había sido bastante discreto, poco inclinado a revelar sus emociones, pero esta vez reaccionó como cualquier niño de nueve años. Con la boca abierta, miraba a todas partes al mismo tiempo y no podía estarse quieto en su sitio. Lo que al parecer le impresionaba más era el hecho de que los Americans no eran sombras bidimensionales en blanco y negro, sino personas de carne y hueso. Le abrumaba comprender que sus ídolos existían de verdad.

Cuando los Americans salieron al campo y todo el mundo se puso en pie para escuchar el himno nacional, Richie me tiró de la manga y preguntó:

–¿Cuándo volveremos otra vez, papá?

–Todavía no ha empezado el partido. ¿Por qué te preocupas del próximo?

–Porque no quiero pensar que si tengo que ir al servicio o algo, no volveré a ver lo que me haya perdido. ¿Y si me pierdo un *home run?* Nunca me lo perdonaría.

–¿Significa eso que tienes que ir al servicio ahora mismo?

Molesto, bajó la vista para evitar mi mirada.

–Sí, me parece que sí.

–Entonces, vamos. Nadie va a hacer un *home run.*

Dejamos el asiento en el momento previo al comienzo y nos dirigimos a los urinarios. Los servicios estaban atestados, y Richie pareció un tanto intimidado ante la conmoción y el humo de los puros. Permanecí a su lado mientras esperaba su turno. Cada vez que se levantaba un clamor entre las gradas, quería saber si era un *home run.* Yo le contestaba que no, sólo un hábil lanzamiento o una buena jugada, pero no me creía. Según sus cuentas, se habían marcado cinco *home runs* en nuestra ausencia. Cuando volvimos a nuestro sitio, Detroit tenía dos eliminados y un corredor en primera base. Estaban todavía en la primera parte de la primera entrada. El marcador no señalaba ni *hits* ni errores, así que expliqué a Richie que el jugador había ganado la base sin correr, a consecuencia de cuatro lanzamientos defectuosos. Su mirada me dijo que ya lo había adivinado por su cuenta. En la plataforma estaba Marston, un lanzador bigotudo que utilizaba la derecha y había ganado dieciocho partidos con los Americans la temporada anterior. Eliminó limpiamente al bateador de Detroit con una soberbia pelota rasa y exterior, y Richie concluyó con toda seguridad que tenía «buena madera».

Tenía razón. Marston era implacable, pero también lo era Amado, el lanzador de Detroit, un zurdo veterano que había ganado unos doscientos partidos en toda su carrera. El encuentro se convirtió rápidamente en uno de esos clásicos duelos entre lanzadores, el tipo de juego que se decide con una sencilla por bate quebrado, un error o una eliminación con bases llenas. Al cabo de tres entradas, no se había estrenado el marcador; Detroit tenía un *hit* y Nueva York ninguno.

Cathy había llenado la bolsa de emparedados tras decir a Richie que no permitiera que le comprase perritos calientes hasta que se los hubiera comido todos. Yo no quería que me considerase responsable de un posible dolor de estómago, de manera que le hice cumplir el trato. Pareció conformarse con una bolsa de cacahuetes y dos coca-colas. Diez minutos después de cada una tuvimos que volver a los servicios.

Me impresionaba la forma con que Richie se concentraba en el juego. Estar sentado en el mismo sitio durante más de una hora puede acabar con la paciencia de un niño de nueve años, pero Richie estaba demasiado absorto en el partido para alborotarse. Sólo las pelotas que caían fuera por nuestro lado parecían distraerle. Cuando bateaban una que caía más o menos en nuestra dirección, se ponía en pie, se daba un puñetazo en el guante y gritaba: «¡Aquí estoy!» Una o dos veces se interesó tanto por la pelota y en ver quién la atrapaba que perdió el hilo del partido. Pero el resto del tiempo lo siguió perfectamente.

En la quinta entrada, el medio de Detroit ganó una doble tras un limpio despeje al fondo del jardín derecho. Marston dio unos pasos rabiosos en torno a la plataforma, recogió la bolsa de la resina y volvió a arrojarla al suelo levantando una nube de polvo blanco. Luego se empleó a fondo y eliminó a los dos bateadores siguientes con dos pelotas rápidas al jardín central. Eso sacó a Hillman, el joven tercera base de Detroit que era el primero de la liga tanto en *home runs* como en retiradas. Sin aspavientos, con toda calma, bateó el primer lanzamiento de Marston al centro izquierda, con el que Detroit inauguró el marcador. Siguió uno a cero durante las tres entradas siguientes. La extraña y retorcida forma de lanzar de Amado, que semejaba los movimientos de un juguete mecánico, confundía continuamente a los bateadores neoyorquinos. Todo le salía bien. Su pelota rápida zumbaba, sus bolas curvas caían a pico, y los Americans no daban una. Sólo tuvo un apuro cuando Webster, el exterior derecho de los Americans, dio un batazo hacia la derecha del jardín central que parecía ser una triple segura. Pero Green, el rápido medio de Detroit, corrió al menos treinta metros para atrapar la bola con una pirueta acrobática en la ceniza de la pista de advertencia. Al cabo de ocho entradas, Nueva York sólo había logrado enviar a dos jugadores a primera base, las dos veces gracias a lanzamientos defectuosos. Tranquilamente, Amado iba camino de que el partido concluyese sin tantos contra su equipo.

En la primera parte de la novena entrada, Detroit logró una sencilla, un toque de sacrificio, una fuera que hizo avanzar al corredor a tercera base y un golpe de chiripa que puso el marcador en dos a cero. Marston había lanzado de forma admirable, dando sólo ocasión a cinco golpes, pero al parecer no iba a ser suficiente. Cuando Amado subió a la plataforma al final de la novena entrada, nadie en el estadio pensaba que acabaría con un tanto en contra. Después de que el primer bateador quedara eliminado en tres lanzamientos, Richie sacudió la cabeza y aseguró con aire displicente que la cosa estaba en el bote. Pero entonces le tocó al segunda base, Royce –buen bateador de sencillas pero que no representaba una gran amenaza–, y todo cambió de pronto. Tratando de proteger el plato, alzó el bate contra una bola rápida, baja y exterior, que rebotó contra la madera hacia el jardín derecho, siguió la línea de *foul* y pasó al punto donde era posible el *home run* más corto del estadio. Mientras Royce trotaba de una base a otra, se alzó un clamor entre las gradas, un frenético rugido que duró tanto tiempo que Royce tuvo que salir de la caseta y saludar con la gorra a la multitud. Me gustó la reacción de Amado. Se limitó a alzar el guante, recogió la pelota que le envió el árbitro y empezó a frotarla de la misma manera que había frotado todas las anteriores. Despacio, metódicamente, con aire de profundo aburrimiento. Eran gajes del oficio.

Webster, el siguiente bateador, ganó una sencilla en el centro y el ritmo del juego cambió. No sólo Amado se quedaría sin que su equipo terminase a cero, sino que ahora también estaba a punto de perder el partido. Cuando Turner siguió con un golpe que por un error del exterior derecho se convirtió en una doble, colocando corredores en segunda y tercera base, Amado salió. Wilton, el larguirucho lanzador suplente de Detroit, salió trotando de la zona de calentamiento para enfrentarse a Costello, el bateador neoyorquino más famoso del momento. Richie estaba de pie, gritando con otras cuarenta mil personas como si le fuera la vida en ello.

Lo que ocurrió fue algo totalmente inesperado. Yo sólo había visto una vez aquella jugada, quince años antes, cuando estaba en el equipo del instituto. Los del equipo contrario nos la hicieron y perdimos el partido. La clave consiste en situar los mejores corredores en segunda y tercera, y cuando da resultado todo sucede como un relámpago. En cuanto Wilton empezó a preparar su primer lanzamiento, se veía venir. Webster y Turner salieron disparados como dos ratas del desierto hacia las bases siguientes y Costello se colocó en posición para golpear ligeramente la pelota con objeto de que rodara muy poco. Era el toque suicida. Cuando está bien ejecutado, no hay forma de pararlo. Costello logró dar a la bola con la ligereza suficiente hacia la derecha de la plataforma del lanzador. Cuando Wilton cogió la pelota, Webster cruzaba el plato marcando la carrera del empate. Wilton no tenía más remedio que lanzar a primera para eliminar a Costello, y efectuó un lanzamiento pausado que superó al bateador en tres o cuatro pasos. Lo que no comprendió, sin embargo, era que Turner no se había detenido, y cuando el primera base lo vio rodear la tercera como un rayo en dirección al plato, ya era demasiado tarde. Hubo un lanzamiento, una barrida, una nube de polvo. Pero Turner había llegado y el partido se acabó. Una jugada de presión, un doble toque de sacrificio. Tres a dos para los Americans y adiós. Se hablaría de aquel partido durante el resto de la temporada.

El metro de vuelta a Manhattan iba tan lleno que sólo se podía retener el aliento y esperar que no te pisaran. Me las arreglé para que Richie se sentara en el borde de un asiento; una vez allí, se sumió en el *Anuario de los Americans* que le había comprado en el estadio, y fue estudiando las cifras y las imágenes con la ininterrumpida atención de un erudito en historia medieval que investigara en la biblioteca de Princeton. En medio de una pandilla de aficionados sudorosos y con aliento a cerveza, no me molesté en cogerme de la barra, pues no había forma de que pudiera caerme con tanto cojín de carne a mi alrededor. Así fuimos durante tres cuartos de hora.

En aquel vagón de metro fue donde todo terminó aclarándose. Un fragmento de recuerdo afloró de mi memoria, unas piedras se desprendieron del muro que contemplaba desde los últimos cuatro días y de pronto vi la luz del día al otro lado. Había llegado a ello de manera tan sesgada que al principio ni siquiera me di cuenta. Había dado la vuelta al mundo y, al regresar, vi que mi punto de partida siempre había sido mi lugar de destino. Me había lanzado a la busca de verdades justas y respuestas absolutas, descubriendo que lo único que realmente importaba carecía de significación aparente: las observaciones de un absurdo taxista y una táctica poco ortodoxa en un partido de béisbol. Todo lo que me había esforzado por averiguar, toda la información supuestamente importante por la que había arriesgado la piel, no eran más que simples detalles. Las lecciones que necesitaba aprender me las habían dado gratis. J. Daniels me había demostrado que las cosas son a veces lo que parecen ser, y la jugada de presión me había revelado que en ocasiones el doble toque de sacrificio puede ser tan eficaz como el *home run*. Me había llevado tiempo descifrar esos mensajes, interpretarlos correctamente como metáforas del caso que investigaba. Había buscado hechos, nada que no fuese la fría y dura realidad, y ahora comprendía lo más importante: que la realidad no existe si no hay imaginación para verla. No tenía que ir más lejos. Todo habría concluido a la hora de acostarme.

El partido había durado algo más de dos horas, y sólo eran las cinco y diez cuando llevé a Richie de vuelta a casa. Cathy me invitó a una copa, pero le dije que no podía entretenerme. Sabía que deseaba hablar conmigo, sabía lo que iba a decirme y que podría hacerle cambiar de opinión si quería. Cathy había tomado una decisión, pero la expresión de sus ojos me pedía que la disuadiera. Era mi última oportunidad y por una fracción de segundo estuve tentado de entrar y decirle que me quedaba a vivir con ella. Richie estaba entre los dos, mirándonos alternativamente, intuyendo que pasaba algo importante pero sin comprender lo que era. Se me pasó por la cabeza que, de la tarde que habíamos pasado juntos, aquél sería el momento que recordaría. Cuando Cathy repitió su invitación y yo la decliné por segunda vez, vi que algo se desmoronaba en su interior. Frunció los labios, endureció la mirada y se me quedó mirando como si acabara de abofetearla. Habíamos vuelto a donde estábamos cinco años atrás.

–Lo que hiciste el miércoles por la noche fue una crueldad, Max –sentenció–. Nunca te lo perdonaré.

–No te estoy pidiendo perdón, Cathy –repuse–. Sólo te pido que hagas lo que tengas que hacer.

Nos miramos a los ojos y entonces ella rompió a llorar con lágrimas de rabia y desolación. Me insultó con una voz que ya no controlaba, lanzándome un incomprensible huracán de amargura. Un momento después cerró de un portazo. Me quedé allí plantado un minuto entero, escuchando sus sollozos y los gritos de Richie, que con su voz aguda le preguntaba lo que ocurría. No volví a llamar.

Al dirigirme al ascensor, pensé en mi revólver. Perderlo había sido un error estúpido, y me puse a echar pestes contra mí mismo. Era lo único que me hacía falta en aquellos momentos.

20

Briles vivía en un edificio de apartamentos en la esquina de la calle Ciento dieciséis con Morningside Drive. Casi todos sus inquilinos mantenían alguna relación con Columbia, y la manzana se erguía como una fortaleza en los Heights, separando la comunidad universitaria del resto del mundo que se extendía a sus pies. Al otro lado de la calle estaba Morningside Park, una escarpada colina de arbustos y afloramientos graníticos que descendía hacia la llanura de Harlem y atravesaba la inacabable extensión de los barrios pobres. Si se ignoraba lo que había allí abajo, uno podía detenerse en Morningside Drive, contemplar el panorama y admirarlo como un hermoso paisaje. Pero todo el mundo conocía lo de abajo. No era un barrio que atrajera a los turistas.

Al subir los escalones de la entrada, vi a un anciano apoyado en un bastón que salía del edificio. Abrió la puerta desde dentro y me precipité a sujetársela. Esperaba entrar en el edificio sin tener que llamar al apartamento de Briles, y lo consideré un buen presagio. El anciano me sonrió con benevolencia y me saludó. Era Eduard Bigelow, catedrático de economía que había sido profesor mío en el primer año. Debía de tener ochenta años por lo menos, y me costó trabajo creer que me había reconocido. Yo no era más que uno entre los miles de rostros que había visto a lo largo de los años, y me acordaba claramente de que no había abierto la boca en su clase. El aparente reconocimiento que se había reflejado en sus ojos no era más que una suposición lógica. Existía la posibilidad de que cualquier persona con menos de cincuenta años que anduviera por el barrio hubiese sido estudiante suyo. Si todos eran como yo, ninguno sabría una palabra de economía.

Briles vivía en el cuarto piso, y decidí subir por la escalera. El timbre que había en la puerta verde de su apartamento emitió un amortiguado «din-don» cuando lo pulsé. Unos instantes después se abrió la mirilla y un ojo me observó. Pasaron otros momentos más hasta que el ojo habló.

–¿Qué hace aquí? –inquirió Briles desde el otro lado de la puerta.

–He venido a disculparme.

–¿De qué?

Su voz seguía siendo hostil. Era como si el resentimiento le hubiese producido ardor de estómago.

–Del encontronazo de ayer. No quiero que haya rencores.

–De acuerdo. No le guardo rencor.

La mirilla se cerró y oí que se alejaba de la puerta. Puse el dedo en el timbre y lo apreté durante unos treinta segundos. La mirilla volvió a abrirse al fin.

–¿Por qué no se marcha, Klein? –me sugirió Briles–. Intento trabajar, pero usted empieza a ser un incordio.

—Es importante. He descubierto cierta información que bastaría para sacar a Judy Chapman del apuro. Pero necesito su ayuda. Si unimos fuerzas, creo que podremos resolver el asunto. Sé que no le gustaría que Judy se hundiera, Briles. Significa demasiado para usted. Déjeme entrar y hablaremos.

La mirilla se cerró de nuevo, hubo un largo silencio y luego la puerta se abrió. Briles llevaba un pantalón de pana marrón, una camiseta de futbolista a rayas verdes y blancas y esa especie de botas de trabajo que se han puesto de moda en los ambientes intelectuales. Tenía un libro en la mano izquierda, y marcaba la página con el dedo índice. Era cierto que estaba trabajando. Su rostro, sin embargo, estaba demacrado, tenía ojeras y aparentaba su edad. Briles se encontraba en ese momento de la vida en que el aspecto depende de la cantidad de horas que se haya dormido y del grado de tensión que se soporte. En sus días buenos podía tener la apariencia de un joven. Pero hoy era uno de sus días malos.

Me condujo al salón, provisto de ventanales que daban a un pequeño balcón con vistas a los barrios que se extendían abajo. Confortable, amueblada con buen gusto y sin pretensiones, era la habitación donde Briles recibía a las visitas y no se veían libros ni papeles, nada relacionado con su trabajo. Briles se sentó en una butaca tapizada de paño al lado de las ventanas. Contra la pared, a su izquierda, había un mueble bar de bambú lacado. Yo me senté en un sofá azul, al otro lado de las ventanas. Nos observamos a través del crepúsculo que se deslizaba entre nosotros.

—Ha mencionado cierta información —dijo en tono seco—. Me gustaría saber de qué se trata.

—Se trata de un montón de cosas —repuse, sin querer comprometerme mucho tan pronto—. En su mayoría descubiertas después de nuestra conversación del miércoles en su despacho. Ahora comprendo que fue un error presionarle entonces. Sospechaba que me ocultaba algo, pero ignoraba que no era libre de contármelo.

—Supongo que se refiere a mis relaciones con Judy.

—Eso es, con Judy. Pero también con George. Entré hablándole de él, y naturalmente era la última persona de quien le apetecía hablar. Usted creyó que yo estaba al corriente de su aventura amorosa con Judy y que tenía más o menos intención de utilizar esa historia para mis propios fines.

Briles hizo un gesto con la mano, sugiriendo que lo olvidáramos.

—Muy bien, aquel día nos equivocamos el uno con el otro. Pero eso ya no importa. Ahora todo el mundo está enterado de mis relaciones con Judy. Es una de las cosas que utilizan para difamarla. —Se reclinó en la butaca, cerró los ojos y exclamó—: Dios santo, aún no me creo que la hayan acusado de asesinato. Es absolutamente increíble.

—Todavía la quiere, ¿verdad?

Tenía la cabeza levantada hacia el techo, y seguía con los ojos cerrados. Apenas le oí cuando contestó:

—Sí, todavía la quiero. La sigo queriendo mucho.

Contuve mi repugnancia, tratando de dominar mis emociones. No quería repetir la escena de ayer en casa de Judy. Por mucho que le despreciara, era importante que mantuviese la calma.

—Yo no me preocuparía por la acusación de asesinato —continué—. Tengo indicios suficientes para asegurar que no es culpable. Un poco más, y creo que podré demostrarlo. El asunto ni siquiera irá a los tribunales.

Briles abrió los ojos y me miró con expresión confusa, como fluctuando entre la esperanza y el recelo. Quería creerme, pero desconfiaba de que le estuviera tendiendo una trampa.

—¿Está seguro? —inquirió—. ¿Qué ha descubierto?

—George Chapman no fue asesinado por su mujer. En realidad no lo asesinó nadie. Se suicidó.

206

Tardó un poco en comprender el alcance de mis palabras. Había tenido tanto miedo de lo que fuese a decirle, que al principio ni siquiera me oyó. Luego empalideció, exhaló un hondo suspiro y volvió a derrumbarse en el respaldo de la butaca.

—Estaba loco —dijo para sí—. Más de lo que yo creía.

—Saber que se trata de un suicidio es una cosa, y demostrarlo otra muy distinta. Ahí es donde todo empieza a complicarse. Para que Judy no vaya a juicio, tengo que encontrar pruebas.

—Debe de tener alguna idea. No habría venido aquí sin tener una visión bastante clara del asunto.

—Tengo centenares de ideas, y todas apuntan en direcciones diferentes. Lo que debo hacer es juntarlas todas y hacer con ellas un bonito paquete para dejárselo a Grimes en la mesa. Si no, se negará a hablar conmigo. Por lo que a él respecta, el caso está cerrado.

—Eso no parece muy alentador.

—Hasta ayer casi parecía desesperado. Cada vez que creía estar cerca de la solución, ocurría algo raro. Una carta se esfumaba de mi caja fuerte, un hombre aparecía asesinado en Nueva Jersey, recibía una llamada amenazadora o trataban de matarme a tiros; extrañas cosas de ese estilo. Suficientes para que me dieran ganas de dejar todo esto y dedicarme a trabajar como asesor de reclamaciones en una compañía de seguros. Pero entonces recibí ayuda de donde menos esperaba.

Briles me miró con curiosidad, dispuesto a seguir el juego, aunque adivinando en cierto modo que no se lo iba a permitir.

—¿De dónde?

—De un sitio muy interesante. Ayer por la tarde fui a una librería y compré unos ensayos excelentes que me brindaron una nueva percepción de la mentalidad criminal. Escribe usted muy bien, profesor Briles. Admiro la precisión de su estilo. Revela una inteligencia muy lúcida.

–Me halaga que tenga tan alta opinión de mi obra –comentó, poniéndose en pie y dirigiéndose al mueble bar–. Pero esta clase de alabanzas suele cohibirme un poco. Y cuando estoy cohibido suele darme sed. –Esbozó una falsa sonrisa para congraciarse conmigo y añadió–: ¿Le apetece tomar una copa conmigo?

–No, gracias –le dije–. Estoy entrenándome para la próxima pelea.

Briles abrió la doble puerta del mueble y se agachó sobre las botellas y los vasos. Al incorporarse de nuevo no tenía en la mano nada para beber. Empuñaba una pistola y me apuntaba al estómago. Era una cuarenta y cinco, probablemente la misma con que había matado a Pignato. Briles me sonrió estúpidamente. Parecía muy nervioso, como si la pistola fuese un pequeño y cruel animal que no estaba seguro de dominar.

–Dígame más, Klein, por favor. Empezaba a ponerse interesante.

–Ya no piensa con claridad, Embozado –observé–. Si me mete una bala en el cuerpo, elimina toda posibilidad de que Judy salga con bien. Soy la única esperanza que le queda.

–No se preocupe por eso. Todo va a salir perfectamente. Prosiga con su historia. Quiero saber lo que sabe exactamente antes de ocuparme del otro asunto que debo solventar.

Decidí hablar. Mi voz era lo único que me mantendría con vida, y cuanto más tiempo aguantase, más posibilidades habría de que saliera con bien de allí cuando todo acabase. Me acordé de Scheherezade, la mujer que distrajo al rey con cuentos para retrasar el momento de su ejecución. Logró aguantar mil y una noches. Yo no me sentía tan optimista. Sólo esperaba unos minutos más.

–Todo estaba en sus libros –empecé–. En *El gángster de traje gris*, por ejemplo. Hay una entrevista con un individuo anónimo, un pez gordo que colaboró con usted porque, según sus propias palabras, quería dejar las cosas claras para que la gente entendiese que el mundo del hampa había cambiado. Se acabó lo de Al Capone, decía, él no era más que un hombre de negocios. Teniendo en cuenta que he visto a ese personaje y que conozco algunas de sus expresiones favoritas, no me resultó difícil adivinar su identidad. Victor Contini es inconfundible, incluso en las páginas de un libro. Ese vínculo entre usted y Contini era lo único que me hacía falta para relacionarle con el caso. Y luego estaba la cuestión de cómo habían forzado la caja fuerte. Si no se hubiera empeñado en recuperar la estúpida carta que envió a Chapman, es probable que no hubiese pasado nada. A Grimes no le interesaba, y no la incluyó entre los elementos de acusación contra Judy. Pero entonces la carta desapareció. Fue un trabajo muy limpio: nada de fractura, nada de herramientas, sólo un ejemplo de manual sobre cómo reventar la combinación de una caja fuerte. Era evidente que ningún especialista habría intervenido en el asunto por propio interés, lo que significaba que alguien lo había contratado para que se apoderase de la carta. Y no podía ser otro que usted. Ha escrito todo un puñetero libro sobre un ladrón de cajas fuertes.

Briles no pudo dejar de sonreír ante el razonamiento. Le divertía pensar en lo listo que había sido.

—Willie Shaw —me informó—, el mejor del oficio. Cuando se publicó el libro me dijo que le había convertido en una estrella. Ese hombre me adora. Cuando le llamé el otro día para pedirle que me hiciera un trabajito, lo consideró un gran honor.

—Es usted un tipo curioso, Briles. Por una parte lleva una vida muy cómoda y segura. Es un distinguido catedrático de una universidad prestigiosa, y se dedica a escribir libros y dar clases. Pero al mismo tiempo está casi hipnotizado por su obsesión por lo sórdido, por el mal, por los monstruos que habitan las alcantarillas de la sociedad. Me recuerda a uno de esos honorables caballeros victorianos que se entregaban con regularidad a sus pecaminosas pasiones y luego volvían sonrientes al seno de sus decentes familias. Todo marchó perfectamente durante años. Logró convertir su obsesión en una carrera respetable, encajando los diversos aspectos de su personalidad en compartimientos estancos que no se mezclaban entre sí. Disfrutaba acercándose a esa fascinante ilegalidad aunque sin cruzar al otro lado, como un mirón que atisba por la ventana. Pero luego se relacionó con una mujer que no podía manipular, ¿verdad? Judy Chapman es una mala furcia de mente retorcida y usted se arrastra a sus pies. No puede estar sin ella.

–No hable así de Judy. No es cierto, y usted lo sabe. No permitiré que diga esas cosas.

–Vamos, Briles. Es una buscona, una puta barata con una cara bonita y ropa elegante, y le ha revolcado a usted por el fango. Está dispuesta a acostarse con cualquiera que lleve pantalones, y eso le vuelve loco, ¿no es así? Se follaría a un perro sin pestañear. No hay un polvo más fácil en toda la puñetera ciudad. ¿Por qué no la llama y le pregunta dónde ha pasado la noche?

–Sé dónde ha pasado la noche, cabrón de mierda –gritó Briles–. Y ahora cállese. Cierre el pico o le mataré.

–Todo esto ha sido demasiado para usted, ¿verdad, Briles? La quería para usted solo, y cuando Chapman se negó a darle el divorcio comprendió que tenía que hacer algo para quitarle de en medio. El hecho de conocer a Contini le dio la oportunidad. Se enteró de las apuestas de Chapman, y cuando Contini le explicó lo que pensaba hacer, usted se calló y no advirtió a George. Con eso se convirtió en parte de la confabulación.

Briles me miró con ojos frenéticos. Para él era un suplicio oírme hablar de cosas que había mantenido en secreto durante tanto tiempo. Pero no podía dejar de escucharme. Al presentárselo todo ante los ojos, sentía una especie de ingenua fascinación por lo que había hecho. En aquel momento seguramente pude haberle desarmado sin lucha, pero no lo comprendí hasta después, hasta que fue demasiado tarde. La intensa carga emocional de la escena me impedía hacer movimiento alguno. Briles acabaría derrumbándose, pero no sabía cuánto iba a tardar.

—Y entonces George fue recuperándose poco a poco —le recordé, prosiguiendo la historia—. Aunque fuese increíble, las cosas siguieron como antes. Pero luego empeoraron. Judy empezó a desentenderse de usted. Llegó al punto culminante con ella la noche que Chapman chocó contra el camión de Pignato, y después todo fue cuesta abajo, el tedio de una aventura amorosa que se acaba. Hace seis meses, Judy le dejó definitivamente. Y eso fue lo que le deshizo, Briles. Se le reventaron las costuras.

—No era justo. Después de todo lo que había hecho por ella, de todos los riesgos que había corrido, sencillamente no era justo. Me debía cierta lealtad.

—Pero no se dio por vencido. El hecho de que le rechazara sólo le dio más determinación para reconquistarla. Pero George seguía interponiéndose en su camino. Así que por segunda vez intentó eliminarlo. Pero esta vez fue mucho más concienzudo. No se contentó con quedarse esperando de brazos cruzados a ver qué ocurría, sino que fraguó usted mismo todo el plan. Todo empezó con la investigación de seguridad que los demócratas hicieron sobre Chapman. Wallace Smart fue a hablar con usted y de pronto vio un medio de poner el mecanismo en marcha sin ensuciarse las manos. Le contó a Smart la verdad sobre el accidente y le dijo que fuera a vendérsela a Light. Smart quedó contento. Podía jubilarse con el producto de la transacción. Light quedó contento. Ahora tenía lo que quería para destrozar a Chapman. Y usted quedó contento; al menos durante un tiempo. Lo malo era que Light se estaba reservando la información, a la espera de la

211

campaña electoral, y usted empezó a impacientarse. Así que escribió la carta a Chapman. Quería confundirle, que estuviera en tensión sabiendo que el secreto se había desvelado. Pero George fue más listo que usted. Por loco que estuviese, era un hombre con agallas. Comprendió que si aquel secreto salía a la luz, su carrera política se habría acabado nada más empezar y ya no le quedaría nada. Su reputación era lo más importante para él, más que su propia vida. Para proteger su secreto actuó como un senador romano. Creo que sabía desde el principio que la crisis era inevitable. Sólo era cuestión de aprovechar al máximo la vida que le quedara hasta entonces y, cuando por fin llegó el momento, estaba preparado. Trazó su estrategia con mucha astucia, volviendo a su favor la carta amenazadora. Por eso fue por lo que me contrató. Quería dejar claro que alguien planeaba matarlo, y yo era su testigo. Ahora que estaba seguro de que iba a morir, quería arrastrar a Judy con él. Organizó su suicidio de forma que pareciese que había sido asesinado por ella. Se dio una muerte de pesadilla sólo por venganza, hasta ese punto la odiaba. Y estaba tan seguro de sí mismo que no se le ocurrió que tendría que estar vivo para ver si su plan daba resultado. Estaba convencido de que saldría bien. Y salió bien, a la perfección. Ha muerto con la reputación intacta, y su mujer ha sido acusada de asesinato.

—George era un loco —repitió Briles—. Si no le hubiera enviado la carta, habría acabado matando a Judy. Usted mismo debe comprender eso. Lo hice para protegerla. Quería salvar a Judy.

—Pero no tenía ninguna necesidad de matar a Pignato. Sólo era un testigo inocente. Si estaba tan deseoso de ocultar su papel en el accidente de cinco años atrás, ¿por qué no se cargó al principal responsable, al propio Contini?

—Porque Contini no habría hablado. Pero Pignato habló con usted. Lo vi con mis propios ojos. Le seguí a Nueva Jersey y le vi con él en aquel bar. Tenía que morir. No quería que estuviese en condiciones de contar lo que sabía. No podía permitir que mi nombre se viera mezclado en el asunto. La policía habría ido derecha a Judy y no habría tenido la menor oportunidad. La habrían metido en la cárcel por el resto de su vida.

–Tal como están las cosas, seguramente irá a la cárcel de todas formas.

–No, de ninguna manera. Usted lo evitará.

–No veo cómo podría hacerlo si me mata con esa pistola.

Briles bajó la vista a la pistola, como si hubiera olvidado que la tenía en la mano. Estaba agotado, paralizado de fatiga. Se sentó en la butaca frente a mí y dijo:

–No voy a matarle, Klein. Lo intenté ayer, pero sólo porque estaba furioso con usted. Ya no quiero matarlo. Es usted la única persona que puede ayudar a Judy, y eso es lo que quiero que haga.

Su estado de ánimo se había reducido a una especie de nostálgico arrepentimiento. Como si el tiempo hubiese retrocedido, transportándolo a su infancia, a la condición de niño que comprendía que no era lo bastante fuerte para jugar a cosas de adultos.

–¿Qué va a hacer ahora? –le pregunté.

–No lo sé. Creo que me quedaré aquí sentado un rato.

Tenía la vista fija en el suelo, entre los pies.

–¿No le parece que debería darme la pistola? Podría dispararse accidentalmente.

Volvió a mirar la pistola, moviéndola entre los dedos como un niño que examina un objeto desconocido.

–No me apetece dársela, Klein. Esta pistola ha sido una fiel amiga. Me quedo con ella.

Antes de que pudiera decir una palabra más, Briles alzó la pistola y la estudió de cerca. Por un momento su rostro permaneció inexpresivo. Y luego abrió mucho los ojos, que pa-

recieron cobrar el tamaño del mundo. No quedaba nada en
él aparte del miedo. Acababa de descubrir que un camión se
precipitaba hacia él a toda velocidad y ya no tenía tiempo de
apartarse. Se introdujo en la boca el cañón de la pistola y
apretó el gatillo.

21

Llegó Grimes. Vinieron los Smith. Aparecieron los del laboratorio. Y luego se llevaron el cadáver de Briles metido en
una bolsa de plástico. Tardé casi una hora en hablar de nuevo con alguien. Había visto morir a gente, incluso había matado a un hombre. Pero la muerte de Briles había sido la peor.
Su recuerdo me perseguiría siempre.

Salimos de Morningside Drive y bajamos al centro, hacia
la comisaría. Grimes me hizo pasar a su despacho, puso en
marcha el magnetófono que había sobre su mesa y me dijo
que hablara. Lo hice durante cuarenta minutos y, cuando terminé, Grimes llamó a un sargento para que me trajese un
emparedado y un café. Di un bocado y lo dejé. Conseguí be-
berme el café. Entonces Grimes abrió un cajón de su escritorio, sacó una botella de Jack Daniels y me sirvió un poco en
la taza de plástico. Me lo bebí también. Luego me pidió que
volviera a contarle toda la historia, y hablé durante una hora.
Grimes apenas reaccionaba ante lo que le decía. Retrepado en
la silla, con los ojos entrecerrados, asentía de cuando en cuando con la cabeza o dejaba escapar un pequeño gruñido. Me
sentí como un narrador primitivo que refiriese un mito an-
cestral al jefe de la tribu. Conocíamos hasta el último detalle
de la historia, y ambos sabíamos que nada podía alterarla jamás. Pero lo importante no era tanto la historia, sino el he-

cho de contarla, el acto de revivirla. Para Grimes no era plato de gusto, pero no tenía más remedio que aceptarlo. Sabía que el caso estaba cerrado.

Cuando acabé el segundo relato, dijo:

–Contini ha muerto, ¿sabe? Ha muerto esta tarde en el hospital.

Yo no tenía ningún comentario que hacer, así que guardé silencio. Grimes se inclinó hacia adelante poniendo los brazos sobre la mesa y me miró con el ceño fruncido de impaciencia.

–Parece que casi todos los que ha conocido esta semana, Klein, se las han arreglado para hacer un rápido mutis por el foro. Debe de tener alguna especie de poderes mágicos. Todo lo que se pone cerca de usted, cae patas arriba y la palma.

Tampoco abrí la boca entonces. Era algo que se me había ocurrido varias veces durante las últimas horas, y no veía manera de hacer que los hechos resultaran más agradables. Las circunstancias me habían convertido en un portador de muerte, y ahora me rodeaban los fantasmas que había creado.

–Ahora todos han desaparecido –prosiguió Grimes–. Chapman, Pignato, Contini y Briles. Me importa un bledo que la historia que me ha contado sea verdadera. Ya no hay nadie con quien contrastarla. Va a ser casi imposible de demostrar.

–No es preciso demostrarla –sugerí–. Lo único que tiene que hacer es convencer al fiscal de que retire los cargos contra Judy Chapman.

–Usted cree que las cosas siguen igual que cuando trabajaba en la fiscalía del distrito. Ese nuevo, Simmons, es diferente. Y se ha comprometido muy a fondo con el asunto de Chapman. Preferirá llevarlo hasta el final antes de admitir que se ha equivocado.

–Mucho más violento estará en el tribunal cuando Burleson deje su argumentación como un bote de remos agujereado –repuse–. Saldrá a la luz toda la historia y Chapman acabará tan mal que ningún jurado condenaría a su mujer. Por muy imbécil que sea, Simmons no lo es tanto para arriesgarse a que le dejen por tal en público. Se encuentra en una situación comprometida porque usted le ha metido en ella, inspector, y puede dar marcha atrás con elegancia asegurando que se han encontrado nuevas pruebas. Y como es usted quien las habrá descubierto, le felicitará por ahorrar dinero del contribuyente y resolver este complejo e inquietante asunto antes de que llegue a los tribunales. El público llorará la muerte de Chapman y su trágico suicidio y todo el mundo saldrá del teatro enjugándose las lágrimas con un pañuelo.

–¿Y usted, Klein? ¿Monta en su caballo y se aleja cabalgando en el crepúsculo?

–Eso es. Con una triste música de armónica como fondo sonoro.

Se hicieron las llamadas pertinentes. Grimes habló con su jefe, que le ordenó que se ocupara personalmente del asunto, y luego se puso en contacto con Simmons, que estaba en su casa. El fiscal del distrito, acatarrado, se había ido pronto a la cama y no le gustó mucho que la chirriante voz del inspector le despertara a las once de la noche. Pero acudiría. En cuanto se enteró de lo que se trataba, dijo que estaría allí al cabo de una hora. Yo llamé a Burleson a su casa de Westchester y le comuniqué las noticias. Tardaría menos de hora y media en llegar a la ciudad. Después intenté localizar a Dave McBell, pero no estaba en casa. Tomé mentalmente nota de invitarle a comer la próxima semana.

Simmons y Burleson se presentaron bien trajeados. Pese a lo avanzado de la hora, habían venido a trabajar y ninguno de los dos se habría sentido cómodo sin uniforme. Yo seguía con los mismos vaqueros que me había puesto por la mañana y me sentía como un peón caminero invitado por error a un congreso de fabricantes de ropa de caballeros. Pero Grimes no tenía mucho mejor aspecto. El nudo de la corbata se le había extraviado por el cuello de la camisa inarrugable y su chaqueta tenía tantos pliegues como una hoja usada de papel de aluminio. Los cuatro formábamos una combinación disparatada. Pero hicimos lo que había que hacer.

Dejé que Grimes expusiera el asunto. Me interesaba que él llevase la batuta y, mientras repasaba los acontecimientos que habían conducido al suicidio de Chapman, Simmons escuchaba atentamente con expresión malhumorada, comprendiendo poco a poco que no podría enfrentarse con Burleson en el tribunal. Se necesitaron más de tres horas para arreglar todos los detalles pero al final conseguí lo que quería. Se retirarían los cargos contra Judy Chapman.

Al salir de la comisaría, Burleson me paró en la escalinata para estrecharme la mano y felicitarme por el trabajo que había hecho. Pero a mí eso ya no me importaba. Se habían destruido demasiadas cosas para que experimentase la menor satisfacción. Sólo quería largarme de allí.

—Por qué no la llama —sugerí a Burleson— para darle la noticia.

—Lo haré —contestó—. A primera hora de la mañana.

—Quiero decir ahora mismo. De todas formas, no estará durmiendo. Si le dice que ha salido de apuros, quizá pueda descansar un poco. Ha pasado unos días muy malos.

Burleson se mostraba reacio a llamar a nadie a las tres de la mañana, pero insistí y él acabó cediendo. Volvimos a entrar en el edificio y llamó desde un teléfono público del vestíbulo. Le pedí que Judy no se enterase de que estaba con él y luego salí a esperarle fuera. Diez minutos después apareció con una sonrisa en los labios.

—Tenía razón —me dijo—. No estaba durmiendo.

—¿Cómo ha reaccionado ante la noticia?

–Con un alivio enorme. No podía creer que todo haya terminado.

–¿Le ha contado lo de Briles?

–Sólo después de darle las buenas noticias.

–¿Y qué ha dicho?

–No ha dicho nada. Seguramente era demasiado asimilarlo todo de golpe.

–¿Le ha dicho que quería hablar conmigo?

–Naturalmente. Pero le contesté que no sabía dónde estaba usted.

Burleson señaló un Cadillac azul claro aparcado en la acera de enfrente y me preguntó si podía dejarme en alguna parte. Le contesté que no se molestara, tenía ganas de dar un paseo. Volvimos a estrecharnos la mano y una vez más me dio las gracias por todo lo que había hecho. Me quedé parado viendo cómo cruzaba la calle, subía al coche y lo ponía en marcha. Cuando se alejó, me alegré de volver a estar solo. Pero esa sensación sólo duró un momento. Cuando dejé de oír el coche, volví a la desolación de mis propios pensamientos.

Pasé las horas siguientes envuelto en una bruma. En vez de volver a casa a dormir un poco, intenté luchar contra el embotamiento a fuerza de caminar. Deambulé por las calles vacías, haciendo compañía al eco de mis pasos. No vi a nadie salvo a algunos rezagados que volvían borrachos a casa después de una gran noche de sábado y a un vagabundo solitario que metía la cabeza en un cubo de basura. Era el único momento en que las cosas se detenían en Nueva York. Ni de noche ni de día. El limbo. Ése era mi sitio.

Poco después de amanecer fui a desayunar a un restaurante del Village que no cerraba de noche. Alguien leía el *Times* dominical en el mostrador y vi que había un artículo sobre la muerte de Victor Contini en primera página. Ocupaba el mismo espacio que el accidente de Chapman cinco años antes. Ahora estaban los dos muertos, y era como si se hubieran suprimido el uno al otro. Me pregunté si la reputación de Chapman sobreviviría después de que la verdadera historia de su muerte apareciese el lunes. Aunque eso ya no le importaría nada. Dondequiera que estuviese ahora, seguiría acariciando sus sueños de grandeza. Briles, Contini y él podrían seguir soñando hasta el fin de los tiempos.

Mientras desayunaba en aquel restaurante, en cierto momento decidí deshacerme del dinero que Chapman me había dado el miércoles. Me di cuenta de que no me apetecía pagarme la comida y el tabaco de las próximas semanas con su cheque. Me sentiría como si aún tuviese alguna relación con él, como si en cierto modo le debiera algo. Me había utilizado como peón de su estrategia suicida, y yo quería borrar mi papel en todo aquello. Richie podría emplear el dinero para comprarse una flota de trineos para su nueva vida en New Hampshire. No tenía por qué enterarse de su procedencia. Pagué el desayuno y emprendí la larga caminata hasta la oficina para coger el cheque. Me alegré de saber otra vez lo que hacía, de dirigirme a un sitio determinado. El sol de la mañana se remontaba sobre los edificios como el ojo enorme y sangrante de un cíclope.

Cuando llegué, Judy Chapman estaba sentada en mi despacho. Llevaba pantalones blancos y una blusa estampada de color turquesa, y encendía una y otra vez con aire ausente el mechero mientras contemplaba la suciedad de las opacas ventanas. Cada vez que la había visto aquella semana llevaba un atuendo diferente, y todos le sentaban estupendamente. Era imposible que no resultara atractiva.

Se volvió al oírme entrar y me dedicó una de esas sonrisas que dan la impresión de que nunca más volverá a llover. Era el famoso día siguiente que nos habíamos perdido el día anterior. Le devolví la sonrisa y me senté tras el escritorio. Estaba tan agotado que ni siquiera me daba cuenta de que me encontraba allí. Incluso en aquel mismo momento tenía la impresión de revivir una escena del pasado, un episodio que ya había ocurrido.

—Todo ha terminado —sentencié—. Ya no habrá más policía ni abogados. Se acabó.

—Lo sé —dijo ella—. Burleson me ha llamado hace unas horas. Traté de localizarte en tu casa, y cuando vi que no estabas pensé que podría encontrarte aquí. Me moría de ganas de verte.

—Briles ha muerto.

—Lo sé. Me lo ha dicho Burleson.

—Se pegó un tiro mientras yo estaba sentado a un metro de él.

Tuvo un escalofrío.

—No sabía que estabas allí.

La idea de que lo hubiera presenciado parecía horrorizarla más que el suicidio en sí.

—Lo estaba. Y antes de que eso ocurriera, Briles y yo mantuvimos una larga conversación. Te seguía queriendo, ¿sabes? Estaba perdidamente enamorado de ti.

—A mí no me importaba. Tú lo sabes.

—Te equivocabas al decirme que no era celoso. Estaba loco de celos, y se convirtió en delincuente y asesino porque creía que así iba a reconquistarte.

—No hablemos de eso, Max. Es demasiado horrible. No quiero pensar más en eso.

—Pero yo quiero hablar de ello —repliqué—. Es importante que lo repasemos por última vez.

Me miró con una especie de pánico. Las cosas no marchaban como ella había previsto, y no entendía mi insistencia. La estaba hiriendo justo cuando se recuperaba de otras heridas, y vi el dolor en su rostro.

—Por favor, Max —rogó—. Preferiría evitarlo. Quiero que hagamos planes, que nos marchemos de la ciudad, los dos solos. Tengo que recobrarme de esta... de esta horrorosa experiencia.

—Primero me gustaría aclarar algunas cosas. Mira, tengo la extraña impresión de que Briles no me lo contó todo, y antes de que vayamos juntos a ningún sitio tengo que estar seguro de dónde me estoy metiendo. Es decir, ¿no te parece un poco raro que todos los hombres de tu vida se acaben suicidando?

Me miró fijamente durante un largo momento, negándose a creer lo que acababa de decirle. Y luego se echó a llorar, lágrimas silenciosas que se desbordaban de sus ojos y le corrían por las mejillas, creando una red de diminutos prismas que relucían a la luz de la oficina.

—¿Cómo puedes ser tan cruel, Max? ¿Acaso crees que no tengo sentimientos?

—Tienes sentimientos, ya lo creo. Pero sólo para ti misma.

—Pero ¿y lo de ayer por la noche? ¿Eso no significa nada para ti?

—Eso es historia antigua. Tiene la misma importancia que los pensamientos de los dinosaurios cuando se precipitaron en su infierno.

Mi amargura la sumió en otro silencio y luego rompió a llorar con más fuerza, como si al fin comprendiese que ya no podía ocultarme nada.

—Podría haberte querido tanto, Max. Te habría hecho muy feliz. Pero acabas de estropearlo todo.

—Participaste en el plan desde el principio, ¿verdad? —le solté—. Utilizaste a Briles para que te librara de George. Y sabías que si llegaban a descubrirle, Briles no revelaría tu papel en el asunto. Podías contar con ello, ¿eh? Estaba tan loco por ti, que lo único que tenías que hacer era decirle salta y él saltaba. Se ha suicidado hace menos de doce horas para protegerte, y tu única reacción es decir que no quieres hablar de ello. Bueno, pues yo sí quiero hablar de ello, y me vas a escuchar. Fuiste tú quien sugirió a Briles que Smart fuese a ver a Light, y fuiste tú quien le convenció para que enviase la carta a George cuando las cosas empezaron a atascarse. Le prometiste que volverías con él, y te creyó. Pero desde luego podías prescindir de él. Lo único que verdaderamente importaba era que George saliese de tu vida de una vez para siempre. Incluso dejaste que se enterase de lo que tramabas. En realidad, eso era lo esencial de tu plan. Te dedicaste a ello tan a fondo que al final sólo le quedaban dos soluciones: matarte o suicidarse. Si yo hubiese estado en su lugar, seguramente te hubiera estrangulado con mis propias manos. Pero George era demasiado caballero, y tú lo sabías. Hiciera lo que hiciese, George sabía que estaba acabado. Fue una auténtica guerra de nervios, ¿verdad? Tú no parabas de decirle que ibas a revelar su secreto y que debía apresurarse a matarte antes de que fuese demasiado tarde. Y entonces Briles le envió la carta, y George comprendió que había llegado la hora. Te contó lo que pensaba hacer, que iba a suicidarse de forma que parecieses tú la culpable, y le desafiaste a que fuese hasta el final, ¿no es así? Te quedaste allí sentada, en la cocina, viendo cómo tomaba el veneno, y luego saliste tranquilamente al sol de Lexington Avenue y te fuiste de compras. Después pasaste unos días malos, pero todo ha terminado ya y estás libre de toda sospecha. George ha muerto, Briles también y puedes hacer lo que te dé la puñetera gana. Sólo cuéntame la impresión que te dio ver cómo George se bebía el veneno. Quiero saber lo que sentiste, lo que te pasó por la cabeza en ese momento.

Mientras hablaba, ella no dejaba de sacudir la cabeza, sollozando de manera incontrolable. Era como si una parte de ella quisiera rechazar la cólera de mis acusaciones y la otra parte lloraba porque sabía que era imposible. Se ahogaba en su propia desdicha, tragándose todo lo que había hecho en la vida, y estaba descubriendo que sabía a veneno. Tendría ese sabor en la boca hasta el fin de sus días. Mantuve los ojos fijos en ella, incapaz de mirar a otra parte. Era la cara de la muerte que me había perseguido desde el principio, y su belleza estaba más allá de lo imaginable. Le pasara lo que le pasase, siempre sería bella.

—No entiendes —aseguró cuando acabé—. No lo entiendes, Max. Fue horroroso. No pude soportar ver cómo lo hacía. Tuve que salir corriendo. Era una pesadilla.

Se cubrió el rostro con las manos y siguió llorando largo rato. Cuando la crisis cedió, se fue tranquilizando poco a poco, sacó un pañuelo del bolso y se enjugó las mejillas.

—Supongo que no querrás escuchar mi versión, ¿verdad? —preguntó con voz queda.

—No. No quiero oír ni una palabra más sobre este asunto.

—¿No te importa que te hayas equivocado, que hayas cometido un tremendo error?

—No. No me importa.

Se puso en pie y, con voz tenue e impersonal, dijo:

—Envíeme la factura por sus servicios, señor Klein. Le mandaré un cheque por correo.

—No me debes un centavo —repliqué—. Estamos en paz.

Me miró con expresión firme y resuelta, buscando en mi rostro una apertura, una señal de estímulo. No encontró nada.

—Si alguna vez quieres saber la verdad —anunció—, no tienes más que llamarme. Te la diré con mucho gusto.

Y luego se marchó. Me quedé unos minutos mirando a la puerta, sin decidirme a moverme del sitio, sin atreverme a respirar. Luego incliné la cabeza y vi que se había dejado el mechero. Como si me dijese que una parte de ella seguía allí, que podía mantener viva la llama si lo deseaba. Cogí el mechero y lo encendí. La llamita desprendía un pálido resplandor a la luz mañanera de la habitación. La contemplé largo rato, mirándola con tal fijeza que acabé por no verla. Entonces el metal se me empezó a calentar en la mano. Cuando se puso demasiado candente para seguir aguantándolo, dejé caer el mechero sobre la mesa.

Fue la última vez que la vi.

(1978)

COLECCIÓN COMPACTOS